MORSURE OBSCURE

SHADOW CITY : VAMPIRE ROYALE

JEN L. GREY

Réalisé avec Vellum

CHAPITRE UN

JE NE SAVAIS PAS ce qui était pire entre la façon dont Annie, ma meilleure amie et ma sœur adoptive, avait passé son bras autour de moi pour m'immobiliser, ou bien le couteau qu'elle pressait contre mon cou.

Du sang coula jusqu'à mes genoux et goutta sur le tapis marron se trouvant au milieu de la salle souterraine tout en béton, cachée sous la banque de sang de Shadow Terrace. Mon cou blessé protesta, fatigué d'être courbé depuis si longtemps dans la même position. La causeuse brune près de nous avait été renversée sur le côté pendant que j'affrontais Zaro, un des vampires qui m'avait amenée ici.

Ma tête s'embruma à cause du manque d'oxygène et du sang que je perdais. Ma vision se brouilla. Le bord dentelé du couteau s'enfonça encore plus dans ma peau, une chance mitigée. Cela fit mal, mais la douleur aiguë me fit garder les pieds sur terre.

— *C'est ce que tu mérites, garce !*

Ses mots résonnèrent dans ma tête et je réalisai avec dégoût qu'Eilam, un vampire qui avait perdu quasiment toute son humanité, était parvenu à vraiment altérer l'esprit d'Annie. À cause de lui, elle était devenue quelqu'un que je ne reconnaissais pas.

L'ombre qui m'avait hantée et m'avait pétrifiée depuis mon enfance se précipita vers moi. Elle m'avait aidée à tuer Zaro, mais je n'avais pas sollicité son aide cette fois-ci. Peu importe à quel point c'était difficile de ne pas en vouloir à Annie, je ne lui voulais aucun mal. Pourtant, d'une certaine manière, l'ombre semblait apparaitre chaque fois que j'étais dans une position vulnérable, aussi bien physiquement qu'émotionnellement.

Un hurlement parvint jusqu'au sous-sol. Mes amis métamorphes loups avaient trouvé la porte cachée qui menait à la pièce où j'étais retenue. Les aboiements excités des loups furent suivis par un grand bruit sourd et un craquement, alors que la porte de la banque de sang volait en éclats.

— *Véronica !* s'écria télépathiquement Alex en utilisant notre connexion d'âmes sœurs. *Parle-moi. Tu ne peux pas me dire Je t'aime comme ça, puis te taire.*

Sa terreur me percuta et mes émotions, semblables aux siennes, m'accablèrent.

— Pourquoi tu hésites ? siffla Eilam, ce qui me força à tourner mon attention vers lui. Amène-la-moi.

Il enfourcha Gwen, la sœur d'Alex et la princesse vampire de Shadow Terrace, tout en tenant ses poignets. Les longs cheveux noir de jais d'Eilam étaient tombés de sa queue de cheval basse et pendaient dans son visage, contrastant avec sa peau d'ivoire. Ses yeux bleu métallique, soulignés de pourpre, brillaient de mépris en nous regardant, Annie et moi.

— Je... Je ne peux pas, dit Annie d'une voix douce qui se cassa, et elle ne me força pas à m'approcher de lui.

De l'espoir jaillit en moi. Peut-être que sa vraie personnalité tentait de se libérer.

— Ce ne se finira pas si facilement, grogna-t-il en lâchant les poignets de Gwen pour la cogner à nouveau au visage.

Sa tête fit un brusque mouvement sur le côté et Eilam attrapa une poignée de ses cheveux d'ivoire afin de la trainer vers moi. La belle vampire n'était pas reconnaissable avec son visage maculé de sang. Son nez était tordu d'une façon étrange. Ses yeux noisette n'étaient même plus visibles avec tous les gonflements.

À chaque pas d'Eilam, son crop top d'un blanc terne remontait, révélant un soutien-gorge en dentelle. Gwen se tortilla pour essayer de se libérer de son emprise, mais elle était trop faible. Elle réussit à attraper son bras, mais ses mains retombèrent rapidement.

— Coupe-la encore, grogna Eilam à l'attention d'Annie.

— Je ne veux pas me nourrir sur elle, gémit Gwen.

— Tu changeras d'avis une fois que tu auras commencé, promit Eilam en la tirant plus près de moi.

La main d'Annie trembla alors qu'elle resserrait sa prise sur moi.

L'ombre tendit la main vers moi et je reculai de peur.

— Non !

Je ne pouvais pas la laisser faire du mal à Annie.

Elle se retira dans le coin ce qui m'étonna. Elle m'avait *écoutée* ?

— Tu n'as pas à faire ça.

Le couteau s'enfonçait à chaque mot que je prononçais, mais je devais atteindre sa vraie personnalité.

— Ce n'est pas trop tard. La fille forte que j'aime est toujours quelque part en toi.

Sa main trembla. Je pouvais voir la lutte interne qui s'abattait en elle.

— Ne l'écoute pas, prévint Eilam. Tu m'appartiens. Elle essaie de se mettre entre nous.

— Tu sais que ce n'est pas vrai.

Même si je ne pouvais pas totalement l'atteindre, je pouvais peut-être gagner du temps. Les autres devraient être là d'une seconde à l'autre.

— *Où vous êtes, bon sang ?*

— *On vient de franchir la porte,* grogna Alex alors qu'un second bruyant craquement secouait les murs.

— Non ! hurla Eilam, et il frappa Gwen à l'estomac avec son pied.

Elle vola jusqu'à moi.

Elle recouvrit son nez de sa main et se balança d'avant en arrière, le corps tremblant. Je ne savais pas si elle s'agitait parce qu'elle luttait contre l'envie de m'attaquer ou à cause de la douleur. D'après le comportement d'Eilam, je pencherais pour la première option.

La silhouette d'Eilam se troubla alors qu'il allait vers Gwen et agrippa sa tête. Il la souleva et l'approcha de mon cou. Je tentai de m'enlever, mais Annie me tenait encore fermement.

— Annie, s'il te plait, suppliai-je, ma voix se fracturant.

Le bruit de pattes martelant le sol me réconforta. Ils se rapprochaient petit à petit, mais ça ne voulait pas dire que je sortirais d'ici vivante.

Les dents de Gwen s'allongèrent et elle grimaça de dégoût. Elle recula contre Eilam pour mettre de la distance entre nous.

— Elle ne saigne pas assez, sortit Eilam. Merde ! Tue-la.

Mon cœur s'arrêta.

C'était fini.

Au moins, j'aurais eu des moments de bonheur avec Alex avant la fin de ma vie.

— Je… Je ne peux pas, déclara Annie en laissant tomber le couteau avant de me relâcher.

Je m'effondrai en position fœtale.

— Je suis désolée, dit-elle en titubant en arrière et s'appuyant contre le mur.

Une partie de ses cheveux bruns ondulés collaient au col trempé de sang de son t-shirt violet et son rouge à lèvres était étalé autour de sa bouche. Elle ne semblait pas aller bien.

Je ne savais pas si elle parlait à Eilam ou à moi, mais je m'en fichais. Ma sœur était assez forte pour combattre le pouvoir néfaste qu'il avait sur elle.

L'*attraction* s'enracina profondément dans ma poitrine alors qu'une silhouette floue se dirigeait vers moi. Bien que je ne pusse pas discerner ses traits, la connexion entre Alex et moi fut facilement reconnaissable. Mon cœur explosa presque de joie que je pus le voir une dernière fois.

Alors qu'il se matérialisait devant moi, des ailes noires passèrent à toute vitesse. Rosemary souleva Eilam au-dessus du sol pour le forcer à lâcher Gwen et elle l'enfonça dans le mur de béton. Grognant, il glissa contre la paroi et se laissa tomber en un amas sur le sol. Rosemary se dressa au-dessus de lui, prête à frapper.

— Oh, mon Dieu.

Gwen se leva difficilement du sol et chancela vers le coin opposé, à l'endroit où elle avait été enchainée. Du sang scintillait encore sur les menottes en pointes qui avaient entravé ses poignets. Elle inspirait par la bouche comme si elle ne pouvait pas supporter de respirer par le nez. L'odeur de sang devait parvenir jusqu'à elle.

Alex rôda devant moi, sa stature de deux mètres me

protégeant d'Annie, puis il siffla. Son corps se raidit et ses mains se serrèrent sur ses flancs alors qu'il faisait plier ma sœur du regard. Capable de ressentir ma souffrance, il semblait brisé.

— Hé.

Bien que mon corps criât de douleur, je me mis debout et touchai son épaule pour détourner son attention vers moi.

— Elle m'a relâchée avant que vous arriviez ici.

— On ne peut pas lui faire confiance.

Il jeta un coup d'œil par-dessus son épaule pour me voir. Ses crocs descendirent et ses doux yeux bleus se concentrèrent sur la plaie de mon cou.

— Ce pourrait être un stratagème.

Souhaitant être davantage au contact de son corps, j'enveloppai mes bras autour de lui. L'odeur sucrée de sirop qui lui était caractéristique remplit mon nez. C'était mon parfum préféré au monde.

— Non, il voulait qu'elle me tue. Il le lui a ordonné.

Une louve argentée entra en courant dans la pièce. Sterlyn était deux fois plus grande que les autres loups, mais cela ne les décontenançait pas. Killian sous sa forme de loup café-noir et Griffin en loup blond-roux l'encadraient de chaque côté. Ils tournèrent tous les trois autour de moi, me protégeant d'Eilam et de Gwen. Le loup blond cendré de Sierra trottina vers moi et s'assit à mes pieds, faisant les gros yeux à Annie. En cet instant, je sus qu'ils étaient devenus de vrais amis. Ces personnes m'avaient plus que prouvé leur loyauté.

— Et elle t'a fait ça, commenta Alex en levant ma tête.

Son visage se tordit d'agonie quand il vit ma blessure.

Il déborda de colère.

— Laisse-moi t'expliquer, dit Eilam en levant ses mains. C'est un malentendu.

Waouh. Pour une fois, je fus sans voix. Pensait-il vraiment que ça marcherait ?

— Oh, vas-y, explique ! rétorqua Rosemary d'un air suffisant, ses cheveux acajou tombant en cascade dans son dos quand elle inclina la tête.

Elle détendit ses ailes et ses plumes se confondirent avec son t-shirt noir.

— J'adorerais apprendre comment tu t'es échappé de prison. Comment t'as forcé Ronnie à venir ici en l'introduisant en douce par un tunnel souterrain jusqu'à une pièce cachée dont personne n'avait connaissance pour obliger la princesse vampire à se nourrir sur elle. Et de comprendre comment tout ça peut être un malentendu...

— Manifestement, Alex tient à elle, commença Eilam en levant une main dans ma direction et grimaçant. Si le prince vampire est émotionnellement investi avec une humaine, ne devrions-nous pas nous assurer qu'elle a la capacité d'intégrer notre monde ?

— T'as fait ça pour moi ? demanda sincèrement Alex en pivotant pour faire face à l'idiot.

Sierra répondit au mouvement d'Alex en se positionnant devant moi. Elle examina Annie qui haletait contre le mur. Ma sœur touchait les marques de morsure sur son cou qui indiquaient les endroits où Eilam s'était nourri sur elle.

— Oui, assura Eilam en se levant lentement.

Rosemary ne bougea pas d'un pouce, mais ses yeux couleur nuit scrutaient chacun des gestes du vampire.

Un léger sourire s'élargit sur le visage d'Eilam. Il pensait qu'Alex le croyait.

— N'importe quoi pour mon prince. Tu sais que nous sommes tous dévoués à la famille royale.

— Et du coup pourquoi Annie ?

Garder ma bouche fermée aurait été la chose intelligente à faire, mais je ne pouvais pas.

— Tu n'es pas censé te nourrir sur une humaine ni contrôler son esprit, mais tu l'as tout de même fait. C'était aussi pour le prince ?

— Tu as peut-être capté l'attention du Prince Alex, mais tu n'es qu'une humaine, je n'ai pas à te répondre, ricana Eilam.

— Ce n'est pas vrai, déclara Alex en entourant ma taille de son bras et lançant un regard furieux au vampire. Tu dois lui rendre des comptes. Elle est, après tout, mon âme sœur et nous avons complété le lien.

Eilam réalisa ce que ça impliquait et son sourire prétentieux disparut de son visage.

— C'est impossible ! répondit-il en inspirant vivement.

— Pourquoi tu penses que j'ai dit à Véronica où nous étions localisés dès qu'elle est arrivée ? On s'est assuré d'avoir des renforts de notre côté, lança Gwen d'une voix grinçante depuis le coin de la pièce.

Elle était dans un pire état que moi et ça en disait beaucoup. J'avais vu tout ce qu'elle avait traversé depuis que j'étais arrivée... et je ne pouvais qu'imaginer ce que j'avais raté.

— *Elle montre qu'elle supporte notre relation pour pas qu'il pense qu'il y a des problèmes au sein de notre famille,* expliqua Alex en m'attirant sur son flanc.

Mais j'avais le sentiment que c'était plus que ça.

— *Et qu'elle a aussi donné son accord pour que Rosemary et les loups pénètrent sur le territoire de Shadow Terrace ?*

— *C'est peut-être un peu grâce à eux,* admit Alex, son honnêteté réchauffant mon cœur.

Nous avions fait tellement de chemin en si peu de temps.

— C'est de cette manière que vous nous avez trouvés ! s'exclama Eilam dont les yeux s'écarquillèrent, et il secoua la tête. Mais elle est humaine. Comment pourrait-elle avoir un lien surnaturel ?

— Personne ne sait pourquoi. La question n'est pas là, rétorqua Alex en me relâchant et ramassant le couteau qu'Annie avait fait tomber. Je veux savoir qui te supporte dans cette initiative et depuis combien de temps ça dure.

— Je préférerais mourir que te le dire, gloussa Eilam comme s'il était le seul à savoir quelque chose. Et moi qui croyais que ça nous mettrait sur la même longueur d'onde, mais à la place, tu t'es lié à une humaine. La famille royale n'est pas aussi puissante qu'elle l'a été autrefois. Quand tout le monde découvrira la vérité, ils se retourneront contre vous.

Je n'avais jamais cru que mon lien avec Alex pourrait lui causer problème. Il s'était toujours inquiété de la cible dans mon dos, pas de la sienne.

— *Est-ce que c'est vrai ?*

— *Ça n'a pas d'importance,* assura-t-il en passant une main dans ses cheveux bruns hâlés. *Tu es à moi et il n'y a aucun moyen de le changer,* ajouta-t-il d'une manière possessive.

Et qu'est-ce que j'aimais ça, bon sang ! Passionnément.

— *Je ne veux pas causer de problèmes...*

— *Ils apprendront à vivre avec, qu'ils aiment ou non,* me rassura Alex en se plaçant devant moi.

— Ils ne se retourneront pas contre moi, car je tuerai tous ceux qui se mettront sur mon chemin.

— Tu n'as jamais tué personne, gloussa Eilam. Matthieu

et Gwen ont toujours fait le sale boulot. T'es la risée de tout le clan.

— Tu te trompes, déclara Alex en levant le menton et regardant de haut le vampire. J'ai tué Klyn et j'éliminerai quiconque menace ma compagne ou ma famille.

— Tu es... se moqua Eilam.

En un éclair, Alex fut à côté de Rosemary et poignarda Eilam dans le cœur.

Alex empoigna le couteau enfoncé dans la poitrine du vampire et le fixa dans les yeux.

— Je suppose que les actions en disent plus que les mots, grogna-t-il.

— Tu...

Du sang gargouilla dans la bouche d'Eilam, sa peau albâtre pâlit encore plus. Haletant pour trouver de l'air, il tomba au sol. Une trainée de sang tacha le mur.

—... paieras.

Le silence s'abattit alors que notre groupe regardait sa respiration devenir plus sommaire.

La terreur s'empara de mon cœur.

— *On doit le pousser à libérer Annie avant qu'il meure.*

— *Elle ira bien une fois qu'il sera mort,* m'assura Alex. *Je nettoierai tout quand son influence aura disparu.*

Bien. Le bâtard ne pouvait pas crever assez vite de mon point de vue, mais il méritait une mort lente et douloureuse.

— Alex, dit Gwen en serrant les dents et griffant son visage blessé. Du sang... maintenant. Je ne peux plus tenir.

Ce fut suffisant pour ramener mon compagnon à la réalité.

— Donne-moi une minute. Je vais aller en chercher.

Il disparut de la pièce.

Rosemary resta concentrée sur Eilam, observant la vie le quitter, pendant que Sterlyn et les loups pivotaient vers

Gwen. Les crocs du vampire creusaient sa lèvre inférieure. Sa respiration devint laborieuse et une teinte bleue remplit ses iris.

— Dépêche-toi, bon sang ! siffla-t-elle alors que ses dents s'allongeaient encore plus.

Elle serra les poings si forts que ses ongles cassés découpèrent sa peau et du sang dégoulina de ses paumes. Son regard se verrouilla sur mon cou où le sang avait fini de couler.

Un cri étouffé sortit de sa gorge alors qu'elle se mettait debout et titubait vers moi.

Grognant, Griffin chargea la vampire et tenta de lui plaquer les jambes, mais il avait sous-estimé son envie de sang. Alimentée par sa soif de sang, elle bondit facilement au-dessus de lui.

Un léger gloussement quitta Eilam. Il était toujours en vie.

— Je savais que ce n'était pas terminé, dit-il, à peine plus fort qu'un chuchotement.

La silhouette de Gwen se brouilla alors qu'elle fonçait sur moi.

CHAPITRE DEUX

MON RYTHME cardiaque augmenta alors que l'ombre apparaissait à côté de moi. Je ne savais pas quoi faire. Je ne voulais pas faire de mal à Gwen, mais je devais la contrer.

L'ombre bougea pour s'interposer, mais ça n'avait aucun sens. Quand j'étais enfant, elle m'avait tourmentée. Personne d'autre ne pouvait la voir, Gwen ne savait donc absolument pas qu'elle était là.

Le temps ralentit alors que Rosemary volait vers moi et que Sterlyn chargeait la fille qui se déplaçait rapidement. Blessée, Gwen n'évoluait pas à sa vitesse de pointe, et la louve argentée la percuta. La princesse tomba au sol. Sterlyn se tint sur elle, dénudant ses dents à l'attention de la vampire.

— Reste derrière moi, commanda Rosemary en se mettant devant l'ombre et moi. Elle n'a pas toute sa tête.

— Annie !

Je jetai un coup d'œil par-dessus mon épaule vers ma sœur, qui était assise par terre à présent et agrippait sa tête.

— Sierra, protège Annie ! lança Rosemary en se raidissant, son attention sur Gwen, alors que Griffin et Killian se rapprochaient de la vampire aux côtés de Sterlyn.

La louve blond cendré obéit et courut vers ma sœur. Une fois qu'elle l'eut atteinte, une partie de mon anxiété s'éloigna, mais pas suffisamment. D'après ce qu'ils m'avaient dit, Sierra n'était pas la meilleure combattante du groupe.

— Peut-être que tu devrais la protéger aussi.

— T'es plus en danger à cause de tes blessures, expliqua Rosemary en baissant sa tête, comme si elle était sur le point d'écraser Gwen. Elle en a après toi.

Je soufflai et j'eus l'impression que c'était la première fois depuis que j'étais entrée dans la pièce. Au moins, Annie passait sous le radar de Gwen. J'avais Rosemary et l'ombre qui me défendaient. Bien sûr, l'ombre pouvait possiblement la tuer. Bien qu'elle m'eût protégée, elle présentait toujours une facette sinistre qui me glaçait le sang.

Sifflant, Gwen essaya de se mettre debout, mais Sterlyn lui donna un coup de tête, ce qui la renvoya au sol. Sterlyn aurait pu faire bien pire, mais elle la frappait d'une façon qui ne blesserait pas davantage la vampire meurtrie.

— Retire-toi de mon chemin, chien, grogna Gwen, et elle flanqua un grand coup à Sterlyn. Si je ne mange pas, je mourrai.

C'était donc ça qu'avait fait Eilam. Il l'avait forcée à choisir entre sa vie et la mienne. Bien sûr, son instinct de survie avait pris le dessus avec le désespoir qui s'était enraciné.

— *Où t'es, bon sang ?*

Nous avions besoin qu'Alex revienne fissa.

— *Sur le chemin du retour,* répondit Alex d'une voix tendue, reflétant l'émotion qui flottait dans la pièce. *Je devais trouver le sang le plus frais possible. Ça la guérira plus rapidement.*

Je ne savais pas si j'étais en colère ou soulagée qu'il eût pris le temps de le faire.

— *Elle attaque, alors dépêche-toi s'il te plait.*

— *Qu'importe ce qu'ils font, ne laisse pas Rosemary ou les loups faire du mal à Gwen, à moins que ta vie soit en danger,* déclara Alex avec appréhension. *S'ils la blessent encore plus, ça empirera la situation.*

Je mordis ma langue pour m'éviter de révéler ce que je pensais. Il devait insinuer que le roi, son frère, serait fâché que les loups et l'ange eussent transgressé leur barrière sacrée. C'étaient que des conneries ridicules. Matthieu méprisait déjà le fait qu'Alex reste chez Sterlyn avec moi. Ça ne ferait que lui donner des armes supplémentaires contre Alex. Mais m'en plaindre ne ferait qu'ajouter du drama à une situation qui était déjà critique. Notre concentration devait demeurer sur le fait de nourrir Gwen.

— Gwen, tiens bon.

Ce n'était pas judicieux d'attirer son attention sur moi alors qu'elle voulait déjà désespérément mon sang, mais je voulais absolument apaiser la situation.

— Alex est presque de retour. Il a trouvé du sang frais pour que tu puisses guérir plus rapidement.

— Je ne peux plus attendre.

La souffrance dans sa voix me brisa presque.

— Je suis en train de m'éteindre, dit-elle en tentant de se remettre debout.

— Tais-toi, aboya Rosemary, ses yeux me fusillant par-dessus son épaule. Tu empires les choses.

Sterlyn plaça ses pattes sur les épaules de Gwen pour la forcer à redescendre, et elle l'épingla au sol. Killian et Griffin s'étendirent chacun sur les bras et les jambes de Gwen pour l'immobiliser.

Gwen se débattit et les griffes de Sterlyn s'enfoncèrent

dans sa peau au travers de son t-shirt. Du sang trempa le tissu et elle gémit.

Nous ne pouvions pas nous permettre de faire perdre davantage de sang à Gwen, mais si nous ne la retenions pas, elle me tuerait.

Quelque chose percuta la porte alors que l'*attraction* s'intensifiait en moi.

Alex était là.

Sa silhouette se brouilla en passant devant moi pour se rendre près de sa sœur. Il se laissa tomber à genoux à côté d'elle avec une douzaine de poches de sang dans les bras, les jetant toutes au sol à part un sachet. Il l'ouvrit en arrachant la ficelle et glissa le tube en plastique dans la bouche de Gwen.

Elle aspira immédiatement et la moitié du sachet disparut en quelques secondes.

— Laissez-la se lever, dit Alex aux loups.

Il lâcha le sachet vide, en perça un autre, puis le plaça dans la bouche de sa sœur.

Elle se redressa et attrapa la poche, lessivant le contenu en quelques secondes. Alex et elle continuèrent le même processus. Après chaque sachet épuisé, le visage et le corps de Gwen reprenaient un peu de couleur et de consistance.

Un cri bouleversant sortit de la bouche d'Annie. Ses doigts creusèrent son front et du sang dégoulina dans ses yeux. Je fonçai vers elle en ignorant le grognement de Sierra quand je m'approchai. Elle ne voulait pas que je sois près d'Annie après toute la merde qu'elle avait provoquée aujourd'hui, mais ma sœur souffrait.

— Eilam vient de mourir, dit Rosemary en se précipitant à mes côtés.

— OK ? répondis-je, pas vraiment sûre de ce que cela impliquait.

Tout ce que je savais c'était que mon amie criait d'agonie et se faisait mal. J'attrapai ses mains et la forçai à les retirer de son visage pour qu'elle ne pût plus s'érafler.

L'intensité de la souffrance qui se refléta dans son expression me brisa de l'intérieur. J'avais vu Annie comme ça une seule fois auparavant, il y avait deux ans, quand le chien du quartier qui visitait quotidiennement notre maison avait été percuté par une voiture. Elle était toujours si heureuse et forte, et la voir s'effondrer me fit craquer aussi.

Une main toucha mon épaule et l'*attirance* augmenta alors que je relâchai les mains d'Annie. De la chaleur circula dans mon corps.

— C'est la manipulation de son esprit, dit Alex. Elle s'effiloche maintenant qu'Eilam est mort. On avait espéré qu'il la libérerait pour qu'elle n'ait pas à traverser tout ça, mais il n'avait aucune intention de le faire.

— Pourquoi c'est douloureux ?

Je détestais être impuissante et ne pas pouvoir l'aider.

— Elle peut se souvenir de tout ce qu'il s'est passé, expliqua Alex en se mettant à côté de moi. Je suis désolé de ne pas avoir pu m'occuper d'Annie à temps, mais Gwen avait besoin de mon aide.

— Ce n'est pas de ta faute.

Il ne pouvait pas penser que je lui en voulais, ou même considérer que je pourrais rejeter la faute sur lui.

— Tu prenais soin de ta sœur, qui nous a protégées avec Annie, et tu as tué Eilam.

Je pris sa joue dans ma paume et embrassai légèrement ses lèvres.

— Tu as pris la bonne décision.

— Ronnie ? sanglota doucement Annie, sa voix enrouée par ses cris.

Je laissai tomber ma main et me tournai vers ma sœur.

Elle examina la pièce et son visage pâlit.

— Où on est ? C'est un rêve ?

Elle serra mon bras.

— S'il te plait, réveille-moi.

— Quoi ?

Jetant un coup d'œil à la pièce, je vis tout ce qu'elle absorbait.

Une magnifique femme avec de gigantesques ailes noires germant dans son dos.

Quatre loups se tenant dans une pièce souterraine et agissant comme des chiens domestiques.

Deux vampires morts, poignardés dans le cœur.

Et une femme avec de longs crocs et des yeux rouge sang, aspirant une poche de sang, huit autres autour d'elle. Son visage reprenait son teint habituel.

En d'autres mots, rien qui n'aurait du sens pour un humain. C'était d'ailleurs quelque chose qui m'aurait fait croire que je devenais folle, même pas deux semaines auparavant.

À présent, tout cela me paraissait normal. Tellement de choses avaient changé que je ne me reconnaissais pas.

— *S'il te plait, fais-lui tout oublier.*

Je ne voulais pas que ma nouvelle réalité soit également la sienne. Elle méritait d'avoir la vie d'une humaine, et non pas la folie vers laquelle dérivait la mienne.

— *T'es sûre ?* demanda Alex en s'accroupissant à côté d'elle.

— *Oui.*

Le mot était lourd d'émotion vu ce qu'impliquait cette décision. La relation entre Annie et moi serait changée à jamais. Elle retournerait à la maison pour choisir l'université dans laquelle elle irait, qui ne serait pas celle de Shadow Ridge, et je resterais ici, aux côtés d'Alex. Ce n'était pas possible que je le quitte, ni même les autres, pas après tout ce que nous avions traversé.

— *Elle n'est pas en sécurité ici.*

— *Toi non plus,* rétorqua Alex en se penchant. Annie, tout ira bien.

— *Si t'essaies de te débarrasser de moi, ça ne marchera pas.*

Même si j'avais voulu partir, je n'aurais pas pu. Mon cœur lui appartenait. Ne pas être avec Annie et Eliza au quotidien serait douloureux, mais ce n'était pas comparable à ce que je vivrais si je perdais Alex.

— *Je suis là. On sait tous les deux qu'on a pris cette décision la nuit où on a consolidé notre lien.*

— *Je déteste ma part égoïste qui adore entendre ces mots,* dit-il en fronçant les sourcils, mais sa voix garda son côté tendre. Est-ce que tu veux que je fasse quelque chose pour que ta tête aille mieux ? demanda-t-il à Annie. *Je souhaite quand même avoir sa permission d'abord.*

— *Et si elle ne la donne pas ?*

Je ne voulais pas qu'elle prenne une décision qu'elle regretterait plus tard.

— *Son esprit se rebelle,* soupira Alex. *Elle dira oui.*

Prouvant qu'il avait raison, Annie dodelina de la tête.

— Oui. Redonne du sens à tout ça. Ma tête me fait tellement mal.

— OK, dit-il en plaçant un doigt sous son menton.

Un grognement secoua ma poitrine, ce qui me surprit, et il laissa tomber sa main. La jalousie m'avait submergée face au contact innocent qu'il avait eu sur ma sœur. Quelque chose n'allait pas chez moi.

— Hé !

Rosemary claqua ses doigts devant mon visage, ce qui me tira de ma stupeur.

— Reprends-toi. Je sais que tu es humaine et que tu es liée à un vampire…

Elle s'arrêta comme si elle devait intégrer ce qu'elle venait de dire. Puis, elle cligna des yeux et continua comme si elle n'avait pas fait de pause.

— Il ne fait rien pour te contrarier. Même si je n'aime pas ce qu'il fait, garder notre secret est important, alors laisse ton compagnon continuer.

Elle avait raison. Je devais me contrôler. Il faisait ce que je lui avais demandé de faire, pour l'amour du ciel.

— T'as raison. Je la ferme.

— *Ça va ?* s'assura Alex en arquant un sourcil alors qu'un sourire arrogant s'élargissait sur son visage.

L'enfoiré appréciait voir ma jalousie.

— *Ouais, je vais me débrouiller.*

J'avais presque menti, mais je m'étais rattrapée, sachant que j'aurais empesté toute la pièce si je le faisais.

Ses yeux brillèrent et prirent une teinte bleu clair. Il se pencha pour attirer l'attention d'Annie.

— Une fois que tu seras partie, tu oublieras tout ce qui aurait pu être étrange et horrible durant ton séjour ici. D'ici là, tout est normal pour toi et tu n'as pas peur. Quand tu auras quitté cette ville, tu te souviendras juste que tu es allée voir ton copain, qui a piqué une crise de jalousie. Tu as essayé d'arranger les choses, mais tu as réalisé que tu n'avais pas besoin de ça dans ta vie. Pendant cette horrible période, Véronica a rencontré un mec formidable qui prend soin d'elle. C'est moi.

— Et moi qui croyais que Sierra était vilaine, grogna Rosemary. Je pense avoir trouvé quelqu'un de plus arrogant qu'elle.

La tête de loup de Sierra se tourna brusquement vers Rosemary et elle souffla.

— *Dis-leur de se taire avant qu'elles ne gâchent la déformation de la mémoire d'Annie,* ricana-t-il, son amusement ruisselant sur la connexion. *Elles doivent garder leurs insultes pour le moment où je pourrais les écouter et pleinement les apprécier.*

Ouais, je ne leur dirais pas la dernière partie.

— Il nous dit de nous taire, chuchotai-je en sachant qu'ils pourraient tous m'entendre.

— Je suis sûre que le prince vampire adore nous donner des ordres, râla Rosemary, mais elle se tut.

— Tu diras… commença-t-il, mais il s'interrompit. *C'est qui qu'elle doit retrouver ?*

— *Eliza.*

Mon cœur me fit mal. Je devais trouver ce que j'allais dire à ma mère adoptive, mais ce serait un problème pour un autre jour.

— *Elle doit retourner à la maison et lui dire que je suis restée pour passer plus de temps avec toi.*

Je ne voulais mentir à personne, mais je n'étais pas prête à leur annoncer que je ne reviendrais pas. Mon cœur se tordit de douleur, mais cela ferait encore plus mal de quitter Alex. Et ce n'était pas comme si Alex pouvait déménager à Lexington. C'était sa maison ici, et l'endroit où nous devions être.

— Tu diras à Eliza que Véronica est restée avec moi, dit-il simplement. Nous viendrons bientôt en visite pour qu'elle puisse me rencontrer.

OK, je ne m'étais pas attendue à ça.

— Je veux rester ici avec Ronnie, dit Annie, et elle essaya d'arracher son regard des yeux d'Alex.

Il décala sa tête pour maintenir leur connexion.

— Comme je l'ai dit, nous viendrons bientôt vous rendre

visite, mais Véronica doit rester ici pour qu'on règle certaines choses.

Elle hocha lentement la tête.

— Je veux partir, dit-elle en frissonnant. Est-ce que quelqu'un peut m'amener à ma voiture, s'il vous plait ?

Merde. Je n'avais pas pensé à sa voiture.

Alex jeta un coup d'œil à Rosemary, puis aux loups.

— Pourquoi vous ne l'emmèneriez pas au quartier de la meute ? De cette manière, vous ne serez pas là quand Matthieu arrivera. Il est forcément en chemin. Je rapporterai le véhicule d'Annie chez vous.

Ça semblait être un bon plan.

— Vous pouvez partir par le tunnel, ajoutai-je en désignant l'arrière de la pièce, le chemin par lequel les vampires m'avaient trainée à l'intérieur. Ça vous conduira à l'extérieur de la ville et à ma voiture.

Je sortis mes clés et les jetai à Rosemary tout en me précipitant vers le corps de Zaro. Je fouillai dans sa poche et en dégageai la clé de la porte à l'épreuve des anges qui avait empêché Rosemary de nous suivre jusqu'ici. Le contact du métal était glacial à cause de la froideur morbide du corps de Zaro.

— Voilà les clés de la porte.

— Bonne idée ! s'exclama Rosemary en faisant signe aux loups.

Des hurlements parvinrent de la banque de sang au-dessus.

— Matthieu est là, indiqua Alex en faisant un geste vers la porte. Partez tous. Véronica, va avec eux.

Oh, il n'en était pas question.

— Je reste avec toi.

— S'il te plait, tu n'as pas besoin d'être présente pour ce

qui va suivre, dit Alex en m'embrassant. Il sera en colère. C'est mieux si tu n'es pas à proximité.

L'image du bar apparut dans ma tête. Matthieu m'avait mis la puce à l'oreille, à savoir qu'il se passait quelque chose d'étrange dans cette ville.

Rosemary souleva Annie et la prit dans ses bras alors qu'elle s'envolait vers la porte pour emprunter le tunnel souterrain, les quatre loups sur ses traces. Sterlyn s'arrêta et me jeta un coup d'œil.

— Je reste, lui dis-je en secouant la tête.

Elle acquiesça et rattrapa les autres.

— Véronica... prévint Alex, mais c'était trop tard.

— Qu'est-ce qu'il se passe, bordel ? beugla Matthieu, juste derrière la porte fracassée.

CHAPITRE TROIS

— *T'AURAIS DÛ ALLER avec eux,* dit Alex en attrapant mon bras et me décalant légèrement derrière lui.

Non. Ça ne se passerait pas comme ça. Nous étions dans cette situation ensemble.

— *Quand on a complété notre connexion, tu as accepté de m'avoir à tes côtés tout comme j'ai accepté de faire partie de ce monde. Comment ton frère pourrait m'accepter si tu me traites comme si je n'avais pas ma place ici ?*

— *C'est le truc,* dit Alex dont les épaules s'affaissèrent. *J'ai été égoïste en finalisant le lien avec toi. J'aurais dû te laisser partir, mais je n'en étais pas capable.*

Ses mots piquèrent même si ce n'était pas l'effet qu'il recherchait. La douleur ondula en moi et son expression se froissa alors que Matthieu entrait dans la pièce.

— J'ai posé une question, insista Matthieu en étudiant la salle, à la recherche de quelque chose.

Si je devais deviner, je dirais qu'il cherchait quatre loups et un ange.

— Eh bien, voyons, *mon frère.*

Après avoir fini la dernière poche de sang, Gwen parut

pratiquement elle-même. Quand elle se mit debout, elle chancela un peu, révélant qu'elle ne s'était pas complètement rétablie.

— Eilam m'a enlevée et torturée. Mais merci d'avoir d'abord demandé comment j'allais.

— Tu sembles aller bien, Gwen, dit Matthieu, son regard noir se posant sur moi. Pourquoi elle est là et non pas la fille qu'on protégeait, bon sang ?

— Eilam a fait du chantage à Véronica pour qu'elle le retrouve et il a utilisé un tunnel souterrain pour l'amener ici, expliqua Alex en redressant les épaules. Et tu es en colère pour autre chose. Dis-nous ce que tu as vraiment derrière la tête.

— Très bien, répondit Matthieu en pénétrant un peu plus dans la pièce et se raidissant. Leurs odeurs sont encore bien présentes dans l'air. Alors où sont-ils, bordel ? Je ne les ai pas vus partir.

Entre Alex qui m'avait blessée et Matthieu qui jouait au con, je ne réussis pas à cacher mon animosité.

— Voilà une idée... Peut-être qu'ils ont utilisé le même tunnel secret que les vampires.

— *S'il te plait, n'attire pas plus l'attention sur toi,* supplia Alex, ce qui me gonfla encore plus.

Les yeux de Matthieu se focalisèrent sur moi, prenant une couleur pourpre, mais ses crocs restèrent hors de vue. Pas encore.

— Tu réalises bien que tu es humaine et qu'il m'en faudrait peu pour casser ton joli petit cou.

— Et tu réalises bien que j'ai tué deux autres vampires qui avaient menacé ma *compagne*, rétorqua Alex d'une voix grinçante alors qu'il se mettait devant moi.

Une partie de ma colère s'envola. Un peu seulement. Il me protégeait, mais il agissait encore comme un crétin.

— Je suis ton frère et ton roi, fit remarquer Matthieu en craquant son cou comme pour intimider Alex. Tu ne devrais pas être si imprudent.

— T'es sûr de ça ? répondit Alex en se redressant. Je te respecte, mais je ne peux pas vivre sans elle.

— Une autre décision discutable que tu as prise, grimaça Matthieu en désignant Eilam. En plus du fait de l'avoir tué. Je ne reconnais presque plus l'homme qui se tient devant moi.

Waouh. Je n'avais pas réalisé qu'il existait une telle rupture entre eux. Je me sentis un peu mal puisque je semblais en être en partie responsable.

— Il était en prison depuis des semaines sans avoir accès à du sang, dit Alex dont les poings se serrèrent et le corps se tendit. Et bien que j'ignore comment, il a réussi à s'enfuir, à kidnapper sa princesse et sa put...

Alex s'arrêta au milieu de sa phrase et inspira vivement.

— Son esclave. Et sa source de sang.

Je fus sous le choc et cela me prit une seconde pour assimiler le mot qu'il avait été prêt à employer pour parler de ma sœur.

— *Est-ce que t'allais traiter ma sœur de pute ?*

— *Par habitude.*

Il eut au moins la décence de paraitre honteux.

— Sans mentionner qu'il a fait du chantage à ma *compagne* pour la faire venir ici afin que Gwen la tue, continua Alex en s'adressant à Matthieu. Je t'en prie, explique-moi pourquoi j'aurais dû le laisser vivre ?

— Parce que maintenant on n'a rien pour avancer, dit Matthieu en lançant ses mains en l'air. On fait quoi maintenant, pour découvrir qui fait partie des vampires véreux ? Sans oublier que t'as impliqué des étrangers dans nos problèmes. Tu as fait dégénérer la situation en plaçant ta compagne *humaine* devant le bien de ton peuple.

— Matthieu, je comprends ce que tu veux dire, commença Gwen en frottant ses poignets guéris encroutés de sang.

— Tu vois ! s'exclama Matthieu en marchant vers Gwen. Gwen est d'accord avec moi... Comme tu devrais l'être...

— Laisse-moi finir ! dit sèchement Gwen.

Je dus retenir mon rire, car j'aimais qu'elle remette ce crétin prétentieux à sa place.

— Bien sûr, répondit Matthieu en se tournant vers elle et hochant la tête d'un air suffisant. Désolé. Continue.

— Comme je le disais avant d'être grossièrement interrompue... commença Gwen en lui lançant un regard noir. Je pense que tu as tort.

— Quoi ? s'exclama-t-il en fronçant les sourcils. T'es d'accord avec *lui* ?

— Écoute, Annie est venue ici d'elle-même. Ce n'était pas à cause de Véronica. S'il y a quelqu'un à accuser, il s'agit soit d'Eilam et ses partenaires, soit de l'université qui autorise la visite d'humains. Peut-être une combinaison des deux, dit Gwen en haussant les épaules. Mais cette fille était déjà là et Véronica est venue ici pour elle.

— Très bien, lâcha Matthieu en chassant ses paroles d'une main. Je me fiche de tout ça. Ce que je veux dire...

— Je n'ai *pas* fini, siffla Gwen. J'en ai marre que tu ne m'écoutes pas. Juste parce que je suis une femme et la plus jeune de la famille, ça ne veut pas dire que je n'ai pas mes propres idées. Et elles sont importantes.

Waouh. Il se passait tant de choses ici, il y avait notamment beaucoup de rancœur accumulée. Probablement depuis des siècles puisqu'Alex avait plus de trois cents ans.

Je grimaçai. Je détestais me souvenir de ce petit détail. Peut-être que j'avais un complexe d'Œdipe, mais il paraissait jeune, alors, est-ce que ça comptait quand même ?

— Oh, ne t'inquiète pas, gloussa Alex d'un ton sec. Ça n'a rien à voir avec ton genre ou ton âge.

— C'est quoi tout ça ? dit Matthieu en regardant ses deux frères et sœurs. Après tout ce que j'ai fait pour vous, c'est ce que je récolte ?

— Arrête ! s'exclama Gwen dont le nez se plissa de dégoût. T'es en colère parce qu'Alex a mis de côté des préjugés vieux comme le monde, pour travailler avec des métamorphes loups et une ange. Tout ça pour sauver non seulement son âme sœur, mais aussi une humaine innocente et moi-même. J'étais sur le point de perdre mon humanité et de devenir diabolique. Ce groupe est la seule raison pour laquelle je suis encore moi-même et que Véronica est en vie.

— Alors t'es favorable à ce qu'on travaille avec les loups ? demanda Matthieu dont le visage se froissa. Et les anges ? Ces deux races sont nos plus grandes menaces pour garder le contrôle de Shadow Terrace, et tu veux juste... les laisser nous dominer ?

Les vampires ne voulaient pas des métamorphes et des anges dans leur ville, parce qu'ils avaient peur. C'était fou.

— Les loups veulent bien qu'on aille à Shadow Ridge, commenta Gwen en éclaircissant sa gorge. Peut-être qu'il y a du bon.

— Est-ce que t'es en train de dire... commença Matthieu dont les crocs sortirent comme des éclairs.

— Elle n'affirme rien, dit Alex en croisant les bras. Elle fait juste une observation.

— Ouais, c'est ça, continua Gwen en levant les yeux au ciel. On va dire ça.

C'était une vieille discussion qu'ils semblaient avoir depuis longtemps. Et je me retrouvais là, petite nouvelle, à essayer de comprendre ce qu'il se passait. Mon cerveau était surchargé d'informations, mais ils réfléchissaient depuis bien trop longtemps sur le fait d'autoriser ou non la présence d'autres êtres surnaturels dans leur ville.

— Je comprends que tu ne m'apprécies pas.

— *Tu fais quoi ?* demanda Alex qui se raidit d'inquiétude. *Je ne veux pas qu'il passe sa colère sur toi.*

— *C'est une bonne chose que tu sois là pour me protéger alors.*

Si je voulais qu'Alex et Matthieu m'acceptent dans leur famille, je devais faire entendre ma voix comme l'avait fait Gwen.

— Tu vois, c'est comme ça que sont les humains, commenta Matthieu en secouant la tête. Ils ne comprennent pas comment les choses fonctionnent.

— Peut-être que c'est une bonne chose.

Ils étaient si vieux qu'ils avaient une vue étriquée, et non globale.

— Réfléchissez-y. Quel autre être surnaturel vit depuis aussi longtemps que vous ?

— Les anges, rigola Matthieu de manière prétentieuse. Si tu étais l'une d'entre nous, tu le saurais.

— C'est ce que je cherche à vous faire voir, continuai-je en me déplaçant à côté d'Alex. Je connais peut-être peu de choses sur ce monde pour le moment, mais j'apprendrai. Et je sais que les humains, qui ne vivent en aucun cas aussi longtemps que vous, sont piégés par leurs habitudes et arrêtent de réfléchir avec un esprit ouvert. Les loups que vous avez connus il y a trois ou quatre siècles ne sont plus les mêmes que ceux d'aujourd'hui. Comment pouvez-vous connaitre leurs intentions si vous n'écoutez pas ce qu'ils ont à dire ?

Gwen inclina sa tête, considérant mes mots.

— Peut-être que c'est de cette façon que les humains fonctionnent, dit Matthieu de manière condescendante. Mais on est des êtres surnaturels. Les choses ne sont pas pareilles, alors pardonne-moi d'ignorer ce que tu as à dire. Ici, on fonctionne grâce aux faveurs que nous doivent différentes personnes. Et maintenant, on en doit à deux représentants des loups et à la fille de la représentante des anges.

— Tu aurais préféré que je devienne maléfique ou que je meure plutôt que de devoir une faveur à quelqu'un ? rigola Gwen sans une trace d'humour. Je suis heureuse de savoir ce que vaut ma vie pour toi.

Elle se dirigea d'un pas raide vers la sortie.

— Gwen, grogna Matthieu. C'est pas ce que je voulais dire.

— Oh, mais si ! s'exclama-t-elle en s'arrêtant et pivotant pour lui faire face. Tu l'as formulé autrement, mais tu ne souhaites pas leur devoir de faveurs.

Elle avait raison, mais je savais qu'Alex tenait à elle. Même quand il m'avait dit de faire tout ce que je pouvais pour survivre, j'avais ressenti la souffrance qu'avaient causée ses paroles. J'imaginai que Matthieu ressentait la même chose. La différence entre Matthieu et ses frères et sœurs, c'était qu'Alex avait une connexion avec moi et que Gwen avait été proche de la mort. Matthieu n'avait pas été là pour voir tout ça. J'avais le sentiment que tout aurait été différent s'il était arrivé avant que ce soit fini. Ou... Je l'espérais.

— C'est une situation chargée émotionnellement.

C'étaient des mots que mes divers gardiens utilisaient quand une dispute éclatait dans les établissements de groupe.

— Alors les émotions sont amplifiées et des choses sont dites qui ne l'auraient pas été en temps normal.

— Elle a raison, dit Alex en se mettant plus près et hochant la tête. Peut-être qu'on devrait laisser les choses se calmer. On doit faire le grand ménage.

Il montra les deux corps.

— Oh, il y en a un autre dans le tunnel.

Je n'étais pas sûre qu'il soit au courant pour celui-ci.

— Un autre corps ? demanda Matthieu, perplexe.

— Ouais, Darick.

Je frémis en me souvenant de la façon dont je l'avais poignardé dans la poitrine. Avec Zaro, l'ombre qui m'avait alors contrôlée. Je ne pouvais pas utiliser cette excuse pour Darick.

— Je l'ai tué après qu'il ait verrouillé la porte qui a empêché Rosemary et les autres de m'atteindre.

— *Je suis tellement désolé,* dit Alex dont la culpabilité coula en moi. *Tu n'aurais jamais dû te retrouver dans cette situation.*

À chaque minute qui passait, il était de plus en plus clair qu'Alex se sentait coupable d'avoir complété notre lien. J'avais peur qu'il le regrette. Qu'est-ce que je deviendrais ? Je ne pouvais pas vivre sans lui. Pas maintenant.

OK, je *pouvais* le faire. J'étais plus forte que ça. J'avais traversé l'enfer, mais je ne le souhaitais pas, tout simplement. Je désirais être avec lui. Mais s'il voulait se séparer de moi, je m'en sortirais. Bizarrement, la pensée de ne plus jamais voir ou parler à Sterlyn et aux autres fit presque aussi mal.

— Ça a été dur pour tout le monde ce soir, dit Alex en passant son bras autour de moi pour m'attirer sur son flanc. C'est mieux que Gwen rentre à la maison et se repose. Je vais ramener Véronica chez Sterlyn afin qu'elle puisse faire la même chose. J'enverrai un message à Joshua pour qu'il vienne t'aider.

C'était un bon programme. En plus, je voulais vérifier qu'Annie allait bien.

— Je ne pense pas que ce soit judicieux, commenta Matthieu dont la mâchoire se serra.

Mon cœur s'arrêta. Matthieu allait dire que je ferais mieux de quitter la ville et Alex serait d'accord avec lui. Des larmes menacèrent d'inonder mes yeux, mais je les ravalai en battant mes paupières. J'avais besoin d'entendre les mots pour assimiler cette réalité.

— Puisque tu as choisi d'être avec Véronica, elle devrait rentrer à la maison avec nous, déclara Matthieu en me scrutant, le regard glacial.

— Non, dit Alex en secouant la tête. Absolument pas. Elle est plus en sécurité en dehors de la ville.

— Frère, ta place est à mes côtés à Shadow City, dit Matthieu en verrouillant son regard dans les yeux d'Alex, par défi. En plus, tu l'as revendiquée au bar ce soir-là. C'est de cette manière qu'Eilam a su pour elle. Tu penses vraiment que la nouvelle ne s'est pas répandue ? Tous les vampires qui veulent un moyen de pression sur nous sont au courant qu'elle a de la valeur pour toi. Même si tu l'envoyais loin, elle pourrait être menacée ou tuée juste parce que tu l'as remarquée. À cause de ta possessivité naturelle, tes ennemis savent que tu n'aimeras pas qu'ils touchent quelque chose que tu as revendiqué. Et on sait tous que tu fais plus que tenir à elle puisqu'elle porte ta marque. Ils s'en rendront compte quand ils la trouveront.

En d'autres termes, si Alex souhaitait que je reste en vie, il était coincé avec moi. Cette logique pesa sur mon estomac.

— Mais l'emmener en ville... commença Alex en laissant pendre sa tête.

— Tu as déjà pris cette décision, dit Matthieu en frappant l'air. Il est temps pour toi de rentrer à la maison. Dans tous les cas, t'as des responsabilités au conseil.

— Très bien, soupira Alex. On viendra à Shadow City, mais on doit s'arrêter chez Sterlyn et Griffin pour récupérer ses affaires.

— Alors, allez-y.

Matthieu passa devant Gwen pour sortir de la pièce.

— Je vous retrouve à la maison.

Ses pas s'éloignèrent de plus en plus et Gwen nous sourit tristement à Alex et moi.

— Tout ira bien. Je déteste l'admettre, mais il a raison. Elle fait partie de la famille royale et on se mettra dans une position de faiblesse si on la cache.

— Mais l'exposer à Shadow City placera une plus grande cible sur son dos, dit Alex d'une voix désespérée.

Son regret m'ébranla comme si je me faisais secouer par un tremblement de terre.

— Aucune importance, bâilla Gwen. Tu as déjà pris cette décision et tu le sais.

Mon cœur se fractura encore plus.

Elle se retourna à moitié, avant de s'arrêter pour se concentrer sur moi.

— Je suis désolée d'avoir tenté de... euh... te tuer. Ce n'était pas personnel. J'espère que tu pourras me pardonner.

Je ne savais pas comment répondre, mais je devais lui dire quelque chose.

— Non, j'ai bien compris. Eilam a tout fait pour te pousser à atteindre cet état. Il semblait surpris que tu résistes, alors, merci d'avoir essayé de ne pas me faire de mal.

— Ce n'était pas que pour toi, mais ouais, aucun problème, dit-elle en souriant, ce qui la rendit incroyablement splendide.

— Tâchons de ne plus nous retrouver dans cette situation.

— C'est d'accord, gloussai-je.

— Je vous vois bientôt tous les deux, dit-elle en se tournant et sortant par la porte, nous laissant seuls, Alex et moi.

— Viens, allons-y !

Il prit ma main et me conduisit dans les tunnels.

— Attends, dis-je en tirant sur ma main pour l'arrêter. Ma voiture n'est plus là. De quelle manière on est censé aller chez Sterlyn ?

— Ma voiture y *est*, expliqua-t-il, me tirant à nouveau vers le tunnel. Quand on a réalisé que tu n'y étais pas, les loups et moi avons couru jusqu'ici.

Nous marchâmes en silence dans le passage souterrain. Les murs moisis en béton seraient pour toujours gravés dans ma mémoire. Quand la porte se profila, je gardai mon regard vers le haut, voulant éviter d'apercevoir le corps de Darick. Alors que nous nous approchions, je fermai les yeux pour ne pas voir ce que j'avais fait.

Il y avait des choses dont on ne pouvait jamais se remettre...

Alex me guida pour contourner Darick, conscient que mes émotions irradiaient sur notre connexion. Quand le métal froid du portail effleura mon bras, j'ouvris les yeux, sachant que j'étais à l'abri de cette vision d'horreur.

Lorsque nous atteignîmes l'échelle, je jetai un coup d'œil vers le sommet. Quand Darick avait bondi avec mon corps dans ses bras, nous étions tombés de six mètres. Souhaitant échapper à ces souvenirs, je commençai à monter à un rythme régulier.

— Ça va ? demanda doucement Alex, grimpant juste derrière moi.

Une nouvelle fois, je voulus lui cacher à quel point ça m'avait affectée.

— Ça ira bien.

C'était le pari le plus sûr.

Il n'insista pas, et une minute plus tard, je sortis par l'ouverture et arrivai dans les bois où les arbres et l'obscurité nous dissimulèrent. La lune brillait et l'air chaud de l'été caressa ma peau. Bien que nous eûmes quitté le tunnel, j'avais froid. Je pris une profonde inspiration. L'odeur des pins et du bois de santal étaient familiers, ce qui me réconforta. J'expirai en m'imprégnant des bruits normaux et apaisants des animaux nocturnes, qui détalaient dans les fourrés.

Quand Alex atteignit le sommet, je ne pus plus repousser la conversation que nous devions avoir. Je devais savoir s'il regrettait d'avoir complété le lien avec moi. Je le savais déjà, bon sang. Je l'avais ressenti sur notre connexion. Le mélange de culpabilité, de remords et de quelque chose d'indiscernable me disait tout.

Mais je devais entendre Alex le formuler. Je croisai son regard et expirai.

— On doit parler.

CHAPITRE QUATRE

— JE SENTAIS BIEN que t'allais me dire ça, dit-il en fermant les yeux.

Il passa la main dans ses cheveux et s'éloigna de l'ouverture pour venir vers moi.

Ouais... il semblait aussi impatient que moi d'avoir cette conversation. Mais plus on en discuterait vite, plus je pourrais m'en remettre rapidement.

— Je pouvais ressentir tes émotions là-bas, dis-je doucement.

— Je suis désolé, répondit-il en laissant tomber ses mains et pinçant l'arête de son nez. Pour tout. J'aurais dû avoir un meilleur jugement.

Ses paroles poignardèrent mon cœur. Mes poumons cessèrent de fonctionner et ma gorge s'assécha. Je n'arrivai plus à déglutir. Même si je m'étais attendue à ce qu'il dise ce genre de choses, je n'y avais pas été préparée.

— C'est vraiment ce que tu ressens ?

Je voulais qu'il dise non, mais l'agonie pure se grava sur son visage et la façon dont s'affaissa son corps en dit plus long que ses paroles.

— Les vampires sont égoïstes et c'est exactement ce que j'ai été, dit-il en frottant ses tempes. On est constamment en guerre interne avec notre humanité, comme si notre nature de vampire nous appâtait pour qu'on tourne mal.

Je titubai en arrière. Je ne souhaitais pas qu'il devienne la créature qu'il combattait sans cesse.

— Je n'avais pas réalisé que je faisais partie de cette équation.

Si je devais partir pour qu'il garde sa nature humaine, je devais le faire. Il ne pouvait pas céder à ses démons pour moi.

— Bien sûr que oui.

Il se précipita vers moi et prit mon visage dans sa paume. Ses iris bleu clair s'assombrirent avec l'émotion.

— Mais ce n'est pas juste de te demander de rester.

— Quoi ?

Ses mots n'étaient pas logiques.

— Tu mérites d'être heureuse et d'avoir la vie que je ne peux pas t'offrir, dit-il en souriant tristement. Et je comprends pourquoi tu la désires. Je ne t'en veux pas.

Il ne pouvait pas retourner la situation et me tenir pour responsable. Je ne le laisserais pas faire.

— Ce n'est pas ce que je suis en train de dire et tu le sais. Je ne regrette rien. C'est toi qui te sens coupable d'avoir complété notre lien.

— C'est vrai, confirma-t-il en laissant tomber ses mains sur ses flancs. Si ce n'était pas pour moi, tu n'aurais jamais été si proche de la mort. Si quelque chose t'était arrivé…

Il détourna les yeux, incapable de continuer.

— Mais rien n'est arrivé.

Il ne pouvait pas s'infliger ça.

— Comme Gwen l'a dit, dans tous les cas, je me serais retrouvée là-bas à cause d'Annie. Tu n'es pas responsable.

Rien de tout ça n'était sa faute.

— Sans toi, Klyn se serait nourri sur moi et m'aurait potentiellement tuée ce premier soir. Annie et moi sommes en vie grâce à toi.

— Peut-être, lâcha-t-il en haussant les épaules. Mais je comprends pourquoi tu souhaites partir. C'est beaucoup à digérer.

Mon esprit se révolta.

— Euh... Je veux rester, mais c'est toi qui désires que je parte.

— C'est ce que tu crois ? s'étonna-t-il.

De l'espoir jaillit en moi, relançant mon cœur.

— Oui. J'ai senti ton regret. Si tu dis vrai sur le fait d'être égoïste, je dois partir. Je ne veux pas que tu deviennes le monstre que tu combats depuis plus de trois siècles.

Un sourire charmeur, comme à son habitude, envahit son visage.

— Tu souhaites rester ?

Des papillons s'envolèrent dans mon ventre.

— Oui. Mais je partirai pour toi.

— Alors tu restes avec moi !

Il enveloppa ses bras autour de moi, m'attirant tout près contre sa poitrine.

— Si tu veux rester ici, il n'y a pas moyen que je te laisse filer.

— Mais t'as dit...

Il me fit une petite tape sur le nez.

— Te laisser partir serait la chose la plus altruiste que je ferais de ma vie et ça me briserait le cœur. Pour faire taire ma souffrance, je serais tenté d'adopter mon côté inhumain.

— Qu'est-ce que t'en sais ?

Ça paraissait horrible et je ne pourrais jamais le mettre

dans cette position. Il était la personne la plus importante dans ma vie et je voulais le meilleur pour lui.

— Parce que c'était déjà assez dur quand mes parents sont morts il y a cinquante ans, expliqua Alex dont la tête s'affaissa. Gwen, Matthieu et moi avons été tentés de mal tourner. Heureusement, on s'est appuyé les uns sur les autres et on a traversé les temps difficiles en nous en sortant avec notre humanité intacte. Mais te perdre... Je n'aurais personne avec qui partager ce genre de souffrance. Personne ici ne pourrait la comprendre.

— Pourquoi tu te sentais si coupable et plein de regrets alors ?

J'avais été tellement convaincue qu'il voulait se débarrasser moi.

— Toute ta vie a changé à cause de moi, expliqua-t-il alors que ses bras se resserraient autour de moi. Non seulement tu ne rentres pas chez toi avec ta sœur, ta meilleure amie et la personne pour laquelle tu as risqué ta vie, mais en plus, tu abandonnes le futur que tu avais planifié. Je t'aime tellement que ça me fait mal de penser que tu fais ça.

Je rigolai, mon cœur débordant de bonheur. Nous avions tous les deux eu si peu confiance en nous, qu'aucun de nous n'avait vu ce qu'il se passait.

— Ça va ? demanda-t-il alors que son front se plissait d'inquiétude en me regardant. Tu pleures ?

Le coin de sa bouche se releva.

— Tu réalises bien qu'Annie avait prévu de partir à la fac dans un mois, n'est-ce pas ? Elle ne partira peut-être pas en août comme elle l'avait programmé, mais elle s'en ira à un moment.

Elle aurait quitté la maison dans quelque temps.

— Et Eliza m'a constamment poussée à réfléchir à mon avenir.

— OK ?

Il fit une moue.

— Et ça te rend heureuse ?

— Quoi ? Non.

Je plaçai ma main sur sa poitrine et le regardai dans les yeux.

— Eliza a deux jobs pour subvenir à nos besoins, à Annie et moi. On s'en sort à peine avec toutes les heures que je fais aussi. Alors, avec Eliza qui travaille tout le temps et Annie qui sera partie…

Je m'arrêtai.

— Je ne te suis pas, dit-il en mordillant sa lèvre inférieure.

Apparemment, je devais clarifier ce que je disais.

— Je n'ai jamais eu de plans pour le futur parce que je ne savais pas ce que je voulais faire. Quand je réfléchissais à mon avenir, il était vierge, rempli de doute et d'indécision.

Je n'étais pas douée pour parler de mes émotions. Peut-être que c'était en partie dû à mon enfance et du fait d'avoir été seule pendant si longtemps. Mais il m'avait ouvert son cœur et je devais lui accorder cette confiance en retour.

— Mais depuis que je t'ai rencontré, tout a changé.

Ses yeux s'illuminèrent et il sourit.

— Vraiment ? Comment ?

— Cet endroit… commençai-je en faisant une moue. OK, peut-être pas *cet* endroit…

J'agitai ma main en cercle pour désigner les bois où j'avais été kidnappée.

— … mais toi, Sterlyn, Rosemary, Sierra, et même Griffin et Killian, êtes ma famille à présent.

— Tu me mets dans le même panier que les loups et l'ange ? demanda-t-il en rayonnant.

— Ouais. Admets-le…

Je me hissai sur la pointe de mes pieds et effleurai ses lèvres avec les miennes.

— T'as plutôt bien aimé trainer avec eux pendant une semaine.

— C'est quelque chose que je n'avouerai jamais, dit-il en me faisant un clin d'œil. Si jamais Matthieu l'apprend, il pourrait bien me tuer.

Cela me refroidit. Je me sentis accablée par tout ce qui se passait ici.

— Je ne trouverai jamais drôle de parler de ta mort, même si tu plaisantes. Comment tu te sentirais si je disais la même chose ?

— Je détesterais ça.

Il grimaça et ses doigts s'enfoncèrent dans mes flancs.

— Je suis désolé.

Il enfouit son visage dans mes cheveux et prit une profonde inspiration.

Ce geste tendre fit disparaitre mon agacement. Et moi qui avais cru au pire, et à la place, nous étions dans les bras l'un de l'autre, comme nous devrions toujours l'être.

— Je pensais que tu me quittais.

— Mon Dieu, non, dit-il en se reculant et me fixant. Je croyais que tu regrettais de t'être liée à moi. Tu ne savais absolument pas dans quoi tu t'engageais avant de le faire.

— Ce n'est ni vrai ni juste.

Je fis courir le bout de mes doigts le long de sa mâchoire, appréciant le contact de sa barbe.

— Notre connexion était si étouffante à des moments que j'avais l'impression de suffoquer. Oui, quand ta voix a éclaté la première fois dans ma tête, ça m'a surprise. Néanmoins, mes sentiments pour toi s'étaient renforcés et étaient devenus plus intenses. Je préfère demeurer à tes côtés qu'être n'importe où dans le monde.

— Mais être ici te met tellement en danger.

Il plaça son front sur le mien.

— Je t'aime tant... chuchota-t-il. C'est pour ça que j'aurais dû te laisser filer.

— Je serais restée.

J'avais besoin qu'il comprenne que je tenais autant à lui, que lui tenait à moi. Mon cœur débordait d'amour et ses sentiments étaient les mêmes que les miens, ce qui nous mettait dans un état d'euphorie que je voulais ressentir pour toujours.

— On est fait pour être ensemble. Le destin l'a décidé. On est qui pour refuser ?

Il m'embrassa, dérobant mon souffle, mais je ne me plaignis pas.

Nous avions besoin de cet instant, d'affirmer ce que nous ressentions l'un pour l'autre.

— *Je t'aime,* déclarai-je en me pressant contre lui, espérant qu'il put l'entendre dans sa tête.

— *Je t'aime aussi,* répondit-il, et mon cœur se gonfla tellement qu'il aurait pu exploser.

Mes mains se faufilèrent sous son t-shirt alors que la chaleur inondait mon corps et que l'envie pressante me prenait dans ses griffes. J'avais besoin de lui, maintenant !

Son corps frémit à mon contact.

Encouragée par sa réaction, je glissai ma langue dans sa bouche.

— *On est dans la forêt,* dit-il, tentant de rester rationnel.

Ouais, tant pis.

— *Et alors ?*

J'embrassai sa gorge, sentant son cœur pulser contre ma bouche.

Tous les livres soutenaient que les vampires étaient

morts, mais Alex prouvait le contraire. Son cœur battait comme le mien.

— *Véronica*, grogna-t-il.

J'égratignai sa peau avec mes dents.

Il siffla et ses muscles se contractèrent sous ma main. La sienne glissa sous mon haut et attrapa mon sein.

— *On est seuls ?* demandai-je.

Je le mordis plus fort alors qu'un besoin écrasant commençait à prendre le dessus, et quelque chose me poussa à continuer. Du sang s'échappa de l'endroit et je le léchai.

— *Oui,* gémit-il bruyamment en se pressant contre moi. *On est seuls, mais tu mérites mieux qu'ici.*

— *Peut-être.*

Je goûtai son sang. Cela me rappela le goût du sirop, mais en meilleur. La chaleur et la saveur sucrée explosèrent sur ma langue, et je désirai continuer.

— *Mais je ne veux pas de lit. Je te veux tout de suite.*

— *Oh, mon Dieu,* dit-il en tenant tendrement ma tête pour me maintenir. *Ça fait tellement du bien.*

Son autre main caressa mon téton.

Le besoin m'enserra et je reculai. L'entrainant au sol, j'enfourchai ses jambes.

Il glissa vers l'arrière, sur une zone herbeuse et s'appuya contre un tronc d'arbre, puis s'arrêta.

— *T'es sûre ?*

— *J'ai besoin de toi.*

Je ne savais pas si c'était le fait d'avoir été proche de la mort, nos déclarations d'amour, le goût de son sang sur ma langue, ou une combinaison des trois, mais j'étais désespérée.

— *Tu entendras si quelqu'un ou quelque chose arrive, n'est-ce pas ?*

Il hocha la tête alors que ses mains agrippaient mes jambes.

— *Alors, je ne vois pas de problème.*

Je reculai pour défaire sa ceinture et son jean.

— *Et toi, t'en vois un ?*

— *Non, pas du tout,* grogna-t-il alors que du rose affluait dans ses yeux.

Il souleva ses hanches et retira son jean et son boxer, et je me figeai pour le regarder.

Il était si splendide et chaque centimètre de son corps m'appartenait.

Et je parlais bien de chaque centimètre !

Savourant la façon dont ses yeux continuaient de s'assombrir, je retirai mon jean et ma culotte, puis l'enfourchai, prête à ce qu'il me pénètre.

Il glissa en moi, me remplissant entièrement, et nous bougeâmes ensemble.

L'herbe et l'écorce d'arbre creusèrent mes genoux, la piqure alimentant mon désir, et j'accélérai le rythme. Ses mains soulevèrent mon t-shirt et il défit mon soutien-gorge, l'enlevant avec mon haut.

En se penchant, il captura un téton dans sa bouche et donna des chiquenaudes avec sa langue sur la cime. J'augmentai encore un peu notre allure. Ce n'était peut-être pas notre première fois, mais c'était plus intense que jamais, comme si notre connexion voulait absolument sceller tout ce que nous nous étions dit.

La pression grandit entre nous et je jetai ma tête en arrière alors que les sensations me submergeaient.

— Alex, gémis-je.

— *J'adore que tu dises mon nom,* confia-t-il en attrapant mes hanches et giclant en moi.

Mon corps passa par-dessus bord et je l'embrassai plus

fougueusement. Sa langue caressa la mienne et son corps convulsa sous le mien, renforçant mon orgasme.

Nous nous immobilisâmes pour reprendre notre souffle et nos émotions entrèrent en collision sur notre lien. Il mitrailla mon visage de baisers et joua avec le bout de mes cheveux.

— C'était incroyable !

Bizarrement, il me faisait me sentir sexy. Je ne m'étais jamais sentie comme ça auparavant.

— Ouais, confirmai-je en souriant à moitié, puis je me rappelai ce que j'avais fait en premier et grimaçai.

— Et je suis désolée de...

Incapable de finir ma phrase, je montrai son cou.

— D'avoir bu mon sang ? demanda-t-il avec un sourire coquin.

— Ouais.

Mon visage devint brûlant.

— Ne le sois pas, dit-il en m'embrassant avidement à nouveau. *J'ai adoré.*

— *Vraiment ? Je n'ai pas...*

Ma voix diminua.

— C'est probablement parce qu'on est liés et une partie de mes désirs de vampires trouble ton esprit.

Il sourit de manière rassurante.

Je pariai qu'il avait l'habitude de le faire en couchant avec d'autres personnes. Je plaçai une main sur son torse pour le repousser.

— Est-ce que le fait que je sois humaine rend les choses moins agréables...

— Personne n'a goûté à mon sang auparavant, confia-t-il d'une voix grinçante en posant un doigt sur mes lèvres. On garde ça pour nos partenaires. C'est trop important pour nous.

— Vraiment ?

C'était un tel soulagement. Au moins, d'une certaine manière, j'étais sa première fois.

— Oui, assura-t-il en attrapant ma taille et me soulevant. Je déteste ruiner notre moment, mais on est au milieu des bois et Matthieu va s'inquiéter si on tarde trop à rentrer. Je détesterais qu'il envoie quelqu'un à notre recherche.

Super, ce commentaire gâchait tout. Mais je trouvai un moyen d'améliorer la situation.

— Quand on arrivera à Shadow City, je suppose qu'on pourra recommencer tout ça.

Je me mis debout et enfilai ma culotte et mon jean.

— Oh, c'est une évidence ! assura-t-il en m'embrassant et s'habillant également. De nombreuses fois.

— En *voilà* un plan !

Je n'en aurais jamais assez de lui, même après un million d'années.

Main dans la main, nous nous dirigeâmes vers sa voiture.

Nous arrivâmes chez Sterlyn vers minuit. Les voitures d'Annie et moi occupaient l'allée. Alex arrêta son SUV Mercedes sur le bord du trottoir et j'en sortis.

Je me précipitai vers la porte pour vérifier comment se sentait Annie, Alex sur mes talons. Je ne regrettais pas notre moment dans les bois et je recommencerais tout ce que nous y avions fait. Néanmoins, maintenant que nous étions là, je voulais qu'Annie parte, et vite.

Sans frapper, j'ouvris la porte d'entrée sur le salon. J'examinai la pièce déjà familière, avec le canapé gris perle d'un côté et la télévision à écran plat accrochée sur le mur opposé. Les quatre loups et Rosemary se trouvaient devant la causeuse assortie, qui était à la perpendiculaire du canapé, de l'autre côté des fenêtres aux stores blancs. À droite de celles-ci, il y avait une porte en verre qui menait au jardin. Annie se tenait devant, aussi blanche qu'un fantôme, fixant son reflet dans la vitre.

— Merci, mon Dieu, que tu sois là ! s'exclama Sterlyn en se tournant vers Alex et moi.

CHAPITRE CINQ

JE FUS PRISE DE TERREUR. Je n'avais jamais vu Sterlyn si stressée. Bien sûr, je la connaissais depuis peu, mais nous avions fait face à plusieurs situations affreuses.

— Qu'est-ce qui ne va pas ?

Je redirigeai mon attention sur Annie, sachant qu'il devait s'agir d'elle.

— Quand on est rentrés, Rosemary est restée là avec Annie pendant qu'on est allés reprendre forme humaine dans les chambres, expliqua Sterlyn en frottant ses bras alors que l'inquiétude affluait dans ses yeux lavande argentée. Quand on est revenu, on l'a retrouvée comme ça.

Elle repoussa ses longs cheveux argentés par-dessus son épaule.

— OK...? dit Alex. C'est quoi le problème ?

Pourtant, moi je le savais déjà. Je l'avais vue comme ça auparavant quand le chien du quartier avait été écrasé. Elle adorait ce chien et lui donnait de l'eau et de la nourriture. Lorsqu'il était mort, elle s'était retirée et avait ignoré le monde extérieur pendant des jours.

J'avais réussi à la sortir de son état de fugue en la trainant dans une animalerie pour voir des chiots. Elle avait éclaté en sanglots et m'avait raconté une partie de son passé que je ne connaissais pas. Elle s'était toujours sentie incomplète, comme si une part d'elle manquait, mais en CE2, sa camarade Suzy était devenue sa meilleure amie. Un jour, quand elles jouaient au football, Annie avait frappé la balle qui était allée sur la route. Suzy avait couru pour la récupérer sans regarder s'il y avait une voiture. Un véhicule l'avait percutée et tuée sur le coup. Perdre le chien avait fait revenir le souvenir de la disparition de Suzy.

— Elle s'est renfermée, expliquai-je en m'approchant doucement d'Annie.

Son attitude aimante et insouciante était authentique, mais elle l'aidait également à dissimuler la fille brisée à l'intérieur d'elle. C'était l'une des raisons pour lesquelles j'étais déterminée à la soutenir pour qu'elle ait une belle vie. Elle le méritait en ayant conservé son incroyable cœur après tout ce qu'elle avait traversé.

Les yeux gris de Sierra se focalisèrent sur l'ange.

— J'ai demandé à Rosemary ce qu'elle avait dit pour l'irriter, mais elle jure qu'elle n'a rien dit.

Sierra baissa sa voix et drapa ses cheveux blond cendré sur son épaule comme pour faire une barrière, en prétendant dissimuler à Rosemary ce qu'elle allait dire ensuite. Néanmoins, elle chuchota assez fort pour que même mes oreilles humaines l'entendent.

— Même si Rosemary s'est améliorée pour décrypter les situations sociales, elle a encore beaucoup de progrès à faire.

— Je ne lui ai pas dit un mot, grogna Rosemary en jetant un regard furieux à Sierra. C'est impossible que vous m'en teniez responsable.

— Ne sois pas insolente, soupira Killian en grattant sa tête, décoiffant encore plus ses cheveux couleur cappuccino. Tu sais que Sierra a le chic pour déformer ce que disent et font les gens.

Ses lèvres se fermèrent, rendant son visage buriné encore plus beau.

Sierra et lui se chambraient toujours, mais j'aurais souhaité qu'ils se comportent plus sérieusement en cet instant, comme Griffin.

— Tu peux leur ordonner d'arrêter de se chamailler ?

— Si je le pouvais, je le ferais, commenta Griffin en levant les yeux au ciel.

Mes sourcils se froncèrent.

— *Attends,* me connectai-je à Alex. *Ils ne sont pas de la même meute ?*

— *Non,* dit Alex en faisant une moue. *Sterlyn n'a pas rejoint la meute de Griffin quand ils se sont accouplés. Killian s'est soumis à Griffin et Sterlyn individuellement, ce qui lui permet de se lier mentalement avec les deux. Mais ils sont encore, techniquement, trois hordes séparées.*

Un autre petit détail que j'ignorais, mais ce n'était pas le moment de m'attarder dessus.

Griffin fronça les sourcils alors que ses yeux noisette faisaient des aller-retour entre Annie et nous, ce qui fit tomber dans son visage une mèche de ses cheveux couleur miel. La barbe dorée sur son menton avait poussé, probablement parce qu'il avait revêtu sa forme animale. Avec presque deux mètres, il était le plus grand dans la pièce. Les muscles dans ses bras croisés se gonflèrent.

— Tu peux l'aider ?

Je l'espérais. Tous les morts qu'elle avait vus avaient dû lui rappeler celle de Suzy. Alex lui avait dit d'oublier le monde des êtres surnaturels une fois qu'elle aurait quitté la région, mais elle était encore là et se souvenait toujours des cadavres. Je suspectais qu'elle était en train de revivre le même traumatisme.

— Laissez-moi essayer.

Déterminée, je m'approchai lentement d'elle. Je ne voulais pas la surprendre et qu'elle se replie davantage.

— Annie, dis-je gentiment en l'abordant comme si elle pouvait attaquer à n'importe quel moment.

Comme le jour où le chien était mort, elle resta impassible. Aucun hochement de tête, aucun tressaillement, ou signe qu'elle savait que j'étais là. Peut-être que j'aurais dû partir avec Sterlyn et les autres au lieu de rester à la banque de sang avec Alex.

— Tu es en sécurité maintenant.

Sa tête trembla, le mouvement si léger que je l'aurais manqué si je ne l'avais pas observée avec autant d'attention. Bien. Elle était consciente, d'une certaine manière.

— On doit te faire rentrer à la maison.

C'était le meilleur endroit pour elle.

— Je sais que tu y as déjà répondu, mais je dois redemander, dis-je en jetant un coup d'œil à Alex. Elle oubliera les morts une fois qu'elle sera partie, n'est-ce pas ?

— Oui, confirma-t-il en restant dans le vestibule. Je lui ai dit de quoi elle se souviendrait.

Alors, au lieu de faire durer sa souffrance, nous devions la pousser à partir. Ça règlerait tout.

— Voir des cadavres a probablement réveillé un traumatisme de son enfance et de la mort de son amie.

Je détestais qu'elle eût ce souvenir enfoui quelque part. Elle était douée pour le bloquer jusqu'à ce que quelque chose lui remémore Suzy.

— Est-ce que tu peux lui faire totalement oublier les morts pour qu'elle puisse conduire ?

Je détestais trafiquer son esprit, mais c'était pour son bien. Elle ne se souviendrait de rien, au final.

— Ouais, je peux faire ça.

Alex passa devant les autres pour me rejoindre. Il était plus petit que Griffin et Killian de quelques centimètres. Parfois, j'oubliai ce détail jusqu'à ce qu'ils soient à côté les uns des autres.

Je touchai l'épaule d'Annie, souhaitant qu'elle perçoive ma présence alors qu'Alex s'arrêtait à mes côtés. Il tendit la main pour toucher la joue d'Annie, et comme la dernière fois, une jalousie irrationnelle m'envahit, et je grognai. Une partie de moi voulut gifler ma sœur, alors que l'autre savait que j'étais ridicule. Il l'aidait. Pourquoi cela m'ennuyait qu'il la touche ? Tout ce qu'il allait faire c'était la fixer dans les yeux et faire son truc.

— Doucement, meuf, s'amusa Sierra alors qu'elle chipait mon bras et m'éloignait d'Annie et Alex.

— Merci, dis-je en me laissant aller. Pourquoi ça m'embête tant ? Il ne fait rien de mal.

— C'est le lien d'accouplement qui est récent, me rassura Sterlyn en posant sa tête sur l'épaule de Griffin. On est tous pareils avec nos partenaires. On veut qu'ils ne touchent personne ou que personne ne les touche, mais c'est bien pire quand on est fraichement liés.

— Ajoute à ça le fait que tu sois humaine, commenta Rosemary en me regardant par-dessus la tête de Sierra, ce qui montrait à quel point elle était plus grande que la métamorphe. Et tu as une connexion surnaturelle que tu ne peux probablement pas contrôler, puisque c'est un lien puissant qu'un humain ne peut pas supporter.

Ouais. Le caractère franc de Rosemary était de retour. Je mijotai leurs mots pendant une seconde.

— Parce que je suis humaine, je réagis plus fort au lien que si j'étais un être surnaturel ?

— C'est ma supposition. Réfléchis-y en prenant pour exemple un petit humain qui essaie de marcher, dit Rosemary en frémissant. Il tombe et se cogne parce qu'il ne sait pas comment faire.

— Tu parles d'un bébé ? demanda Sierra d'un ton impassible.

— Ouais, c'est ce que j'ai dit, confirma Rosemary.

— Ils ne peuvent pas se taire...

L'agacement ruisselant d'Alex aurait été clair même sans notre lien. Son ton s'adoucit sur notre connexion.

— Et j'adore quand t'es possessive. Ça renforce notre connexion et ça montre qu'on tient l'un à l'autre de la manière la plus sacrée.

Je ne savais pas si je partageais le même avis. Je voulais une relation normale et saine entre nous, basée sur la confiance, pas sur nos complexes.

— Les gars, sérieux. Taisez-vous !

— Ouais, compris, dit Sierra dont le visage devint studieux.

Au moins, elle comprenait. Peut-être que l'humour était sa manière de gérer une situation jusqu'à ce qu'elle ne dégénère. Je comprenais son comportement et je m'adoucis.

— Annie, prononça Alex en touchant son menton, forçant ses yeux à se connecter aux siens. J'ai besoin que tu oublies les cadavres que tu as vus aujourd'hui.

Elle hocha la tête, répondant enfin à l'un d'entre nous.

— J'aimerais beaucoup oublier.

Attendez...

— Tu peux aussi lui faire oublier la mort de son amie ?

Peut-être qu'on pouvait également guérir la douleur et la souffrance avec lesquelles elle avait grandi pour qu'elle se sente mieux. Si j'étais elle, j'aurais souhaité qu'on me fasse ce cadeau.

— *Je déteste te dire non, en particulier quand ta demande est basée sur de bonnes intentions, mais je ne peux pas faire ça.*

Le regret d'Alex s'envola vers moi.

Ça n'avait pas de sens.

— *Pourquoi ? Elle pourrait oublier un épisode horrible de son passé.*

— *Exactement,* dit Alex en laissant tomber sa main, relâchant Annie. *Plus je vais loin pour changer ses souvenirs, plus son esprit deviendra instable. Ces dernières semaines sont assez récentes pour qu'il n'y ait pas d'effets secondaires... mais retourner dans son enfance... c'est différent. En plus, la mort de son amie l'a façonné et elle est devenue la personne qu'elle est aujourd'hui, pour le meilleur ou pour le pire. Effacer ce souvenir la changerait en quelqu'un qu'Eliza et toi ne reconnaitriez pas.*

Encore une fois, je ne connaissais pas ou ne comprenais pas le monde surnaturel. Tout ce qu'il avait dit était parfaitement logique.

— *Eliza se rappellerait encore de cet accident, alors qu'Annie non.*

Même si elles n'en parlaient pas quotidiennement, le sujet était fréquemment abordé, souvent près de la date de la mort de Suzy. À moins de vouloir également trafiquer l'esprit d'Eliza, nous devions garder le souvenir intact. À présent, je me sentais mal d'avoir suggéré qu'Alex l'efface.

Alex vint vers moi et m'attira dans ses bras. Il embrassa le sommet de ma tête.

— *Ne te sens pas coupable pour ça. Tu apprends de quelle façon les choses fonctionnent ici. Tu ne savais pas.*

— *Merci de m'avoir dit non.*

Il aurait pu le faire pour moi, en craignant que je sois contrariée, mais il s'en était tenu à ses convictions. Grâce à ça, je tombai encore un peu plus amoureuse de lui. Ce n'aurait pas dû être possible, mais c'était le cas.

— *Tu es un homme bien.*

— *Si je n'avais pas conscience que le résultat pourrait t'affecter, je le ferais pour toi,* dit-il en se penchant à nouveau et effleurant mes lèvres des siennes. *J'aurai toujours à cœur ce qui est mieux pour toi. Et je peux ajouter que je suis honoré de tout t'apprendre sur mon monde !*

— *J'aime ça aussi.*

Si je devais avoir un professeur, je souhaitais que ce soit lui. Je l'embrassai, appréciant le goût de ses lèvres.

— Oh mon Dieu, Ronnie ! s'exclama Annie à côté de moi. Qu'est-ce qui te prend ?

Elle semblait normale et un rire remonta dans ma gorge alors que je me reculais.

— Euh... tu veux vraiment qu'elle réponde à cette question ? demanda Sierra, son sarcasme réapparaissant à la première opportunité. Parce que si tu ne l'as pas deviné après ce baiser, alors on va devoir avoir une petite conversation sur la sexualité.

Elle agita ses sourcils à l'attention de mon amie.

Sterlyn explosa de rire alors que Rosemary secouait la tête.

— Et vous dites que *je* lâche des trucs que je ne devrais pas, commenta l'ange noir en plissant le nez.

— On peut voir que Sierra n'a que des frères, dit Killian en s'étirant et levant ses mains au-dessus de sa tête, ses yeux chocolat-noir illuminés de malice. Elle a l'humour d'un garçon de douze ans, ce qui montre son degré de maturité.

— Va dont voir chez les vampires si j'y suis ! répondit Sierra en lui tirant la langue.

Maintenant qu'Annie était sortie de son état de fugue, j'appréciai leurs plaisanteries.

— D'abord, tu penses vraiment que c'est judicieux de provoquer le vampire qui est dans la pièce ? demanda sérieusement Rosemary. Et deuxièmement, c'est quoi le truc avec tout votre humour sexuel ? Ça fait quoi s'ils couchent ensemble ?

— Elle est juste jalouse, gloussa Sterlyn. C'est la seule à s'abstenir.

Oh, mon Dieu, c'était impossible que Sierra laisse couler ce commentaire.

Au lieu de répliquer, Sierra fut bouche bée.

— Rosemary est aussi célibataire.

— Ça ne veut pas dire que je ne couche avec personne, rétorqua Rosemary en souriant d'un air suffisant.

— Pas étonnant que tu les apprécies, rigola Annie en s'accrochant à mon bras, me détachant d'Alex. Mais tu…

Elle plissa les yeux en le regardant et fit un geste de la main alors qu'elle prenait un air méfiant.

— Je m'en fiche que tu sois un vampire, si tu fais du mal à ma sœur, je te tuerai. Ou je te tuerai une deuxième fois. Qu'importe.

— Et voilà… Annie vient de dérober mon cœur, commenta Sierra en posant une main sur sa poitrine. Une sœur protectrice qui veut éliminer un vampire. Il n'y a rien de mieux.

— Peut-être que t'es attirée par les filles, suggéra Griffin. C'est peut-être pour ça que tu ne trouves personne.

— Hé, il y a plein de filles séduisantes, crois-moi, dit Sierra en désignant Sterlyn, Rosemary, Annie et moi. Malheureusement, je suis hétéro.

— Malheureusement, répéta Killian en faisant une moue. Alors, t'y as pensé ?

— Aussi marrante que soit cette conversation...

Ça pouvait continuer longtemps si je ne les forçais pas à se concentrer.

—... Annie doit rentrer à la maison auprès d'Eliza. Elle est inquiète, et Alex et moi devons aller à Shadow City.

— Attends ! s'exclama Rosemary en frottant sa lèvre inférieure. Tu emmènes Ronnie à Shadow City ? Elle est humaine.

— Je sais, mais puisqu'on a complété le lien, la meilleure façon de la protéger c'est de la garder à mes côtés, expliqua Alex en se tournant vers moi. Matthieu l'a aussi exigé. À moins que je veuille accroître les tensions entre nous, c'est ce qu'on va devoir faire.

— Mais... commença Griffin, et je le coupai, car la décision avait déjà été prise.

— Écoutez, je comprends votre inquiétude, mais Matthieu a raison. Je suis l'âme sœur d'Alex et je n'irai nulle part. Ma place est à ses côtés, avec tout ce que ça implique.

Même si je n'étais pas une vampire, j'étais son égale. D'une façon ou d'une autre, je le ferais voir à tout le monde.

— Non, c'est intelligent, dit Sterlyn en faisant les cent pas devant nous. C'est risqué, mais c'est aussi la décision la plus ingénieuse que vous puissiez prendre. En l'emmenant à Shadow City et l'intégrant dans notre société, vous contrôlerez l'histoire avec votre peuple et le conseil.

— C'est vrai, continua Rosemary en considérant les mots de Sterlyn. Et vous aurez la majorité des voix avec celui des métamorphes, des vampires et deux votes des anges, une fois que j'aurai parlé à ma mère.

— Attendez...

Il me manquait une partie des informations.

— Pourquoi le conseil aurait son mot à dire ?

— Parce qu'il autorise ou non l'entrée de quelqu'un dans

la ville, répondit Griffin. Dès que tu passeras la barrière, une audience d'urgence sera déclarée. Quiconque vote contre toi sera hautement mécontent de ta présence. Ils ne veulent pas que d'autres êtres surnaturels s'y installent, et concernant une humaine...

Sa voix devint inaudible. Il n'était pas nécessaire qu'il finisse sa phrase.

Super. Et moi qui croyais qu'on irait juste chez Alex et qu'on aurait le reste de la nuit pour récupérer. Ce nouveau scénario me poussa encore plus à bouger.

— Alors, on ferait mieux d'y aller.

J'enlaçai Annie, inspirant son léger parfum de jasmin.

— On dirait que tu as beaucoup à faire, dit-elle alors que ses bras se resserraient autour de moi. Merci de m'avoir protégée.

Sa voix se brisa d'émotion.

— Je t'aime, chuchotai-je, des larmes inondant mes yeux. Je ferai tout pour m'assurer que tu sois en sécurité.

— Puisque vous devez manifestement être tous les deux à Shadow City ce soir, Annie peut rester avec moi, offrit Killian.

— Non, je veux rentrer, dit Annie en se cramponnant à elle-même. Je... Je dois partir d'ici si Ronnie part.

— OK, dit Killian en se dirigeant vers la porte d'entrée. Je vais chercher mes clés et je te suivrai jusqu'à chez toi.

Ses mots me remplirent de soulagement. Je n'avais pas réalisé m'être inquiétée qu'elle arrive intacte chez Eliza.

— T'es sûr ?

— Oui, m'assura-t-il d'un sourire. Je vais la suivre là-bas et reviendrai directement.

Il se tourna vers Annie.

— Va à ta voiture, j'arrive tout de suite.

— OK, répondit Annie qui paraissait impatiente et prête à rentrer. Et merci.

— Va dire au revoir et je vais chercher tes affaires, proposa Alex en embrassant mon front et faisant un signe de tête à Annie. Ravi de t'avoir rencontrée.

— *T'es sûr ?*

Ça semblait mal placé de demander à Alex de rassembler les quelques habits que je possédais.

— *Ouais,* assura-t-il en hochant la tête. *Elle veut te parler en plus.*

Il disparut dans le couloir.

Annie dit au revoir à Sterlyn et aux autres, puis enfila son bras dans le mien pour me tirer vers la porte.

— Sortons, chuchota-t-elle. Maintenant.

CHAPITRE SIX

ANNIE et moi marchâmes jusqu'à son véhicule. Sur le côté droit de la maison, les stores de la chambre dans laquelle nous étions restés, Alex et moi, bougèrent. Des yeux bleus clairs apparurent entre les trous.

— *Je pensais que tu rassemblais nos affaires ?*

Un frisson me parcourut à l'idée qu'il nous observait. Si ça avait été un autre mec, j'aurais été dégoûtée par son comportement, mais avec Alex, ça me plaisait. Tout le stress aidait notre lien à se stabiliser puisque mes émotions volatiles le renforçaient.

Il montrait clairement qu'il nous espionnait. Ses yeux prirent une faible lueur.

— *Tu viens tout juste d'être capturée et presque tuée... encore une fois. Excuse-moi de vouloir garder un œil sur toi quand t'es dehors, dans un espace désert. En plus, t'es pas en colère contre moi. Je le saurais si c'était le cas.*

— La Terre à Ronnie, dit Annie en claquant des doigts devant mon visage. Ça va ?

Elle jeta un coup d'œil vers la fenêtre et ses sourcils se froncèrent.

Elle ne le voyait pas, mais comment c'était possible ? Ses yeux étaient parfaitement visibles. À moins que je puise à nouveau dans les désirs et les capacités d'Alex...

— Non, désolée, répondis-je en forçant mon attention à revenir à elle. C'était une journée de dingue.

— Une journée ?

Annie frotta ses mains sur son cou à l'endroit où Eilam l'avait mordue, et elle s'appuya contre sa Honda Civic noire.

— Plutôt un mois de dingue ! Mon Dieu, j'ai été si stupide.

— Pour être juste, tu ne savais pas ce qu'il se passait.

Elle ne devait pas se reprocher tout ce qui s'était produit.

— T'es venue ici pour visiter une fac qui t'intéressait, et un vampire a manipulé ton esprit.

— Et pourtant, t'es dans cette situation à cause de moi, dit-elle en montrant la maison et secouant la tête. Et je crois qu'ils t'ont fait la même chose.

— Tu veux dire quoi par là ?

— Ne te fâche pas, mais je pense que tu devrais rentrer avec moi, souffla-t-elle. Je crois qu'Alex trafique ton esprit comme Eilam faisait avec le mien.

— Non, Alex ne me ferait jamais ça.

— J'ai dit la même chose à propos d'Eilam, il n'y a même pas une heure, rétorqua-t-elle en levant sa main. Alors, désolée si je trouve ça dur à croire.

— Alex n'est pas comme Eilam.

Je tentai de garder ma voix mesurée, mais la colère s'y manifesta.

— Il nous a sauvées. Eilam voulait uniquement se nourrir sur toi et t'utiliser comme jouet sexuel.

Je grimaçai, regrettant immédiatement mes paroles que je ne pouvais pas rattraper.

Les mains serrées, Annie s'immobilisa comme si elle essayait de rester calme.

— Merci pour ta franchise, mais tu te trompes sur un truc. Il ne couchait pas avec moi. Dieu merci. Ils disaient que les humains en étaient indignes.

Le soulagement me submergea et des larmes brouillèrent mes yeux. Il l'avait tout de même violentée, mais au moins, l'agression sexuelle n'était plus sur la table. Ce qu'elle avait vécu était suffisamment horrible.

— Je suis désolée. C'est juste que... Alex est complètement différent et ça me contrarie que tu les compares.

— Mais c'est ce que je cherche à te faire comprendre. T'as jamais souhaité te mettre dans une relation sérieuse avec un gars auparavant. Pourquoi lui ? Juste après ce que j'ai traversé... souffla-t-elle. Je ne veux pas que tu fasses la même erreur que moi. Juste... reviens à la maison et vois si tu ressens toujours la même chose. Peut-être que la distance te donnera une perspective différente.

Pour réfléchir avec précaution, j'organisai mes pensées.

— D'abord, si c'était vrai, la distance serait inutile. Rappelle-toi, tu continuais de revenir auprès d'Eilam. Et deuxièmement, je sais que mon esprit est intact.

— Oh, vraiment ? se moqua-t-elle. Comment ?

— Parce qu'il a tenté de le manipuler et ça n'a pas marché.

Le jour qui avait suivi son baiser chez les Soiffards apparut dans ma tête. Sur notre trajet pour sortir de Shadow Terrace, il avait arrêté la voiture et nous nous étions sérieusement disputés. Il avait essayé de s'effacer de ma mémoire pour que je retourne en sécurité chez moi, mais mon esprit était resté intact, ce qui l'avait choqué.

— Enfin, Ronnie, dit-elle en levant les yeux au ciel. Si

les vampires peuvent trafiquer nos esprits, cet épisode pourrait avoir été inventé.

Mais je savais qu'il était réel.

— Il a dit la vérité. Sterlyn...

— Tu mises tout sur des gens que tu viens de rencontrer ! s'exclama Annie dont les yeux éclatèrent de colère, et elle serra les dents. Si tu dois faire confiance à quelqu'un, ça devrait être moi. J'ai assuré tes arrières pendant les six dernières années. Eux, non.

Mon esprit fut sonné. Je ne voulais pas la blesser, mais elle ne comprenait pas.

— Je t'aime tellement. Personne ne pourrait prendre ta place...

— Alors, rentre à la maison, dit-elle en se décalant de la voiture et se tournant pour monter sur le siège du conducteur.

Je touchai son épaule pour la maintenir en place.

— Je n'avais pas fini.

— Ouais.

Son gloussement contenait un tranchant. Elle se retourna et tapota ses doigts sur ses jambes.

— Je t'en prie, continue.

Elle n'avait jamais agi comme ça avec moi auparavant. Ça faisait mal, mais je savais où était ma place.

— Cet endroit complète une pièce manquante en moi. Je sais que ça parait dingue, mais c'est ici que je dois être, même si Alex n'était pas impliqué.

— Mais... commença Annie dont la mâchoire tressauta.

— Alex est mon tout.

J'aurais voulu que ce soit plus facile de lui faire comprendre. J'aurais voulu qu'elle puisse croire que la vraie Ronnie lui parlait. Cependant, après ce qu'elle avait traversé, je ne pouvais pas lui en vouloir de douter. Si j'étais à sa place, j'aurais ressenti la même chose.

— C'est mon âme sœur, et les autres... ce sont mes amis.

— Cet endroit n'est pas fait pour nous, Ronnie, dit Annie en pointant du doigt la marque de morsure. On n'est pas des êtres surnaturels. On n'est pas faites pour ce monde.

— Moi, si.

Alors que je disais ces mots, je réalisai à quel point ils étaient vrais. Ma maison était ici. Ce serait impossible de rester chez Eliza.

— Je comprends que ce soit dingue, parce que je suis humaine, mais c'est ici que je dois être, continuai-je en montrant mon cou. Je n'ai pas les mêmes marques que toi. Il ne s'alimente pas sur moi.

— Tu sais quoi ? s'exclama-t-elle alors que la colère remplaçait sa souffrance. Très bien. Reste. Puisque ces gens sont tellement plus importants que ta famille.

— Tu es injuste.

Je me forçai à retenir ma colère. Elle ne comprenait pas.

— Eliza et toi êtes tout pour moi, mais je dois le faire pour moi.

Pour la première fois de ma vie, je me plaçai en premier. Annie avait l'habitude que je me mette en quatre pour elle.

La porte d'entrée s'ouvrit et Killian sortit de la maison. Ses clés pendouillaient dans sa main et il fit un signe vers la maison vert kaki voisine.

— Ma voiture est dans mon garage. T'es prête ?

— Plus que ça.

Me tournant le dos, Annie ouvrit la porte de la voiture et monta.

Les sourcils de Killian se levèrent et il me jeta un regard interrogateur.

Je ne voulais pas lui expliquer ce qu'il s'était passé, surtout devant Annie.

— Pars devant, dit-il à Annie en me saluant. Je serai derrière toi en un éclair.

— Compris.

Elle claqua la porte et démarra la voiture.

Alors qu'elle sortait de l'allée, elle m'ignora.

Je la regardai partir, une partie de moi en souffrance. Je détestais qu'on se soit séparées sur cette note amère. Elle tenait à moi et voulait me protéger, mais je n'en avais pas besoin. Partir avec elle n'était pas une option. La douleur aurait été insoutenable.

— Dis-le-moi quand Annie et toi êtes arrivés là-bas sains et saufs, appelai-je Killian. S'il te plait.

Il leva son pouce et disparut dans la maison. Sa porte de garage s'ouvrit en grondant.

La porte d'entrée s'ouvrit à nouveau et l'*attraction* dans ma poitrine m'informa qu'Alex arrivait. En quelques secondes, il apparut à côté de moi en portant un sac sur son épaule. Il resta silencieux alors que je regardais ma sœur et meilleure amie s'éloigner avec Killian derrière elle.

— Tu savais de quoi elle voulait parler, n'est-ce pas ?

Je gardai mon attention sur les voitures jusqu'à ce qu'elles disparaissent dans un virage.

— J'avais à peu près deviné, dit-il en hochant la tête.

Et pourtant, il ne m'avait pas prévenue.

— Pourquoi tu m'as laissée lui parler, alors ? Pourquoi t'es pas venu avec moi ?

— Parce que tu tiens à elle et qu'elle t'aime, expliqua-t-il en prenant ma main. Vous deviez avoir cette conversation sans moi.

— Mais elle t'a accusé de...

En souriant tendrement, il passa ses doigts dans ses cheveux.

— Elle a raison d'être inquiète. Ça aurait pu arriver. En plus, ce serait une insulte à son intelligence de penser qu'elle ne considérerait pas cette éventualité après tout ce qu'elle a vécu. Elle ressentait sûrement de forts sentiments pour Eilam, comme toi pour moi.

— Notre connexion est authentique !

Je détestais cette comparaison.

— Oui, dit-il en baissant son front contre le mien. Et la leur ne l'était pas. Ça ne veut pas dire qu'elle ne la croyait pas réelle au moment donné.

Il avait raison. Je détestais considérer qu'elle puisse croire que mes sentiments pour Alex étaient altérés comme ça avait été le cas pour elle avec Eilam. Je fermai les yeux alors que ma peine s'intensifiait.

— Elle est en colère contre moi.

— Non, c'est faux, assura-t-il en embrassant mon nez. Elle est blessée. Elle a peur de t'avoir perdue à cause de nous. Ça pourrait t'encourager à l'oublier comme elle t'avait oubliée. Elle agit de cette manière parce qu'elle a peur.

— Ce n'est pas mieux.

Je l'aimais tant, mais elle n'était plus le centre de mon monde. Mon séjour ici avait changé cet aspect. Quand je pensais au futur, Alex et moi étions ensemble. Avant, tout avait tourné autour d'Annie.

Je levai ma tête pour fixer ses magnifiques yeux. Il déroba mon souffle, et ce n'était pas que son visage et son corps parfait. Il tenait à moi et mettait mes besoins avant les siens. Même avant que nous eussions accepté notre connexion, il avait risqué sa peau pour me sauver de Klyn, puis de l'agresseur mystérieux de ma chambre d'hôtel lors de ma première nuit en ville pour retrouver Annie.

— Qui a essayé de m'attaquer cette nuit-là à l'hôtel ?

J'étais restée sans réponse à cette question, et je ne savais pas pourquoi je n'avais pas demandé plus tôt.

— Ça sort de nulle part, s'étonna-t-il en faisant une moue.

— Pas vraiment, dis-je en l'embrassant. Je pensais à la manière dont tu m'avais protégée avant même qu'on parle, et ça m'a fait repenser à cette soirée-là.

— Je ne comprenais pas mon instinct à ce moment-là, dit-il en souriant. Mais je ne pouvais pas m'en empêcher. L'idée que quelque chose t'arrive me donnait l'impression que le monde serait complètement différent.

C'était un inconditionnel romantique et je souhaitais qu'il reste le même pour toujours.

— Ça ne répond pas à ma question.

— Très bien.

Sa main glissa sur mon cou, sa paume se posant au niveau de mon pouls.

— C'était le bagagiste.

Peut-être que le comportement du porteur et de la réceptionniste quand j'étais entrée dans le vestibule m'avait mise sur la piste, mais je ne fus pas surprise. La façon dont il m'avait regardée m'avait dérangée et la réceptionniste m'avait demandé si j'étais seule. C'était tout à fait logique, à présent.

— Bien sûr. Pourtant, ceux qui restaient à l'hôtel l'auraient entendu attaquer. Pourquoi personne ne m'est venu en aide ?

— On emmène les humains à la banque de sang pendant la nuit pour faire des dons. Le processus est similaire aux autres banques de sang, mais les vampires leur effacent la mémoire une fois que c'est fini. La plupart des hôtes étaient partis et le bagagiste en a profité. Personne n'était assez près pour l'entendre quand il a essayé de fracasser ta porte. Il faisait partie de l'équipe d'Eilam.

Du rose afflua dans ses iris.

Pas étonnant qu'il eut voulu que je quitte la ville cette nuit-là.

— Comment t'as su que tu devais vérifier si j'allais bien ?

— J'ai entendu de rumeurs chez les Soiffards sur un employé d'hôtel qui s'alimentait sur des humains. Quand je suis passé en voiture et que j'ai aperçu la tienne sur le parking, je devais aller voir, expliqua Alex en léchant ses lèvres. Juste avant que tu entres dans le bar, j'avais une réunion avec Blade, qui agit comme maire de Shadow Terrace, ainsi que le propriétaire du bar, Cédric, pour découvrir qui était impliqué dans le trafic de sang. Il y avait des rumeurs sur certains vampires qui ramassaient des humains au bar et faisaient partie du trafic. T'es venue chercher Annie et ça nous a aidés à tout découvrir beaucoup plus vite.

— Est-ce que le bagagiste t'a conduit jusqu'à Eilam ?

Quelque chose clochait encore, mais le fait qu'il se confiait à moi réaffirmait que nous étions une équipe à part entière.

— Non, dit-il en grimaçant. Je l'ai tué avant de pouvoir lui demander quoi que ce soit. J'ai commencé à creuser suite à la visite d'Annie à l'Université de Shadow Ridge, et le nom d'Eilam est apparu.

Un frisson parcourut ma colonne.

— Il buvait ouvertement sur elle au bar, devant toi.

Si Eilam se cachait, pourquoi avait-il fait ça, bon sang ?

— Il savait qu'il allait être attrapé et s'exhibait, expliqua Alex en regardant en l'air. J'allais l'emmener en prison à ce moment-là, mais t'as débarqué.

— Tu voulais me tuer, rigolai-je.

Il avait été tellement en colère, ce jour-là.

Il repoussa le sac et m'attira contre lui.

— Non. Je voulais te fesser. T'adores foncer vers le danger.

— Je ne le regrette pas une seule seconde.

Ce jour-là, tout avait changé entre nous.

— J'ai eu le meilleur baiser de toute ma vie grâce à tout ça.

— Alors, je dois beaucoup pratiquer pour le surpasser, grogna-t-il en capturant mes lèvres avec les siennes.

— Hum.

Je l'embrassai également et luttai contre le sourire qui voulut se répandre sur mon visage.

— Ça semble être beaucoup de boulot. Pas sûre d'être partante pour ce défi.

— *Je suppose que je ferais mieux d'être convaincant,* se lia-t-il en léchant ses lèvres.

La porte d'entrée s'ouvrit et Sierra toussa.

— Mon Dieu. S'il vous plait, arrêtez ! Je peux sentir votre excitation d'ici, et vous êtes dehors.

— Alors, rentre à l'intérieur, rétorqua Alex d'une voix sifflante.

Ses pas s'approchèrent.

— Oh, sûrement pas ! Vous avez dit que vous retourniez à Shadow City, alors ça aurait dû être plus sûr pour moi de trainer ici, sans avoir à endurer vos préliminaires.

Elle éclaircit sa gorge, soulignant le fait qu'elle resterait là.

— En plus, je ne peux pas rentrer à l'intérieur. Griffin m'a virée en disant que je les empêchais de partir.

La porte du garage s'ouvrit, prouvant ce qu'elle disait.

À contrecœur, je m'éloignai d'Alex. Nous devions aller

à Shadow City avant que Matthieu pète les plombs. Il était déjà plus d'une heure du matin.

Alex jeta un regard noir à Sierra et je remarquai qu'ils agissaient comme des amis, et non pas comme des alliés éphémères.

— Mec, je pensais qu'on était pressés, lança Griffin alors qu'il se dirigeait vers la porte-conducteur.

— C'est vrai, confirma Alex en plaçant une main dans le creux de mon dos et me conduisant à la voiture.

Je m'arrêtai.

— Qu'est-ce qu'on fait de mon véhicule ?

Je ne voulais pas qu'elle gêne Griffin et Sterlyn, mais j'avais le sentiment que nous devrions prendre la voiture d'Alex pour aller en ville.

— Elle est bien là où elle est, assura Sterlyn en ouvrant sa porte. On peut sortir sans problème.

— Fais attention qu'elle soit en sécurité, lança Sierra à Alex en soutenant son regard. Et ramène-la vite.

Alex ajusta la lanière du sac sur son bras.

— Je la protègerai de ma vie. Ne t'inquiète pas. Je veux revenir ici aussi vite que possible.

Je montai dans la Mercedes. Balançant mon sac à l'arrière, il grimpa sur le siège conducteur. Je fis un signe à Sierra alors que nous nous éloignions de la maison.

Le quartier disparut dans le rétroviseur et mon cœur tambourina.

En silence, Alex nous conduisit dans le cœur de la ville, en direction de l'université. Shadow Ridge grouillait de la vie nocturne et des gens affluaient dans les rues. Avec insouciance, de grands groupes se dirigeaient vers de nombreux restaurants et bars sur notre passage. Plusieurs personnes semblaient avoir mon âge, bien que ce ne fût pas forcément vrai, la plupart des êtres surnaturels paraissaient jeunes. Je ne pouvais pas encore distinguer les humains des êtres surnaturels.

C'était sympa de savoir que de ce côté de la rivière, la scène sociale était plutôt semblable à celle de chez moi.

Je me relaxai sur mon siège, ignorant le temps qu'on mettrait pour aller à Shadow City.

Alex ralentit, permettant à Griffin de se placer devant nous.

— De cette façon, on pourra rester dans la voiture, expliqua-t-il. Griffin et Sterlyn peuvent se connecter avec la meute derrière les murs de la ville pour nous faire entrer.

Soudain, Griffin prit un virage net à droite, et la Navigator fonça vers la rivière.

— C'est quoi ce bordel ? hurlai-je, mon corps se raidissant. Ils sont sortis de la route.

Je fermai les yeux pour ne pas voir l'impact.

CHAPITRE SEPT

— C'EST le chemin pour se rendre à Shadow City, précisa Alex, confus, et il vira pour les suivre.

Mes yeux s'écarquillèrent et je tendis la main au-dessus de la console centrale.

— C'est impossible. La voiture est trop lourde. On va couler !

Je devais faire un cauchemar. J'avais échappé de justesse à la mort, seulement pour périr noyée dans une voiture. Oh, sûrement pas !

Je déverrouillai ma porte, prête à sauter, alors que mon sang se précipitait dans mes oreilles.

— Non, c'est bon, assura Alex en passant un bras autour de mes épaules alors qu'il avançait vers la berge. J'ai oublié que le pont était invisible. Une fois que nos véhicules auront atteint la barrière magique, on disparaitra à la vue des humains.

Alors que je me préparais pour l'impact, la voiture continua de rouler sans incident. Un colossal et robuste pont en ciment apparut comme par magie devant nous, et une structure en dôme se profila à distance.

— Qu'est-ce que...

Je jetai un coup d'œil au sommet du pont. Il me rappelait des photos que j'avais vues du Golden Gate en Californie.

— Comment j'ai fait pour ne pas le voir ?

Je me forçai à souffler maintenant que nous étions en sécurité.

— L'assemblée de sorcières de la ville l'a enchanté, expliqua Alex en frottant mon épaule. Seuls les êtres surnaturels peuvent l'apercevoir. Les humains ne voient que le flux de Rivière Tennessee, mais maintenant que tu as traversé la barrière, tu peux voir la ville comme moi.

La zone où se trouvaient le pont et le dôme n'avait été que de l'eau pour moi quelques moments auparavant, et la rivière était huit fois plus large que ce que je croyais. Au centre de la rivière se trouvaient de solides murs qui faisaient plus de cent étages, avec un emblème estampé dessus à répétitions. Le symbole était simple, et pourtant à couper le souffle. L'image représentait l'horizon, et au-dessus des deux plus grands gratte-ciels, une énorme empreinte de patte flottait dans l'air.

— Pourquoi il y a une empreinte de loup au sommet ? Pourquoi c'est la seule race identifiée dans l'emblème ?

C'était une ville d'êtres surnaturels, alors ça semblait étrange qu'une seule race soit représentée.

— À cause des loups argentés, gloussa Alex. Pour faire court, Sterlyn est une louve angélique. La mère de Rosemary, Yelahiah, est la sœur de l'ange qui s'est reproduit avec une louve. Il a été tué il y a plusieurs siècles, et Yelahiah a demandé que sa famille soit symbolisée d'une certaine façon. Il y avait une grande animosité parmi les anges et elle voulait que l'empreinte de loups lui rappelle la famille qu'elle avait perdue.

— Il y a une riche histoire dans cette ville.

Je m'installai confortablement dans mon siège et me penchai en avant pour examiner la cime du vaste dôme en verre.

— Je suppose que c'est pour empêcher ceux qui peuvent voler de pénétrer à l'intérieur ?

— Ouais, c'est ça. De nombreux êtres surnaturels peuvent voler, déclara-t-il en plaçant sa main sur ma cuisse. Les anges, comme tu le sais, et il y a des métamorphes oiseaux. Il y en a aussi d'autres que je n'ai jamais vus, mais dont j'ai entendu parler. Ils vivent dans le Royaume des Fae, comme les dragons, les harpies, les gargouilles, et bien d'autres.

— Waouh, il y a un autre royaume ?

Le monde était bien plus grand que ce que j'avais réalisé. C'était à la fois incroyable et terrifiant.

— Est-ce qu'il y a des gens du Royaume des Fae qui vivent sur Terre ?

On racontait tellement de mythes que je pouvais supposer que les gens les avaient aperçus au cours de l'Histoire.

— Apparemment, il y a des dragons qui sont liés à la Terre. Ce sont des métamorphes dans cette dimension, comme les loups, ils ont donc une apparence humaine, expliqua Alex en haussant les épaules. Je n'en ai jamais rencontré, mais un métamorphe ours qui travaillait pour un ancien membre du conseil a quitté la ville confinée pour aider le roi dragon fae à trouver ceux qui vivent ici. C'était avant qu'on soit autorisé à sortir, mais l'ours a été capturé par les métamorphes dragons qu'il pourchassait et un groupe de leurs alliés. Un loup de Shadow Ridge est allé le chercher pour le ramener à Shadow City. Le métamorphe ours déblatérait des trucs sur les centaures, les dragons, les vampires et les loups. Avant qu'ils n'atteignent la ville, ils ont eu un accident et l'ours a disparu à nouveau. Il s'est enfui et n'a pas été rattrapé.

Plus j'en apprenais sur ce monde, plus il paraissait dingue. Et moi qui avais pensé que les humains étaient dramatiques, ça allait bien au-delà de ça.

— Quelle race est la plus forte ?

— Les anges, mais pas si le reste des races œuvre ensemble.

Alex ralentit à une centaine de mètres de l'entrée principale de la ville, où une partie du pont était relevée pour empêcher que quelqu'un entre.

— Shadow City était destinée à être un refuge pour les êtres surnaturels, mais les anges sont intervenus, permettant uniquement aux plus forts de vivre à l'intérieur de la ville. Ils voulaient diriger les membres les plus puissants de toutes les races. Leur tentative de prendre le contrôle à provoquer une révolte. On a appris qu'on pouvait vaincre les anges si les races travaillaient toutes ensemble.

Ça confirmait ce que j'avais entendu toute mon enfance. Si tout le monde œuvrait pour le bien commun, nous pouvions tout affronter. Ça avait toujours semblé ringard. C'était encore le cas, mais Alex, les métamorphes loups, Rosemary et moi œuvrions déjà les uns avec les autres. Si ça ne prouvait pas cette théorie, pas grand-chose d'autre ne le pourrait.

— Ça va me demander une minute pour digérer tout ça.

— Je sais.

Alex arrêta la voiture derrière celle de Griffin et descendit sa fenêtre en agitant sa main.

— Mais plus tu en sais, moins le conseil pourra t'utiliser contre moi. Ils tenteront de démontrer que tu n'es pas censée faire partie de ce monde.

Ouais, j'avais le sentiment que ça serait le cas. Le fait qu'on soit ensemble était un combat depuis le début.

— On leur prouvera le contraire.

On n'avait pas le choix, sinon je mourrais en essayant.

— Bien sûr, dit Alex en repoussant une mèche de mes cheveux derrière mon oreille. Et s'ils refusent, on partira et on fera notre vie ailleurs.

D'après ce qu'avait dit Matthieu, je doutai que ça soit possible. Il avait l'air de dire que des gens me pourchasseraient, et on ne savait quoi d'autre, si Alex et moi partions. Ils y avaient des choses dont on ne pouvait pas se cacher, mais je ne voulais pas gâcher le plaisir d'Alex.

— Et si les gardes me refusent l'entrée ?

— Ce ne sera pas le cas, assura Alex en attrapant ma main. Entre Griffin, Sterlyn et moi, ils ne prendront pas le risque d'énerver trois membres du conseil d'un coup.

Des roues dentées grincèrent et le pont hissé descendit. La porte en ciment commença à se soulever. Le processus était lent et bruyant, même pour moi, comme si le poids de la porte était trop lourd. Je gardai mes mains sur mes genoux, ne voulant pas faire croire que je ne pouvais déjà pas supporter d'être là.

Centimètre par centimètre, la ville se profila. Je n'avais jamais rien vu de tel, même en photos. Elle faisait à peu près la même taille que le centre-ville de Lexington, et les bâtiments étaient propres et brillants, s'étendant à l'horizon. Ils s'envolaient dans le ciel en des lignes droites et précises. Quelques-uns semblaient être constitués de verre doré. Un bâtiment à la taille moyenne avec un énorme toit rond de couleur violet attira mon regard. C'était celui de l'emblème de la ville. Il manquait juste l'empreinte de loup planant dans le ciel, ce qui ne m'aurait pas étonné.

— Waouh.

Je ne savais pas quoi dire d'autre.

— Ça ne peut pas être réel. C'était la première fois que je voyais du verre refléter la lumière d'une telle façon.

Même avec la lune haute dans le ciel, les rues étaient bondées de gens. Ils portaient tous des habits modernes. Je ne savais pas pourquoi, mais je m'étais attendue à ce qu'ils aient des vêtements vieux d'un millénaire. Manifestement, ils avaient suivi les époques.

Il n'y avait aucun éclairage dans les rues. Les seules lumières provenaient du ciel et des bâtiments, mais les gens voyaient parfaitement. Encore plus surprenant, il n'y avait aucun véhicule sur les routes, à part ceux de Griffin et d'Alex.

— Les gens n'ont pas de voiture ici ?

— Uniquement ceux qui quittent régulièrement la ville, expliqua Alex en souriant et me regardant un instant. On a une partie des bois où les métamorphes peuvent courir et vagabonder dans la nature. On achemine par l'une des portes tout ce qu'on ne peut pas trouver en ville.

— Alors pourquoi tout semble moderne ?

Je ne pouvais pas me remettre du fait que la ville emmurée paraisse plus à la pointe que Lexington.

— C'est grâce aux anges, souffla Alex. On déteste tous l'admettre, mais les bâtiments sont construits avec des matériaux qu'ils ont apportés du Paradis.

Ça expliquait pourquoi le verre semblait plus vivant que ce que j'avais pu voir auparavant et pourquoi les lignes étaient plus précises.

— Le Paradis.

C'était bizarre à dire. Je n'avais pas grandi en croyant à ce genre de choses, mais maintenant, je savais que les anges étaient réels.

— Est-ce que Satan existe aussi ?

S'il y avait une possibilité que je croise Satan, je souhaitais être prévenue.

— Pas vraiment, se moqua-t-il. Les anges qui sont ici n'étaient pas en accord avec la supervision du Paradis, alors ils sont venus vivre sur Terre. Ils ont apporté des matériaux pour bâtir de nouvelles maisons confortables.

Je voulais poser davantage de questions, mais mon cerveau atteignait déjà sa limite. J'avais le sentiment que si je poussais Alex à entrer plus dans les détails, il pourrait parler pendant des années.

Griffin tourna à gauche, mais nous avançâmes tout droit, nous enfonçant plus profondément dans la ville.

— Pourquoi on prend un autre chemin ?

— Parce qu'ils vont chez eux, et nous, chez nous.

Il continua à rouler lentement dans la cité.

Personne ne faisait attention à nous. La moitié des gens portaient des jeans et des t-shirts, alors que les autres avaient l'air d'être de sortie en ville pour la nuit. Des groupes d'amis affluaient. D'autres passaient sans faire attention à ceux qui ne faisaient pas partie de leur bande.

Un bâtiment blanc, qui me rappela celui du Capitole à l'extérieur de Shadow City, se profila sur notre gauche. Il semblait différent des édifices plus grands, et sa forme rectangulaire recouvrait tout un pâté de maisons avec sa tour au sommet. Il y avait un parking à côté, le premier que je voyais depuis que nous étions rentrés dans la ville.

— Il sort du lot celui-ci.

— C'est le bâtiment du conseil, précisa Alex dont la poigne se resserra sur le volant, ses jointures devenant blanches. Tous les membres du conseil peuvent aller et venir à Shadow City, et ils ont choisi de détruire un bâtiment et créer un parking pour les membres avec des véhicules.

— Pigé. Mais pourquoi utiliser l'architecture humaine pour le bâtiment ?

— Pour rappeler à tout le monde que le conseil a des intentions pures, dit Alex, impassible. L'ange le plus corrompu, Azbogah, a demandé que l'édifice soit conçu de cette manière.

Les gens qui avaient le plus à cacher s'assuraient de passer pour des bien-pensants.

— Parce que le fait que le bâtiment soit différent du reste de la ville empêchera les gens de remettre en question les décisions du conseil ? Ça n'a aucun sens.

C'était la nature humaine de s'interroger, et je supposai que c'était également vrai pour les êtres surnaturels.

— Non, c'est vrai, mais c'est normal que les gens aient confiance en nous, commenta Alex en tapotant le volant d'un doigt. Parce que le conseil fait du mal à ceux qui se questionnent, ce qui veut dire qu'on doit être *très* prudent te concernant.

La conversation qu'on avait eue chez Sterlyn avait créé plein de promesses.

— Je pensais qu'on avait la majorité des votes.

— C'est le cas, mais les gens qui seront contre ta présence seront encore plus dangereux, expliqua-t-il en me jetant un coup d'œil. Certains représentants voudront te faire du mal pour arriver à leurs fins. C'est ce qu'il s'est passé pour Sterlyn.

— Ah bon ?

Je ne pouvais pas imaginer que quelqu'un puisse la détester. C'était la personne la plus sincère que j'avais rencontrée.

— Mais ils s'en sont sortis.

— Pour ça, il a fallu tuer un membre du conseil et sa

compagne, tout en emprisonnant leur fille, précisa Alex dont la mâchoire tressaillit. Ç'a été compliqué.

— Mais tu les as aidés, n'est-ce pas ?

— Oh, bien sûr, dit-il avec le visage qui se durcit. Mais je les ai aidés pour qu'ils me doivent des faveurs. Tu te souviens de celle que j'ai utilisée pour que tu restes avec eux ? Elle venait de ce moment-là.

— Hé ! m'exclamai-je en plaçant ma main sur son bras. Tu ne peux pas changer ce que t'as fait dans le passé. Tout ce que tu peux faire c'est avancer et t'améliorer.

Eliza me l'avait souvent répété, et je m'accrochai à cette croyance. Entendre cette histoire renforça le fait qu'elle avait eu raison.

Les bâtiments devinrent plus larges, mais ressemblaient davantage à des immeubles qu'à des commerces. Nous avions traversé le centre-ville et nous nous approchions du mur extérieur.

Alex ralentit et pointa du doigt une bâtisse de quatre étages au style Néo-Renaissance avec un air royal, qui brillait à la lueur de la lune.

— La maison.

— Waouh.

Je m'étais dit qu'ils possèderaient une grande demeure, mais je ne m'étais pas attendue à *ça*.

— C'est énorme !

— Plus de huit-mille mètres carrés. Parfois, ça parait petit avec Matthieu et Gwen qui y vivent aussi, commenta Alex en grimaçant. Tu seras mieux protégée si on est à proximité.

Il tourna dans l'allée, avança jusqu'à l'autre extrémité de la maison et appuya sur la télécommande d'un garage au niveau de la visière. Je ne pouvais même pas voir de porte jusqu'à ce qu'une partie du bâtiment se soulève. Elle était tellement bien camouflée par l'enceinte de la maison.

Alors que nous entrions, j'examinai l'intérieur. Le sol du garage était en carreaux gris foncé et des lumières, semblables à des lanternes, étaient suspendues au plafond tous les mètres. De robustes colonnes rouges encadraient les places de parking de chaque voiture. Alex avança à côté d'un SUV Lexus et d'une Porsche avant de se garer sur la place la plus proche d'une porte en bois de cerisier.

— Je comprends que tu sois prince, mais est-ce que vous avez vraiment besoin de tout ça ?

Sans trop comprendre pourquoi, je ne m'attendais pas à ce qu'ils soient capables de s'offrir tout ça, puisqu'ils avaient été enfermés dans la ville pendant un millier d'années. J'avais pensé que son titre de prince était plus une courtoisie qu'autre chose, mais ils avaient l'argent pour soutenir leur statut royal.

— Si c'est le garage, je n'imagine pas à quoi ressemble la maison de l'intérieur.

— Heureusement pour toi, on a tout le dernier étage pour nous, dit-il en arrêtant sa voiture et me faisant un clin d'œil. Matthieu doit rester au rez-de-chaussée pour des raisons de sécurité. Comme je suis le second, j'ai choisi l'étage qui serait le mien après que mes parents soient morts. J'ai pris le dernier pour son accès au rooftop.

Ça semblait sympa.

— On devra aller voir ça.

— C'est certain, dit-il en ouvrant sa porte et tendant le bras à l'arrière pour saisir mon sac.

Voulant absolument voir l'intérieur, je bondis de la voiture et me dirigeai vers la porte de la maison. Elle s'ouvrit sur un énorme vestibule au sol en marbre et aux murs jaune canari. Mon attention alla vers un énorme lustre suspendu au centre. Il me rappela un paon.

Quelqu'un inspira et mon attention se tourna vers un homme en costume noir qui se situait de l'autre côté de la pièce. Ses cheveux couleur cèdre étaient parfaitement coiffés et plaqués vers l'arrière. Son corps se raidit et ses yeux verts prirent une teinte pourpre alors que ses crocs dépassaient de sa bouche.

Je titubai en arrière pour retourner au garage et près d'Alex, mais ce fut la mauvaise décision. La silhouette de l'homme se brouilla alors qu'il venait droit sur moi.

CHAPITRE HUIT

JE HURLAI et l'homme atterrit sur moi. Je tombai au sol, sur le dos. Un craquement écœurant retentit et une immense douleur éclata dans ma tête. Ma vision s'obscurcit alors que l'homme se jetait à mon cou.

La porte s'ouvrit et l'homme disparut. Je saisis mon cou alors que la nausée retournait mon estomac. Je devais m'assurer que mon artère était intacte, mais je ne sentis aucune goutte humide.

Il ne m'avait pas mordue.

— Ne la *touche* pas une nouvelle fois, bouillonna Alex.

Encore une fois, il m'avait sauvée avant que je ne sois le repas de quelqu'un. Ça devenait récurrent entre nous.

— Je... Je suis désolé, dit l'homme d'une voix grinçante. C'est juste, je n'ai jamais senti quelqu'un d'aussi irrésistible. Je...

Pouah. Ma tête me faisait si mal et j'étais frustrée de ne même pas avoir envisagé cette possibilité. Si la majorité des vampires était restée isolée ici, ils n'avaient jamais été tentés par un humain auparavant. Et j'étais rentrée comme ça, en débarquant sans me soucier de quoi que ce soit. J'avais été tellement stupide.

Des pas se précipitèrent dans la pièce.

— Alex, qu'est-ce que tu fais ? siffla Matthieu.

Des mains froides écartèrent les cheveux de mon visage et Gwen se pencha sur moi, son visage gravé d'inquiétude.

— Où est-ce que ça fait mal ?

— À l'arrière de ma tête.

Si ce n'était pas si douloureux, j'aurais été embarrassée, mais je ne pouvais rien faire pour le moment. Je forçai ma tête à pivoter et découvris Alex avec les mains enveloppées autour du cou de mon attaquant, le pressant contre le mur. La pièce tourna, et ce fut difficile de me concentrer sur eux.

Je fermai les yeux, à la recherche de soulagement, mais rien ne vint. Mon corps entier tournoyait comme si j'étais sur un carrousel au rythme effréné.

— Je vais peut-être vomir.

— Alex, aide ta compagne, dit Matthieu. Je vais m'occuper de Sergio.

— Il a essayé de se nourrir sur elle, grogna Alex.

— Mon prince, je ne voulais pas, dit Sergio d'une voix tremblante. C'était un accident, et je n'avais aucune idée qu'elle était votre compagne. Elle sent si bon.

— Ça va être un problème avec tous les vampires qui ne se sont pas aventurés en dehors de la ville, commenta sèchement Matthieu. Un autre point que tu aurais dû considérer avant de compléter le lien avec elle.

Il avait raison, et le gars paraissait honteux de ses actions. Il manifestait du regret. Je devais faire venir Alex jusqu'à moi avant qu'il fasse quelque chose que nous regretterions tous les deux.

— *J'ai besoin de toi.*

Au moment où je pensai à ces mots, il relâcha son emprise sur le cou de Sergio et recula vers moi.

— Est-ce que je peux te faire confiance pour te maitriser ? demanda-t-il d'une voix grinçante.

— Oui. Je ne l'attaquerai plus jamais, promit Sergio en levant les mains. Je le jure.

— Vas-y, dit Matthieu en frottant l'arrière de son cou. Je m'assurerai que tout se passe bien.

— Et ça devrait me tranquilliser ? se moqua Alex.

— Je vais prétendre de n'avoir rien entendu, dit Matthieu en croisant les bras et fronçant les sourcils.

L'étourdissement s'atténua, mais je ne retrouvai pas mes repères. J'avais toujours détesté les parcs d'attractions.

— Tes pupilles sont dilatées, fit remarquer Gwen en plaçant une main sur mon front. Boire le sang d'un vampire devrait t'aider à te sentir mieux.

Ouais, je ne voulais pas faire ça devant tout le monde. Je ne souhaitais boire le sang de personne, à part celui d'Alex. L'idée de goûter à nouveau son sang semblait tentante, mais, pas suffisamment pour le faire maintenant.

— Nan, ça va.

Je roulai sur le côté et me hissai pour me redresser, déterminée à m'asseoir, mais je m'écroulai presque. Des bras puissants et familiers s'enveloppèrent autour de moi, m'empêchant de m'effondrer au sol.

— Pas si vite, me gronda Alex.

Normalement, ça m'aurait contrariée, mais comme je me sentais en sécurité dans ses bras, ce ne fut pas le cas. Il pouvait me faire la leçon autant qu'il souhaitait du moment qu'il restait avec moi.

— *Je ne pense pas qu'il désirait me faire du mal. Il semblait surpris quand je suis entrée dans la pièce et m'a fixé pendant une seconde. Il a bondi sur moi seulement au moment où j'ai voulu retourner dans le garage.*

— *Il a probablement lutté contre son instinct, puis tu as réagi comme une proie,* souffla Alex en décalant son bras.

Je grognai de protestation jusqu'à ce que ses doigts déplacent gentiment mes cheveux sur le côté pour qu'il puisse examiner la blessure. Quand il toucha le point d'impact, je grimaçai.

— Aïe !

— Désolée, dit-il en levant sa main à sa bouche. *Tiens, prends quelques gorgées de mon sang. Tu te sentiras mieux.*

Je maintins son poignet au niveau de ma bouche. Il avait deux marques de morsure à l'endroit où il avait percé sa peau. Du sang dégoulina le long de son avant-bras.

— *Tu n'auras pas besoin de beaucoup et tu guériras plus vite.*

— *Euh... ton frère et ta sœur, sans oublier Sergio, sont là,* protestai-je en secouant la tête.

Je devais mettre des limites quelque part.

Je déplaçai mes jambes pour me hisser debout, mais quand j'y posai mon poids, la pièce tourna à nouveau autour de moi.

Gênée, je touchai le sang du bout de la langue. Je fermai la bouche alors que le goût du délicieux sirop la remplissait. Je fus impressionnée par la vitesse à laquelle je me sentis mieux.

— Ça faisait si mal que ça ? sourit tristement Gwen alors qu'elle examinait mon visage une nouvelle fois. Tes pupilles redeviennent normales. Si tu bois davantage...

C'était bien trop sensuel pour que je fasse ça devant tout le monde. Même si j'avais eu une folle envie de déguster son sang durant notre moment d'intimité, ce n'était pas le cas maintenant. Mon côté humain était totalement intact, même si son sang avait un goût de bonbon.

— Mademoiselle, dit Sergio en ajustant son haut blanc boutonné et remettant sa cravate en place. Je suis vraiment désolé. Ça n'arrivera plus jamais.

— Ça, tu peux en être sûr ! s'exclama Alex. Parce que si c'est le cas, je te tuerai moi-même.

Je tournai ma tête et embrassai la joue d'Alex. Même si j'adorais son côté protecteur, ce pauvre gars s'en voulait assez.

— Je ne peux pas dire que ça va, car j'ai eu peur pour ma vie, essayai-je de badiner, mais la plaisanterie tomba à plat.

Il était probablement trop tôt pour faire des blagues sur ma potentielle mort.

— Mais je vous crois et je vous pardonne.

— Merci, dit-il en venant vers moi, puis s'arrêtant net. Mais je pense que c'est plus sage que je garde mes distances. Votre odeur est vraiment trop alléchante.

Un frisson parcourut ma colonne. Si quelqu'un d'autre qu'un vampire m'avait fait remarquer ce détail, j'aurais été flattée, mais je préférerais avoir une odeur de poubelles pour lui.

— Euh... est-ce que je peux y faire quelque chose ?

Je me torturai la tête pour trouver des trucs que détestait un vampire.

— Peut-être que je devrais manger beaucoup d'ail ?

— Ça n'aidera pas, dit Matthieu en me jetant un regard noir. Si tu connaissais les êtres surnaturels, tu ne ferais pas de commentaires si stéréotypés.

Waouh. Et moi qui croyais que Matthieu et moi pourrions apprendre à nous connaitre et devenir amicaux durant mon séjour ici. Je commençais à penser que ça n'arriverait pas.

— Arrête de faire le connard, dit Alex en se levant et m'épaulant pour me mettre debout. Elle ne peut pas changer le fait d'être née humaine, comme on ne peut pas changer le fait d'être nés vampires.

— Mais on vit ici parce qu'on est des vampires, lança Matthieu en nous faisant face, ses mains en poings sur ses flancs. Elle est humaine et devrait rester loin de nous.

— Il y a des humains partout à Shadow Terrace.

Je ne pouvais pas laisser Alex se battre pour moi, et si je voulais que Matthieu me respecte, je devais tenir bon.

— Alors ce que tu dis est absurde. Vous avez besoin de sang humain pour survivre. Que t'apprécies ou non, les vampires et les humains sont liés.

— Elle t'a eu sur ce point, frérot ! rigola Gwen.

— Ce n'est pas marrant, lui répondit Matthieu avec mépris. Tu n'aides pas.

— T'as dit ce que tu avais à dire. C'est toi qui souhaitais qu'on reste ici, dit Alex en passant un bras autour de ma taille. Tu ne peux pas nous pousser à venir ici, puis agir comme si tu ne voulais pas d'elle.

Je continuais de monter Alex contre son frère. Maintenant, j'avais ajouté Gwen à l'équation, mais je ne renoncerais pas à Alex, plus maintenant.

Le fait que sa sœur commence à m'apprécier m'encourageait. Peut-être qu'il y avait de l'espoir pour Matthieu et moi après tout.

— Parce que t'es mon frère et que tu dois être là, dit Matthieu en se balançant sur ses talons. Ce n'est pas comme si j'avais eu le choix.

— Alors tu ferais mieux de vite l'accepter, lança Alex en faisant un regard noir à Sergio et Matthieu. J'emmène Véronica dans notre chambre. Informez le reste du personnel qu'il y a une humaine dans le bâtiment, et que c'est à présent sa résidence permanente. Si quelque chose lui arrive, je les tuerai moi-même.

J'essayai de me lier à Alex, mais notre connexion déconnait. Je supposai que c'était un autre problème dû à mon côté humain. Nous ne pouvions nous raccorder mentalement qu'aux moments où j'étais hautement émotive.

Alex me conduisit jusqu'à un imposant escalier en marbre au milieu de la pièce. Il se plia et me souleva dans ses bras, puis monta les marches d'un pas pressé. Je jetai un coup d'œil par-dessus son épaule pour découvrir Matthieu qui me lançait un regard furieux, avec tellement de haine que ma respiration accéléra. Je ne savais pas ce que j'avais fait pour mériter tant de méchanceté.

J'entendis le bruissement du sac soulevé du sol et la voix de Gwen résonna comme si elle se rapprochait des escaliers.

— Tu m'as dit que tu préviendrais tout le monde qu'une humaine arrivait. Qu'est-ce qu'il s'est passé, bordel ?

— Les affaires, et j'ai manqué de temps, lança Matthieu, comme si c'était anodin.

— Ce n'est pas une raison suffisante, grogna-t-elle. Elle fait partie de la famille maintenant. Sergio, informe tout le monde de la présence de Véronica pour que personne ne fasse la même erreur que toi, appela-t-elle en montant les escaliers.

— Oui, Votre Altesse Royale, répondit Sergio.

Alex arriva sur un petit palier qui menait à un autre escalier. Un couloir partant du palier faisait six mètres de large avec des murs en bois foncé et un autre lustre, qui me fit cette fois penser à une cascade. Le même sol en marbre filait dans le couloir.

Alors qu'Alex se tournait pour poursuivre son ascension, je tapotai son épaule.

— Tu sais que je peux marcher, n'est-ce pas ?

— Je ne prends pas le risque.

Il continua sans s'arrêter.

— T'as bu à peine de sang, et t'as cogné fort ta tête. Entre ça et l'attaque de la journée, je ne vais pas risquer que tu sois à nouveau blessée.

L'adrénaline de la journée diminuait et mes paupières devenaient lourdes.

— Ta sœur nous suit avec notre sac.

— C'est ce que je souhaite, confia-t-il. Il se passe quelque chose avec mon frère, et je n'aime pas ça. Je veux lui en parler.

Ouais, j'avais ressenti la même chose.

— Il ne m'aime pas.

— Il n'aime pas le changement.

Nous atteignîmes un autre palier et continuâmes dans le suivant. Le sol était identique avec un troisième lustre me rappelant des feux d'artifice.

— Ce n'est pas personnel.

Peut-être... mais je n'y croyais pas. Au milieu du long couloir, près d'une rangée de fenêtres, se trouvait un grand piano noir. Sur le mur à côté, il y avait une peinture des versions jeunes de Matthieu, Alex et Gwen, ainsi que deux personnes qui se tenaient derrière eux. Alex leur ressemblait parfaitement. Un petit sourire se répandit sur mon visage devant l'image, mais j'étais trop fatiguée pour poser des questions. J'appuyai ma tête sur la poitrine d'Alex et m'assoupis avant qu'il atteigne le haut des marches.

— Bonjour, Princesse, dit Gwen, me tirant de mon sommeil.

Je clignai des yeux et jetai un œil dans la pièce inconnue. Le mur entier sur la droite était constitué de verre avec des stores scintillants qui laissaient pénétrer la lumière. Les autres murs étaient gris anthracite, lisses et modernes. Une grande peinture des bâtiments de la ville était accrochée à ma gauche, ce qui me rappela son emblème, avec les deux imposants bâtiments au centre et des plus petits de chaque côté. Je me redressai et découvris que j'étais dans un gigantesque lit. Des draps d'un gris pâle et une couette bouffante ressemblant à un nuage m'entouraient, et un énorme oreiller duveteux arborait l'empreinte de ma tête.

Repoussant les couvertures, je tendis la main dans ma poche arrière et criai presque de soulagement quand j'y trouvai mon téléphone. Je le déverrouillai rapidement et découvris un message non lu d'Annie.

Merci, mon Dieu. Je fus envahie de soulagement maintenant qu'elle était arrivée à la maison.

Hé, je suis à la maison. Eliza est fâchée que tu ne sois pas avec moi, alors ne sois pas étonnée si t'as bientôt de ses nouvelles. Je t'aime et tu me manques déjà. À bientôt. Bisous.

Je tapai une réponse.

Merci de me l'avoir dit. Tu me manques aussi. On se parle bientôt. Je t'aime.

J'appuyai sur le bouton d'envoi, puis jetai le téléphone et regardai Gwen.

— Est-ce que c'est la chambre d'Alex ?

— Techniquement, elle vous appartient à tous les deux maintenant, sourit Gwen alors qu'elle plaçait un simple t-shirt noir et un chemisier bleu ciel sur le lit.

— Je me suis dit que le bleu t'irait bien avec tes cheveux cuivrés.

— Attends.

Ma tête était confuse, probablement à cause de tout ce qui s'était passé hier.

— Est-ce que c'est pour l'audience d'urgence du conseil qu'espèrent Alex et les autres ?

— Ouais. Être présentable et modeste est la meilleure façon de s'y présenter... pour toi, en tout cas.

Elle passa une main sur sa courte robe d'été carmin qui lui allait parfaitement.

— Puisqu'ils ont l'habitude de me voir habillée comme ça, je vais garder mon style vestimentaire habituel.

Même si ce n'était pas le cas, j'avais le sentiment qu'elle aurait tout de même fait ce qu'elle voulait.

— Ouais, bonne idée.

Je jetai un coup d'œil aux habits, surprise parce que j'aurais choisi les mêmes.

— Est-ce que t'aurais, pas hasard, des chaussures que je pourrais mettre ?

— Bien sûr, dit-elle en pointant du doigt le tapis anthracite.

Je me penchai pour découvrir à mes pieds de simples chaussures noires avec des talons de deux centimètres.

— Eh bien, super. Ton frère est où ?

— En train de parler à Matthieu et te trouver quelque chose à manger, dit-elle en montrant la porte derrière elle. Dépêche-toi et habille-toi. Matthieu et moi partons devant pour aller au bâtiment du conseil, et Alex et toi devez nous suivre directement. Une fois que j'aurai fermé la porte, laisse-la close, à part pour Alex.

— Euh... ouais.

Je pouvais faire ça. Je ne voulais pas répéter ce qu'il s'était passé hier soir.

— Compris.

— Et fais attention à agir de manière confiante et confortable avec tout le monde, me dit-elle en marchant d'un pas nonchalant vers la porte et l'ouvrant. C'est la seule façon de montrer aux membres du conseil que tu peux survivre dans ce monde. Un signe d'hésitation c'est tout ce qu'il faudra pour que tout le monde doute de toi.

Elle ferma la porte derrière elle, me laissant seule pour digérer ses paroles.

Aucune pression.

Je bondis sur mes pieds et me changeai rapidement. Je ne voulais pas être la raison de notre retard. J'avais déjà trop à prouver sans ajouter le *manque de* ponctualité à ma liste de défauts.

En quelques secondes, j'avais enfilé ma tenue. Je fonçai dans la salle de bain, espérant trouver une brosse à cheveux et une brosse à dents. Toute la salle de bain était en carreaux gris anthracite avec un sol en marbre blanc. La double vasque était assortie aux murs. Les affaires de toilette dont j'avais besoin se trouvaient entre les deux lavabos.

Encore une fois, Alex avait pris soin de moi.

Alors que je brossai mes cheveux, puis mes dents, j'examinai le reste de la pièce. La massive douche au jet en pluie était constituée du même marbre que le sol, et les toilettes étaient situées entre la douche et le mur. La salle de bain faisait peut-être un quart de la chambre.

Une fois que je fus prête, je fixai mon reflet dans le miroir. Mes yeux verts paraissaient clairs et scintillants, et mes cheveux cuivrés plus brillants que d'habitude. Ce devait être la luminosité.

Je n'avais aucun maquillage, alors je devrais me contenter de mon allure naturelle.

Dans le miroir, l'ombre apparut derrière moi. Un cri se logea dans ma gorge, mais je fus trop figée de peur pour le sortir. Je tournai ma tête pour me retrouver face à elle. Ses yeux brillaient d'un léger vert, et quelque chose vrombit sous ma peau.

Mon corps trembla. Elle me faisait quelque chose. Je tentai de me libérer, mais c'était comme si j'étais paralysée.

Elle leva une main vers moi, de la même façon que la fois où j'avais été en danger.

CHAPITRE NEUF

LA MAIN de l'ombre toucha ma joue, et quelque chose changea en moi. Mon pouls se calma et ma respiration s'aplanit. Je n'étais plus pétrifiée, ce qui me fit angoisser. Son contact semblait familier.

La familiarité devait découler du moment où elle m'avait aidée à poignarder Zaro. Elle avait attrapé ma main, pour me contrôler, afin que je puisse tuer le vampire. À ce moment-là, je n'y avais pas trop prêté attention, concentrée sur le fait de ne pas mourir.

Non, je ne pouvais pas me sentir à l'aise avec ce monstre. Il m'avait tourmentée pendant les quatorze premières années de ma vie avant que j'eusse trouvé Eliza et Annie. Depuis, l'ombre était restée absente jusqu'à mon arrivée ici.

Ça ne pouvait pas être une coïncidence.

Peut-être que c'était une créature surnaturelle qui me hantait. Ça serait logique.

Je levai la main pour repousser la sienne… et elle traversa son membre. Je me figeai.

L'ombre prit mon visage et ma joue fut transie de froid.

Je sentis qu'elle essayait de m'alerter. Je m'appuyai contre sa main et m'émerveillai de sa solidité.

Mince, alors ! Il n'y avait pas moyen de se sortir de cette situation.

Un léger coup, suivi par le clic du verrou et l'ouverture de la porte de la chambre, me ramena au présent.

— Véronica ? appela Alex.

— Ici.

Ma voix trembla, communiquant mon appréhension. Personne n'avait jamais vu l'ombre, alors je n'étais pas inquiète qu'Alex soit en danger. Peut-être qu'il pourrait la faire disparaitre.

Alex arriva en un éclair dans la pièce alors que l'ombre se volatilisait. Il se matérialisa juste à l'endroit où elle avait été un instant auparavant.

— Qu'est-ce qui ne va pas ? demanda-t-il en examinant ce qui nous entourait. Est-ce qu'il y avait quelqu'un ?

— Pas vraiment.

La dernière fois que j'avais parlé de l'ombre à quelqu'un, ils avaient menacé de m'enfermer chez les fous. Je n'en avais plus parlé, pas même à Eliza. Mais elle était revenue, et je ne savais pas quoi faire.

— C'est-à-dire ? demanda-t-il, le front plissé d'inquiétude.

— Je... Je ne sais pas, soufflai-je.

Ma tête allait à toute allure pour réfléchir à la manière d'expliquer ces évènements dingues qui devenaient la normalité dans mon monde.

— Tu peux tout me dire, assura-t-il en prenant ma main, jetant toujours un œil autour de nous pour déterminer ce qu'il s'était passé.

C'était mon compagnon, alors il était coincé avec moi, et

tout ce qui était insensé dans ma vie. Peut-être que laisser quelqu'un connaitre mon secret me soulagerait.

— Je l'ai même caché à Eliza.

— Vraiment ? s'étonna-t-il alors que ses sourcils s'arquaient.

Il frotta ma main avec son pouce.

— Cet aveu me ravirait en temps normal, mais l'expression sur ton visage me fait dire que je préférerais qu'il n'y eût rien à raconter.

Je devais me confier à lui. Plus je débattais sur la manière et le contenu de ce que j'allais dire, plus ce serait difficile de me lancer.

— Je vois une ombre.

— Une ombre ? répéta-t-il d'une voix tendue. Je suppose que tu ne parles pas de celles créées par le soleil, la lune ou la lumière ?

C'était une façon très intéressante de formuler la question.

— Non. Elle peut se matérialiser, même dans le noir, et elle rôde autour de moi.

— Depuis combien de temps ça dure ? demanda-t-il en se figeant.

— Depuis toujours, dis-je, même si ça paraissait dingue. Mais le matin où ils m'ont emmenée chez Eliza, ça a été la dernière fois que je l'ai vue. Je ne sais pas du tout pourquoi et je ne me suis jamais posé la question. J'étais juste contente que l'ombre soit partie.

— Et tu me le dis que maintenant ? s'exclama-t-il alors que de la colère teintait ses paroles.

Non, il n'avait pas le droit de faire le connard.

— Oui... parce qu'elle a disparu pendant plusieurs années, et elle s'est à nouveau manifestée à mon arrivée à Shadow

Terrace. Au début, je pensais voir des trucs, mais elle est réelle. Elle se révèle quand je suis en danger. Elle est apparue la première nuit que j'ai passée à Shadow Terrace, juste avant que Klyn m'attaque, et elle m'a aidée dans la banque de sang.

— Tu veux dire quoi par là ?

— Quand Zaro m'a attaquée, l'ombre s'est posée sur moi et m'a assistée pour le poignarder.

OK, le dire tout haut semblait encore plus fou.

Sa mâchoire tressaillit et ses yeux devinrent bleu marine.

— Et tu viens de la voir ?

— Ouais.

C'était inutile de lui cacher la vérité.

— Elle était juste à l'endroit où t'es. Elle... Elle a touché ma joue.

Je ferais tout aussi bien de tout lui dire.

— Et son contact m'a semblé familier. Mais cette familiarité vient sûrement du moment où elle m'a aidée à tuer Zaro, non ?

— Aucune idée, dit Alex en pinçant l'arête de son nez. Tes émotions m'ont bouleversé quand j'étais en bas. J'ai senti un mélange d'inquiétude et d'inconfort. Je pensais que c'était dû à notre présentation au conseil, mais je suis monté en vitesse pour voir ce qui se passait.

Il embrassa mon front.

— Je suis content de l'avoir fait.

— Moi aussi.

Je m'appuyai contre son torse et soupirai alors qu'il enveloppait ses bras autour de moi.

— Elle s'est volatilisée quand t'es arrivé. T'as une idée de ce que ça pourrait être ?

— J'ai quelques suppositions, dit-il en laissant tomber ses bras et reculant. T'es OK pour y aller ? On doit partir pour la réunion, mais je ne veux pas t'y trainer avant que tu ne sois prête.

— On ne peut pas être en retard.

J'avais fait face à l'ombre pendant la plus grande partie de ma vie et je ne pouvais pas laisser cet incident me perturber.

— Oui, mais ta santé est plus importante pour moi, dit-il en hochant la tête.

— Même si c'est mental ?

Je tentai de plaisanter, mais une nouvelle fois, ma blague tomba à plat. Je devais m'améliorer sur les sarcasmes aux moments sérieux. Sierra donnait l'impression que c'était simple.

— Surtout si c'est mental, dit-il en me faisant un clin d'œil, son arrogance me rassurant.

Il agissait de manière normale, c'était exactement ce dont j'avais besoin.

— Mais ton corps est aussi important, ajouta-t-il en décryptant mon visage avec attention, et j'eus un coup de chaud.

— Si tu continues, on sera en retard.

J'inspirai vivement, déterminée à me reprendre.

— Allons-y, mais je souhaite entendre tes théories sur le chemin. J'ai toujours cru perdre la tête quand je la voyais.

— Je te dirai tout ce que tu veux savoir, assura-t-il en entrelaçant nos doigts et me tirant hors de la chambre.

Dans le couloir, ma respiration accéléra. Plusieurs peintures des deux personnes plus âgées que j'avais vues sur la photo de famille décoraient les murs. Alex chérissait sa famille, c'était d'ailleurs l'une des nombreuses choses que j'aimais chez lui.

— C'est tes parents ?

— Oui, dit-il en souriant tristement. J'aurais voulu que tu les rencontres.

— Moi aussi.

Et je me surpris en me rendant compte que c'était vrai. Arrachant mon regard de leur représentation, j'examinai le reste du couloir. Je ne me souvenais pas qu'Alex m'avait portée jusqu'ici, mais il y avait la même disposition qu'aux autres étages. Je me rappelai ma rencontre, qui avait été loin d'être idéale, du personnel de maison.

— Est-ce que Sergio va bien ?

— Oui.

Alex marcha à quelques pas devant moi, agissant une nouvelle fois comme mon protecteur.

— Mais je ne veux pas prendre de risque. Quelques vampires du personnel disaient que Sergio leur avait raconté que tu sentais très bon. Je ne veux pas que tu vagabondes sans moi jusqu'à ce qu'ils soient plus à l'aise avec ta présence.

Une partie de moi souhaita approfondir cette conversation et entendre ses suppositions sur l'ombre, mais je pouvais attendre que nous soyons dehors. Je ne voulais pas le distraire alors qu'il me protégeait pour que je ne sois pas dévorée.

Je n'aurais jamais cru que ces mots traverseraient un jour mon esprit. Ça montrait à quel point ma vie avait drastiquement changé durant mon séjour ici.

Jusqu'à ce que Sergio m'eût attaquée, je n'avais pas envisagé que les vampires pourraient avoir du mal à se contrôler près de moi. Mais c'était logique. Quand j'allais à la boulangerie et que je sentais les roulés à la cannelle, je salivais toujours. D'ailleurs, je ne pouvais jamais me refuser le plaisir d'en manger un. Pour les vampires, je devais être l'équivalent d'un dessert attirant, et que je me retrouve soudainement devant eux devait être dur à résister.

À l'étage du bas, deux magnifiques femmes avec de longs cheveux chocolat nettoyaient les fenêtres. Je pus percevoir le moment où elles me sentirent, car leurs bras s'immobilisèrent, et elles se tournèrent vers moi simultanément.

Leurs crocs émergèrent de leurs bouches et du rouge afflua dans leurs yeux déjà ambre. Leurs poitrines se soulevèrent et elles firent tomber les chiffons de leurs mains.

Cela me rappela un film d'horreur. Elles étaient jumelles et leurs tenues assorties, des robes noires qui ressemblaient au style vestimentaire de Sergio la veille, renforçaient cette impression.

Elles s'avancèrent vers moi et Alex les bloqua.

— Reculez ! ordonna-t-il d'une voix sifflante. C'est votre nouvelle princesse.

Mais ce fut comme si elles ne comprenaient pas ses paroles.

— Merde ! grogna-t-il en se retournant et me soulevant.

Il décolla vers la porte du garage et j'entendis les deux femmes nous pourchasser.

J'avais le sentiment de mettre Alex dans l'horrible position de devoir me protéger, chaque fois que je me retournais. Je détestais être une nuisance, en particulier quand je devais prouver que je pouvais être à ses côtés, mais il était évident que ce n'était pas le cas. Ma seule présence en ville faisait péter les plombs aux vampires, assoiffés de sang. Peut-être que c'était la raison pour laquelle Matthieu nous avait poussés à venir ici, pour qu'il puisse démontrer que je n'étais pas faite pour vivre dans leur univers.

Cela m'irrita et suscita mon respect. Au lieu de contraindre Alex à me quitter, il lui avait ordonné de m'amener ici, sachant que des incidents pareils s'ensuivraient.

Le monde se brouilla alors qu'Alex courait, mais je pus entendre les deux autres gagner du terrain sur nous. Quand nous atteignîmes la porte, il dut s'arrêter pour l'ouvrir, ce qui leur donna une chance de nous rattraper.

— Stop ! hurla Sergio alors que sa silhouette se troublait entre les deux femmes et nous. Vous devez reprendre vos esprits.

Les trois formes indistinctes entrèrent en collision.

— Non !

Je ne voulais pas que Sergio soit blessé.

Les trois furent de nouveau visibles alors qu'Alex atteignait la porte et l'ouvrait. Sergio maintenait les deux femmes par le cou, les soulevant et les empêchant de nous suivre. Il se tourna vers moi, ses dents allongées et ses iris pourpres, avant de grimacer d'inconfort.

— Merci, dis-je avant que la porte se ferme, sachant que son audition surnaturelle percevrait mes mots.

Dans le garage, Alex ralentit et s'arrêta à la voiture. Il la déverrouilla et ouvrit la porte-passager, puis me plaça à l'intérieur.

En quelques secondes, il avait refermé ma porte et était monté derrière le volant. Il resta assis là une seconde et souffla, passant une main sur son visage.

— Véronica, je suis désolé.

— De quoi ?

Il n'avait aucune raison de s'excuser. Ce n'était pas de son fait, et ce n'était pas non plus la faute des vampires. Ils n'avaient pas grandi en combattant quotidiennement leurs envies irrésistibles.

— Le danger continue de te trouver, commenta-t-il en tenant ses mains devant lui.

— Grâce à toi, dis-je en touchant son bras.

— Je ne suis pas sûr que tu devrais me remercier, rétorqua-t-il alors que ses épaules s'affaissaient, l'air dépité.

Ouais, ça ne s'était pas passé comme je l'avais espéré.

— Non, je voulais dire que, je peux encore être mise en danger, car je suis en vie grâce à toi.

Ouais, encore une fois ce n'était pas ce que je souhaitais dire.

— C'est vrai, mais je ne suis pas certain que ça arrange les choses, gloussa-t-il tristement.

— Je pensais qu'on allait marcher.

Il avait dit que le parking était pour ceux qui venaient en ville depuis le monde extérieur.

— C'est le quartier des vampires de la ville et je ne t'exposerai pas sur le trottoir, dit-il en démarrant le véhicule. On y va en voiture. Tu devrais être relativement en sécurité une fois qu'on sera arrivés. Le bâtiment du conseil est plus proche des quartiers des métamorphes et des anges.

C'était bon à savoir.

— Sur le chemin, j'aimerais en apprendre davantage sur la ville.

— Oui, ce serait bien que tu parviennes au conseil en connaissant mieux les diverses races d'êtres surnaturels.

Il ouvrit la porte du garage et se retira de la place de parking.

Alors que nous sortions sous la lueur du soleil, je clignai des yeux. Je ne m'étais pas attendue à voir ce que je vis. De splendides couleurs composaient cette lumière, comme un kaléidoscope. Des roses, des bleus, des violets et des oranges vacillaient en continu, créant l'impression que nous nous trouvions dans un autre royaume.

— C'est magnifique !

— Oh, oui, sourit-il. C'est le dôme. Apparemment, le Paradis ressemble à ça.

Bien sûr. Je me penchai pour voir la coupole en verre au-dessus de la ville, et elle fut encore plus époustouflante. Mais il n'y avait pas de temps pour l'émerveillement. On devait parler de certains trucs.

— Donne-moi tes idées sur l'ombre.

— Ma première supposition c'est qu'un membre de ta famille a peut-être contrarié une sorcière, et que c'est une sorte de maléfice. Les sorcières sont très puissantes quand elles œuvrent ensemble, et elles pourraient avoir créé une ombre consciente.

Il s'engagea sur la route qui menait à la ville.

— Si elles sont puissantes, alors pourquoi l'ombre a disparu ? demandai-je alors que mon cerveau bouillonnait.

— Leur force est aussi leur faiblesse. Quelque chose d'aussi simple qu'une des sorcières qui tombe malade, ou qui se retourne contre leurs pratiques ou leur mission, peut déstabiliser leur pouvoir. C'est peut-être pour ça que l'ombre a disparu, expliqua-t-il en remuant sur son siège. Si cette personne a guéri ou a été remplacée, ou si elle a quitté l'assemblée ou est morte, le sort pourrait être à nouveau lancé.

— J'ai senti l'ombre toute ma vie pourtant. Pourquoi les sorcières me tourmenteraient ? À ma connaissance, je n'ai nui à personne.

— Ce pourrait être une rancune transmise par un membre de ta famille. Tu sais quoi sur ta famille biologique ?

— Rien.

Je détestais être dans l'ignorance.

— Ma mère est morte dans un accident de voiture

quand elle était enceinte. Comme elle n'avait aucune famille en vie, je suis devenue pupille de l'État.

Dans ma tête, j'avais toujours imaginé ma mère comme une bonne personne insouciante, mais je n'avais aucune information pour soutenir cette idée. Et si elle avait été une personne horrible ?

— Tu penses que c'était une sorcière ?

— Non. Ton odeur est différente de celle d'une sorcière, expliqua-t-il en tapotant son nez. Je le saurais. Tu serais au moins un quart sorcière, ce que tu ne pourrais pas dissimuler. Par contre, c'est facile d'en contrarier une.

— D'autres suppositions ? demandai-je en me tournant vers lui, appréciant son décolleté athlétique.

Il avait un air royal sauvage, et je n'aurais jamais cru que ça pourrait me plaire. Je ne pouvais pas imaginer quelqu'un qui soit à moitié aussi beau et attentionné que lui.

— J'ai aussi entendu qu'un démon pouvait se cacher dans l'ombre, mais toi, tu peux voir cette ombre. Les démons ne peuvent pas se projeter comme le font les sorcières. Il devrait être physiquement à proximité de toi.

Il se concentra sur la route alors que le bâtiment blanc se profilait.

— D'après ce que nous a dit notre père il y a quelques siècles, les démons et les anges ont déclaré une trêve. Les démons ne viennent pas à Shadow City du moment qu'on n'interfère pas avec eux. Puisque l'ombre est en ville, je suppose qu'une sorcière en est la source.

Je ne savais pas si je préférerais que ce soit le sortilège d'un démon ou celui d'une sorcière. Les deux semblaient effrayants.

— Comment ça ?

— La puissante magie qui protège la ville devrait

bloquer celle d'une sorcière, à moins que ce soit quelqu'un de l'intérieur qui jette le sort.

Il alla vers le parking, situé sur la droite du bâtiment du conseil.

— Ce qui veut dire qu'on doit trouver qui c'est avant que les choses empirent. Ton arrivée à Shadow Terrace semble avoir augmenté les apparitions de l'ombre. Par contre, je ne vois pas comment quelqu'un de Shadow City pourrait être lié à ta famille, à moins que la connexion remonte à plusieurs générations.

— Est-ce qu'une sorcière aurait pu tuer ma mère ?

Ma famille avait-elle pu être maudite avant la création de Shadow City ?

Rosemary se tenait devant le bâtiment et elle se précipita vers nous, son t-shirt fluide orange brûlé se gonflant derrière elle.

Alex arrêta la voiture, l'humeur plus sombre.

— C'est une possibilité. On doit faire très attention aux trois représentantes des sorcières. Peut-être qu'elles nous donneront un indice.

Ma porte s'ouvrit et Rosemary jeta un regard noir à Alex.

— Maman et Papa m'ont alerté d'un énorme problème dans la salle du conseil.

J'avais oublié jusqu'à ce moment que les deux parents de Rosemary faisaient partie du conseil.

— Qu'est-ce qu'il y a ? demanda Alex.

— Ton frère est là-bas à parler à voix basse avec les sorcières et Azbogah, dit-elle en me regardant. Il essaie de les convaincre de la laisser vivre ici, seulement si elle est transformée.

— Transformée ?

Non. Ça ne pouvait pas être ce que je pensais.

— C'est pour ça qu'il s'est dépêché de venir ici en avance, dit Alex dont les narines se dilatèrent, du rose affluant dans ses iris. Il ne m'aidait pas. Il veut me forcer la main pour transformer Véronica et qu'elle soit l'une d'entre nous, ou la renvoyer chez elle.

Ma vision s'obscurcit. J'aimais Alex, mais pouvais-je renoncer à ma vie humaine pour lui ? Je n'en étais pas si sûre.

CHAPITRE DIX

ROSEMARY OUVRIT ENCORE PLUS la porte et me fit signe de sortir.

— On doit y aller avant que Matthieu se les mette dans la poche.

Ma tête fonctionnait à toute allure. J'aurais cru que Matthieu m'en aurait parlé avant d'essayer de me forcer la main, puisque j'étais l'âme sœur de son frère. J'avais supposé qu'il aurait un minimum de respect pour moi. Je n'aurais jamais envisagé la possibilité qu'Alex me transforme. J'avais peut-être été trop préoccupée à gérer une urgence après l'autre. J'étais étonnée de ne pas l'avoir envisagé plus tôt.

Les deux continuèrent de parler, mais je ne réussis pas à discerner leurs paroles, mon dilemme intérieur s'intensifiant. Je les suivis en mode pilotage automatique et tentai de déterminer ce que je ressentais. Si je n'étais pas transformée, je vieillirais, alors qu'Alex resterait le même. Je deviendrais ridée et aurais les cheveux gris, alors que lui aurait toujours l'apparence d'un homme d'une vingtaine d'années qui pétait la forme. Ça ne semblait pas être idéal.

Et je mourrais. Qu'est-ce qu'il se passerait pour Alex à ce moment-là ?

Pourquoi ne pouvais-je pas rester humaine et être à la fois éternelle ? C'était la meilleure solution, mais ce n'était apparemment pas une option. Je ne savais pas vraiment comment on transformait quelqu'un en vampire. Si je devais choisir, j'ignorai quelle serait ma décision. En devenant une vampire, je deviendrais également une menace pour Annie et Eliza, car j'aurais soif de leur sang, mais rester humaine voudrait dire que je vieillirais et mourrais. Aucune de ces deux options n'était satisfaisante.

— Véronica, dit Alex en pressant gentiment ma main pour me ramener au présent. Ça va ?

Comment ça ? Ça n'allait pas depuis… eh bien, depuis toujours. J'avais grandi sans parents et l'ombre avait toujours tourné autour de moi. La seule fois où je m'étais sentie bien, c'était quand j'avais vécu avec Eliza et Annie, mais maintenant que j'avais rencontré Alex, ce n'était plus le cas.

Rencontrer Alex a été la meilleure chose qui me soit arrivée.

— Je dirais qu'on ne s'ennuie jamais par ici, commenta Rosemary en secouant la tête. Depuis qu'Atticus est mort, la corruption et les politiques à Shadow City peuvent être comparées à un train fou qui reste à peine sur les rails.

— Le père de Griffin était un homme bien, mais un grand nombre de ces problèmes ont commencé avant sa mort, dit Alex alors que nous marchions vers une énorme porte kaki qui menait à l'intérieur du bâtiment. Ça s'est juste intensifié depuis, en particulier depuis l'arrivée de Sterlyn.

— C'est Azbogah qui désire ne pas impliquer de loup argenté, confirma Rosemary en hochant la tête. Et on sait tous les deux qu'il trafique beaucoup avec Erin et qu'il tente de mettre ses griffes sur ton frère. Je suis sûre que Matthieu a eu l'idée de transformer Ronnie grâce à lui.

Nous entrâmes dans un immense vestibule presque vide. Les murs, qui avaient un jour été blancs, étaient tachés de jaune par le temps et l'usure. Un grand homme pâle, portant une ample tenue noire, balayait le sol impeccable en marbre. Je ne savais pas ce qu'il nettoyait, mais il travaillait de manière méthodique.

L'odeur de café percuta mon nez et mon regard alla vers un petit stand dans un coin de la pièce. Il n'y avait aucune table, même pas un mousseur à lait.

Alors que la porte se fermait derrière nous, le vent souffla sur moi et l'agent de nettoyage se figea. Sa tête se tourna brusquement vers moi et ses crocs s'allongèrent alors que ses yeux prenaient une teinte rouge.

— Emmène-la dans la salle du conseil, commanda Rosemary en se plaçant devant moi alors que le vampire fonçait vers nous. Je m'occupe de lui aussi silencieusement que possible.

Alex me tira vers la seule autre porte du bâtiment, une autre entrée kaki, et Rosemary cogna le vampire au visage, l'envoyant au sol.

La légère odeur de pourri me frappa et mon estomac se souleva.

— Pourquoi il pue comme ça ?

J'étais habituée aux vampires qui avaient un parfum sucré comme le sirop, la barbe à papa, la glace au chocolat ou les fruits mûrs. Ce vampire avait une odeur de mort.

— Il est affamé, c'est une punition, expliqua Alex en ouvrant la porte et plaçant sa main dans le creux de mon dos pour me guider à l'intérieur. Alors, il a encore plus faim que notre personnel de maison.

En d'autres mots, il y avait un autre être surnaturel qui ne pouvait pas se contrôler près de moi.

La pièce dans laquelle nous pénétrâmes était dominée par une longue table rectangulaire avec une section découpée qui faisait face à la porte. Onze personnes étaient assises de l'autre côté de la table, et nous regardèrent entrer. Je me demandais lesquelles étaient les sorcières.

Me sentant examinée, je jetai un œil sur la gauche. Deux chaises vides se trouvaient contre le mur blanc fraichement peint.

Ma peur d'être intimidée avait été justifiée, car la seule personne me regardant avec un sourire fut Sterlyn. Elle était assise entre Matthieu et un homme qui dépassait tout le monde, bien qu'il fût assis.

Ses yeux gris glaciaux se verrouillèrent sur moi.

— C'est elle, l'humaine qui cause des problèmes ? grogna-t-il.

Ses cheveux caramel en pointes et ses ailes noir nuit rendaient son expression stoïque encore plus acerbe. Son costume noir, similaire à celui de Matthieu, ajoutait à son imposante prestance, mais quelque chose de sombre flottait autour de lui.

— Oui, c'est elle, Azbogah, dit Matthieu en se penchant en avant pour voir l'ange noir derrière Sterlyn. Elle a causé en partie ce bazar.

Il avait bien fait comprendre à tous ceux présents dans la salle, m'incluant, qu'il ne m'appréciait pas. J'avais espéré que nous pourrions nous tolérer, dans l'intérêt d'Alex.

— Ce n'est pas vrai, et tu le sais, lança Sterlyn en dirigeant son regard vers le roi des vampires. Il existe des circonstances qui devraient être connues du conseil.

Alex se raidit à côté de moi et je réalisai ce qu'elle voulait dire. Le conseil ignorait que les vampires se nourrissaient sur des humains, et les tuaient. Ils pensaient que les vampires protégeaient cette ville cachée, mais ils ne savaient pas que certaines fripouilles avaient perdu leur humanité, les incitant à s'engager dans des activités criminelles.

— De quoi elle parle ? demanda une femme plus petite, en repoussant ses cheveux noirs aux mèches écarlates derrière ses épaules. Qu'est-ce qu'on ignore ?

Elle plissa ses yeux gris nébuleux entourés par un épais trait d'eyeliner noir. Quelque chose chez elle me donna l'impression qu'on ne pouvait pas lui faire confiance.

— Rien, Erin, cracha Matthieu en jetant un regard noir à Sterlyn. Elle essaie de créer des problèmes.

J'allais ouvrir ma bouche pour dire quelque chose quand une femme avec de pulpeuses lèvres rouge, assise du côté gauche de la table, fit claquer sa langue, m'étudiant avec des yeux verts comme la forêt, brillants d'intérêt.

— Sterlyn ne cause pas de problèmes pour le plaisir, alors je trouve ça difficile à croire, surtout vu ton comportement de coupable.

Elle portait une robe noire si serrée que ça aurait pu être une deuxième peau, et ses ailes noires se mélangeaient au tissu. Ces couleurs sombres faisaient briller ses cheveux orange de façon lumineuse. Un léger éclat, similaire à celui de Sterlyn, émanait d'elle. Elle était époustouflante.

— Je suis d'accord avec Yelahiah, grogna Griffin. Et insulte une nouvelle fois ma compagne, et on verra qui c'est celui qui cause des problèmes.

Il était assis à une extrémité de la table, à côté de Yelahiah et d'un siège vide, ce qui lui permit de jeter un regard furieux à Matthieu.

Je fus transie de panique. Ce conseil était divisé. J'en avais conclu qu'il y aurait quelques tensions, mais c'était pire que ce que j'avais imaginé.

— Oh, s'il te plait...

Une jeune femme avec de longs cheveux bordeaux se décala sur le siège le plus proche de nous. Elle leva les yeux au ciel et croisa les bras.

— Ne sois pas prétentieux. On sait tous qu'on ne peut pas faire confiance aux êtres surnaturels en dehors de notre assemblée.

— Ça suffit, Diana, dit un homme fin en se penchant en avant dans sa chaise pour voir la fille.

Ses ailes s'étendirent derrière lui, les plumes d'un blanc plus pur que son t-shirt. Les seules couleurs qu'il portait provenaient de ses cheveux blond caramel et du bleu ciel perçant de ses yeux.

— On est censé travailler ensemble, pas s'insulter les uns les autres. Ça vaut pour tout le monde.

— Je suis d'accord avec Pahaliah, dit une jeune femme aux cheveux brun foncé qui lui arrivaient aux fesses.

Elle se remit dans sa chaise, ses épaules touchant presque celles de Matthieu et Yelahiah. Elle mordilla sa lèvre noire alors que ses yeux café fixaient la table.

— Tais-toi, Breena ! lança Erin d'une voix sifflante. Je parle pour l'assemblée, pas toi !

Cette femme était infâme. Je sentais qu'elle était capable de faire des choses horribles, comme tuer quelqu'un et en tourmenter d'autres par tous les moyens possibles.

Les races étaient divisées entre elles. La théorie d'Alex sur l'ombre se renforça dans ma tête. Peut-être qu'avec ma présence dans les alentours, conjurer l'ombre avait nécessité moins de magie et que c'était la raison pour laquelle elle était réapparue.

— Tu réalises que ce n'est pas de cette façon que le conseil fonctionne ? gloussa un bel homme assis entre Gwen et Pahaliah.

Des yeux bleu-vert, contrastant avec sa peau olive, étincelèrent d'intérêt.

— Si c'était le cas, alors Griffin et Sterlyn prendraient des décisions pour les loups et les autres métamorphes. À la place, ils écoutent ce que j'ai à dire et ne me harcèlent pas pour que je vote comme eux.

Il passa une main dans ses cheveux bruns qui tombèrent naturellement autour de son visage.

— Oh, oui, dit Matthieu en lui lançant un regard noir. On ne peut pas oublier à quel point Sterlyn et Griffin sont *incroyables*.

— Quelqu'un semble être jaloux, se moqua Alex en passant un bras autour de ma taille. C'était à ça que je ressemblais ? demanda-t-il en jetant un œil à Yelahiah, puis Gwen.

— Oui, répondit Yelahiah avec une franchise caractéristique de Rosemary.

C'était manifestement un trait de famille... ou peut-être celui des anges. Quoi qu'il en soit, je trouvais cette qualité très attachante.

— Maintenant, écoutez... lança Matthieu en frappant la table d'une main.

— On n'est pas là pour se chamailler, intervint Sterlyn, l'autorité irradiant d'elle.

Il était clair qu'elle avait sa place au conseil.

— On est ici pour donner l'autorisation ou non à une humaine de séjourner dans Shadow City.

— Oui, une décision prise par Alex, ton compagnon et toi, commenta Erin en plissant son nez. Pas par le conseil dans son ensemble.

— Elle est ici, car mon cher frère, le roi des vampires, a exigé que Véronica reste au manoir avec moi.

Alex avait jeté son frère en pâture.

— Quatre des douze représentants du conseil, ce qui équivaut à un tiers d'entre nous, ont pris cette décision. Le Divin déclare qu'en cas de situation inédite, un tiers des membres peut prendre une décision temporaire jusqu'à ce que le conseil dans son ensemble puisse être convoqué.

— Est-ce que c'est vrai ? demanda Azbogah à Matthieu en arquant un sourcil.

— Cinq en m'incluant, cher frère, rectifia Gwen, après s'être éclairci la gorge. N'oublie pas que je souhaitais également qu'elle vienne chez nous. Alors, c'était plus que le minimum requis.

Non, elle n'avait pas été d'accord. Mais Alex et elle savaient que Matthieu leur forçait la main, et si je devais faire partie de leur monde, ils devaient être sur la même longueur d'onde. Je doutai qu'ils eussent réalisé ce que seraient les conséquences de ma venue jusqu'à ce que Sergio m'eût attaquée. Pourtant, Gwen s'était mise de notre côté, et j'avais l'impression d'être davantage connectée à elle.

— Vous pouvez voir que nous avons suivi le protocole, sourit Matthieu d'un air suffisant, paraissant ravi que son frère et sa sœur l'eussent soutenu.

Pourtant, j'avais le sentiment qu'ils l'avaient fait plus pour me protéger qu'autre chose.

— Mais en moins de vingt-quatre heures, sa présence a causé plusieurs problèmes, notamment l'attaque de notre majordome qui est à notre service depuis plus de deux cents ans.

La porte derrière nous s'ouvrit et Rosemary pénétra dans la pièce. Elle tira sur l'ourlet de son haut au-dessus de son pantalon noir alors qu'elle venait pour se mettre à côté de moi.

Alex m'avait expliqué que Rosemary était la prochaine

sur la lignée à faire partie du conseil, alors elle pouvait participer à toutes les réunions pour préparer son rôle futur, au cas où quelque chose arriverait à l'un de ses parents.

— C'est ce que je craignais, désapprouva Azbogah en fronçant les sourcils, un rire dansant dans son regard.

Ce bout d'information le fit presque rayonner de bonheur.

— La plupart des vampires de Shadow City n'ont pas appris à contrôler leurs envies parce qu'il n'y a jamais eu d'humain en ville. On ne peut pas mettre en péril leur bien-être mental pour une humaine qui veut faire partie de notre société.

— Même si les sorcières sont les plus proches des humains parmi toutes les races, notre magie améliore notre sang. C'est donc un poison pour les vampires et ils ne sont pas tentés de se nourrir sur nous, ajouta Erin en hochant la tête. C'est logique qu'elle parte de la ville ou soit transformée.

— Comment on transforme un humain ?

La question avait bouillonné au fond de ma tête depuis que Rosemary nous avait retrouvés dehors.

— Tu ne lui as rien dit, n'est-ce pas ? demanda Erin à Alex avec un sourire suffisant. Un vampire te mord et t'injecte son poison.

— Elle n'a pas besoin de savoir, car ça n'arrivera pas, dit tout haut Alex. C'est mon âme sœur et elle ne devrait pas être punie à cause de ça.

Mon visage chauffa et je ravalai de soudaines larmes. Ses mots faisaient mal. Bien que je ne susse pas si je voulais être changée, mon cœur avait réagi instantanément face à l'opposition d'Alex. Comment aurait-on un futur ensemble autrement ?

— Attends ! lança Yelahiah en se mettant debout, sa tête inclinée vers moi. Personne n'a dit que c'était ton âme sœur.

Elle m'examina et j'eus l'impression d'être une expérience scientifique, et non pas une personne. Quelque chose d'illisible traversa son visage.

— Ça n'a pas d'importance qu'elle soit son âme sœur, se moqua Azbogah en agitant la main dans ma direction. Elle est humaine et menace notre façon de vivre.

— Et elle en sait trop, ajouta Erin en tapotant la table de sa main. Je vote pour qu'elle parte et qu'un vampire efface son esprit.

Je détestais qu'on discute de mon avenir comme si je n'étais pas dans la pièce, et il était hors de question que je laisse Alex derrière.

— Ils ne peuvent pas effacer ma mémoire. Alex a essayé.

— *J'aurais aimé que tu ne le dises pas,* surgit la voix d'Alex dans ma tête, ce qui me surprit.

Bien sûr... Il ne voulait pas que je devienne immortelle alors, pourquoi voudrait-il que je signale la chose qui pourrait indiquer que j'avais des capacités spéciales ?

— Intéressant, dit Yelahiah en tapant ses lèvres avec son long ongle argenté. C'est vraiment fascinant.

— On peut jeter un sort pour effacer sa mémoire, suggéra Erin avec les sourcils froncés, après avoir secoué la tête. Elle peut partir et ne sera pas tentée de revenir. La punition d'Alex sera de savoir que son âme sœur est là à vivre sa vie, et qu'il sera incapable d'y changer quelque chose.

— Quoi ? m'exclamai-je en serrant les mains. Non ! Je refuse d'être ensorcelée, qu'importe le nom que vous donnez à cette pratique.

— Ce n'est pas toi qui prends cette décision, Matthieu, dit sévèrement Sterlyn. C'est une réunion du conseil.

Quand je suis venue ici comme compagne de Griffin, Yelahiah a dit que les âmes sœurs surpassaient le Divin. Ça s'applique aussi à Ronnie, puisqu'Alex et elle sont des âmes sœurs, et qu'ils ont complété le lien.

— Mais elle est *humaine* ! protesta Matthieu en agitant la main. Elle devrait être transformée ou renvoyée. Je suis d'accord avec n'importe laquelle de ces deux décisions.

— Je suis d'accord avec lui, dit Azbogah en tapotant l'épaule de Matthieu. Les humains ne font pas partie de ce monde. Qui d'autre vote...

— Non, dit Yelahiah en levant ses mains. On doit consulter la doctrine. Oui, elle est humaine, mais son esprit ne peut pas être effacé et elle est liée à un vampire. Ce n'est pas une humaine normale. Je ne suis pas sûre qu'on ait le droit de prendre des décisions sur l'humanité de quelqu'un en un clin d'œil. J'estime qu'on doit faire plus de recherches sur de possibles évènements passés. On peut se rassembler dans une semaine pour discuter à nouveau de ce sujet et voter.

Je me sentis plus confiante avec Yelahiah de notre côté. J'aurais dû savoir que c'était une bonne personne puisque Rosemary était mon amie. La plupart du temps, quand quelqu'un avait une si bonne éthique, il l'avait apprise par sa famille. Ou peut-être que je voulais le croire, car je n'avais jamais connu mes parents.

— Absolument pas ! protesta Matthieu en secouant la tête. Ça met mon peuple en danger.

— Elle peut rester avec nous, offrit Sterlyn. Et Alex est aussi le bienvenu.

— Elle est humaine. On ne peut pas la laisser compromettre notre existence, souffla Azbogah.

— Est-ce que tu dis que tes paroles détiennent plus d'autorité que le Divin ? demanda Pahaliah en croisant les doigts. C'était le but de créer le Divin, pour qu'une race n'ait pas plus de poids qu'une autre. Quand cela a-t-il changé ?

Azbogah sourit avec mépris alors que les autres membres murmuraient leur accord.

— Très bien, elle ne peut pas quitter Shadow City avant qu'un plan soit en place, souffla-t-il. Et je souhaite ajouter pour les archives que permettre à un humain de séjourner ici, ça met tout le monde en danger.

— On a bien compris ta position, dit Griffin en se levant lentement. Puisque Ronnie n'est pas en sécurité au manoir, elle devrait rester avec nous dans notre appartement en ville. On ne voudrait pas qu'elle soit mise en danger ni que les vampires de Shadow City risquent leur humanité.

— Alex doit quand même rentrer avec moi à la maison, dit Matthieu en jetant un regard noir à son frère.

— Non, dit Alex d'un air de défi. Je reste avec ma compagne. Ils m'ont déjà invité. Je resterai disponible, si tu as besoin de moi.

Inspirant profondément, Matthieu fit un sourire méprisant, mais ne dit rien d'autre.

— On se retrouve dans une semaine, déclara Azbogah en se levant, déterminé à être vu comme le chef. D'ici là, réfléchissons minutieusement sur quel plan adopter, et ce, pour tous les êtres surnaturels impliqués.

Ça indiquait clairement la façon dont tout le monde devait voter selon lui. Un néon lumineux disant LA FORCER À SE TRANSFORMER OU PARTIR n'aurait pas été plus évident.

— Donne-moi une seconde, dit Alex en pressant ma main et se précipitant vers Gwen, me laissant avec Rosemary.

— Ça va ? demanda Rosemary, ses yeux plus violets que dans mes souvenirs.

C'était la deuxième fois en une heure que quelqu'un me posait cette question. Je hochai la tête au moment où Matthieu marcha vers moi.

— Tu ne trouves pas ça intéressant qu'il ne veuille pas que tu sois transformée ? chuchota-t-il discrètement à mon oreille. Peut-être qu'il ne t'aime pas après tout.

CHAPITRE ONZE

J'ÉTAIS IRRITÉE par l'intransigeance d'Alex au sujet de ma condition humaine, mais les mots de Matthieu me touchèrent, car ils reflétaient mes peurs. Je savais qu'il tentait de saper ma confiance, mais la sensation persistante empira.

— Pourquoi tu me parles ? lançai-je en essayant de détourner la conversation et de dissimuler mon trouble.

Après tout, c'était son but.

— Pourquoi tu demandes ça ? s'étonna Matthieu en souriant gentiment, sachant que ses mots avaient fait mouche comme il s'y attendait. T'es l'âme sœur de mon frère.

Alors, on allait continuer à s'adonner à ce jeu.

J'avais grandi dans un monde de sourires factices et de paroles hypocrites. C'était de cette manière que j'avais appris à survivre dans les maisons d'accueil dans lesquelles je me trouvais. Si vous agaciez un gardien, il vous renvoyait. Parfois, c'était une aubaine, et parfois non. Ça dépendait de la personne qui gérait le centre d'hébergement.

— Pourquoi tu ne m'as pas parlé de l'idée de me transformer au lieu de tenter de me forcer la main ?

Pourtant, je tombais dans son piège en ramenant la conversation précisément au sujet qu'il souhaitait aborder. Mais je faisais partie de ce monde à présent.

— Alex semblait surpris que tu te mobilises pour ce projet.

— Le conseil prend toutes les décisions en suivant notre doctrine, le Divin. En plus, Alex veut faire sa vie ici avec toi, expliqua Matthieu en agitant sa main vers la pièce. Et tu as décidé de rester. C'était simplement logique que tu fasses officiellement partie de notre monde.

D'une certaine manière, c'était en effet logique, mais je ne devrais pas être forcée. Pourtant, voir la souffrance et la tourmente que traversaient les vampires quand ils me sentaient... Je n'étais pas sûre de vouloir vivre comme ça. Et si je ne pouvais pas contrôler mes envies et que je faisais du mal à Annie ou Eliza, ou même à quelqu'un d'autre ?

Sterlyn vint à côté de moi et sourit à Matthieu.

— Qu'est-ce qu'il se passe ici ?

— J'ai juste une conversation avec le membre le plus récent de ma famille, dit Matthieu en plaçant une main sur mon épaule et se penchant vers moi.

— Vraiment ? dit-elle en clignant des yeux, son sarcasme faisant encore plus mouche. Alors, ça ne te dérangera pas de partager avec moi le sujet dont vous discutiez tous les deux.

— En fait, si, dit Matthieu en se plaçant devant moi, me coupant de la vue de Sterlyn. Tu vois, je suis son *roi*.

— Est-ce que c'est ce que tu penses, mon frère ?

Alex semblait joueur, et non pas en colère... comme s'il venait de saisir une blague.

— Elle est humaine, alors pourquoi tu croirais un truc pareil ?

Alex utilisa le ton qu'il mobilisait quand il essayait de désarmer quelqu'un, avec l'intention de lui prouver qu'il avait tort.

— Elle est liée à toi, dit Matthieu en frottant son menton. Ça veut dire qu'elle doit suivre les règles des vampires.

— Alors, elle fait partie de la famille royale et mérite d'avoir son mot à dire dans les affaires des vampires, comme Gwen et moi, suggéra Alex en attrapant ma main et m'attirant vers lui. Ça l'autorise à décider de sa transformation ou non.

— Elle ne fait pas partie du conseil, donc elle n'a pas de voix, dit Matthieu en le fusillant du regard.

— Elles sont où tes belles paroles sur le fait de diriger ensemble et de résoudre les problèmes en famille ? demanda Alex dont le ton s'était durci. Elle *fait* partie de la famille. On est d'accord avec Gwen qu'elle ne devrait pas être forcée à se transformer. Pourquoi t'es contre nous ?

— À cause de toi, dit Matthieu en serrant le poing. Je t'ai dit de garder tes distances avec elle, mais t'as pas écouté. Maintenant, t'es en couple avec elle. Qu'est-ce qui ne va pas chez toi, *bon sang* ? Elle est plus *importante* que ton peuple ?

— C'est drôle que tu penses être supérieur au destin, intervint Sterlyn en faisant le tour de Matthieu.

Alex et elle m'encadrèrent, faisant plier du regard le roi des vampires.

— Tu devrais plutôt laisser les choses entre les mains du destin au lieu de les forcer à suivre ton propre plan. On a vu à quel point ça avait bien marché pour Dick et Saga, non ?

— On a dit qu'on se réunirait, dit Yelahiah pour briser la tension. Ne restez pas là à vous quereller !

Mon attention dévia vers elle. La majorité des membres du conseil était restée là, à observer l'échange. Les yeux d'Azbogah semblaient plus sombres alors qu'il fixait Sterlyn avec une haine terrifiante. J'ignorais ce qu'il s'était passé entre eux, mais ce n'était définitivement pas le grand amour.

Griffin marcha vers nous, son corps contracté, prêt à frapper.

— Elle a raison. Emmenons Alex et Véronica à l'appart pour les installer.

Il regarda le bel homme aux yeux bleu-vert.

— Ezra, est-ce qu'il y a des sujets qu'on doit aborder du côté des métamorphes avant qu'on parte ?

— Pas tout de suite, assura Ezra en faisant un signe de tête vers la porte. Je peux venir plus tard pour discuter des différents points.

— Ça me parait bien, dit Sterlyn en plaçant une main sur mon bras. Tu es toujours le bienvenu. Je pense que tu le sais maintenant.

— Je passerai plus tard, lança Rosemary en allant vers sa mère.

— Viens, murmura Alex en me guidant vers la porte.

Alors que nous sortions, Sterlyn et lui marchèrent à mes côtés, Griffin à notre suite. Ils m'encadraient d'une façon qui me fit me sentir en sécurité, protégée. Mais je ne savais pas de quoi ils me protégeaient. Est-ce que c'était de Matthieu, du conseil ou des deux ? Pour ce que j'en savais, ce pouvait être pour une raison complètement différente.

Depuis que j'avais appris l'existence de ce monde, j'avais l'impression de courir sans cesse pour avoir toutes les informations en main. Je n'avais jamais imaginé vivre comme ça, avec des menaces dans tous les coins. J'avais toujours été à cran, pourtant je m'étais finalement sentie chez moi. Les deux parts de mon être étaient en guerre l'une avec l'autre.

Dans le spacieux vestibule, j'examinai la pièce à la recherche du vampire qui avait essayé de m'attaquer. Il était parti.

— Où est le gars qui balayait ?

Je fus terrorisée à l'idée qu'il soit exécuté par ma faute. Je ne voulais pas que quelqu'un meure parce qu'il n'avait pas l'habitude d'être à proximité d'êtres humains. Ça renforcerait l'argument de Matthieu.

— Il travaille dans la remise du café, dit Alex en tapotant son oreille. Je peux l'entendre. Il est distrait et ne peut pas te sentir. On est bon.

— OK.

Bien. C'était assez difficile pour moi que Sergio et les deux autres servantes du domicile royal aient eu des problèmes. Ce n'était pas leur faute s'ils ne pouvaient pas se contrôler près de moi, bien que ce ne fût pas non plus juste pour moi d'être attaquée, simplement parce que mon cœur battait. Tant de choses compliquaient la situation.

Nous sortîmes tous les quatre et le beau ciel me fit m'arrêter sur mes pas. Les couleurs dansaient autour de moi et je m'attendais à les sentir caresser ma peau. Pourtant, la sensation fut similaire à celle que je ressentais quand j'étais à l'extérieur autre part.

— Ça va ? demanda Alex en regardant autour.

— C'est les couleurs dans l'air, gloussa Sterlyn. Je me souviens d'avoir été étourdie les premières fois que je les ai vues. C'est magnifique, mais désorientant.

C'était la description parfaite.

— Je me demande si c'est la sensation que fait un trip sous LSD.

— Ne le découvrons pas, s'amusa Alex en embrassant

ma joue. Mais, oui, j'ai grandi avec. J'ai été décontenancé la première fois que je suis sorti de la ville pour aller à l'université il y a deux ans, quand elle a ouvert. Souviens-toi qu'on n'avait pas le droit de sortir de la ville avant, comme tous les autres. On gérait nos affaires par le portail avec Blade, qui s'occupait de Shadow Terrace pour nous.

Je n'y avais pas pensé. Alex m'avait dit qu'il avait suivi des cours en ville. Quand l'université avait ouvert, il avait commencé à y aller pour s'acclimater au monde extérieur et pour découvrir les technologies modernes. S'il n'avait été habitué qu'à cette atmosphère paradisiaque, ça avait dû être étrange pour lui de le quitter. Et il était tellement plus vieux que moi.

— Est-ce que vous êtes tous venus ici en voiture ?

Puisque le véhicule d'Alex était la seule voiture sur le parking, je supposai que non.

— Non, mais on montera en voiture avec vous si c'est bon pour vous, dit Sterlyn en se dirigeant vers la Mercedes. Vous aurez besoin de nous pour entrer dans le garage.

— Bien sûr.

Alex déverrouilla le véhicule et marcha vers la porte-passager pour me l'ouvrir.

Ne voulant pas qu'un vampire me croise et m'attaque, je fonçai à l'intérieur. Il claqua la porte et monta du côté conducteur. Sterlyn s'assit derrière lui alors que les genoux de Griffin me poussaient dans le dos. Je tendis la main vers le bas et glissai mon siège vers l'avant pour lui donner plus de place.

— Désolé, je ne voulais pas te heurter, dit Griffin. J'ai de grandes jambes.

— J'aurais bien souhaité avoir le même problème.

Je m'étais toujours trouvée petite, mais ce n'était rien en comparaison, au milieu de tous ces êtres surnaturels. Même la plus petite des femmes faisait plusieurs centimètres de plus que moi.

— Gwen va passer déposer nos affaires, dit Alex en tournant sur la route, s'éloignant du bâtiment. J'espère que c'est OK. Je ne veux pas ramener Véronica là-bas.

— Tout va bien, dit Sterlyn. On peut prévenir la réception pour qu'ils la laissent monter quand elle arrivera.

— T'es sûre que c'est judicieux ? demanda Griffin.

Griffin hésitait encore à faire confiance à Alex. D'après ce que j'avais compris, du fait de sa position d'alpha et de son enfance comme fils de l'alpha de Shadow City, Griffin avait eu beaucoup de chagrin à cause des anges et des vampires. De tous, il avait le plus de raisons de se retenir de leur faire confiance.

— Je comprends ton hésitation, dit Alex en passant une main sur son visage. C'est vrai. On vous a fait vivre l'Enfer, moi y compris, et je regrette tant de choses. En ce qui me concerne, vous ne me devez plus de faveurs si ça peut améliorer la situation.

— Très bien, souffla Griffin. Ils peuvent la laisser monter.

Durant la journée, il y avait davantage de gens dehors. Les rues avaient été bondées la nuit dernière, mais là, elles débordaient de gens. C'était plus facile de voir à quel point les races étaient segmentées. Les anges volaient en groupe près du dôme. Des gens toniques, qui me rappelaient Sterlyn et Griffin, se trouvaient ensemble, rassemblés à plusieurs mètres d'autres groupes qui les observaient avec suspicion. Une bande entourant un stand de plantes devait être constituée de sorcières. Quand un groupe passait à côté d'un autre, personne ne faisait un signe de main ou n'échangeait des regards. Ils auraient tout aussi bien pu être invisibles.

Alex tourna à droite, sur une petite route près d'un des bâtiments les plus grands, vernis de doré. Un gigantesque signe à l'avant annonçait LA TANIÈRE DE L'ÉLITE DES LOUPS en une grande écriture cursive, avec une empreinte noire de loup dessous. Le bâtiment faisait quarante étages. Quand je tentai de me concentrer sur le dernier étage, le soleil ardent brûla mes yeux à travers le dôme. Je clignai des paupières pour enlever les taches noires.

— C'est là, déclara Griffin en se penchant en avant, pointant du doigt un garage mitoyen. On se gare tout en bas.

Alex entra dans l'allée et obliqua sur la gauche vers un portail qui menait vers les niveaux inférieurs. Il s'arrêta, et j'aperçus Sterlyn qui descendit sa fenêtre et sortit une carte de la poche de son jean. Elle scanna le badge, et aussitôt que la porte s'éleva, Alex avança.

À l'intérieur du garage, la lumière colorée disparut et je soupirai de soulagement. Je m'ajustais encore à ce monde.

— Gare-toi à côté de ma Navigator, indiqua Griffin alors que nous nous approchions du véhicule noir sur la place la plus proche d'une porte en verre, qui menait à un ascenseur en verre.

L'endroit puait le luxe, semblable au manoir des vampires. Tout le monde devait avoir de l'argent ici, ou du moins les membres du conseil. Après tout, ils étaient les dirigeants de la ville.

Une fois que nous fûmes sur la place, nous sortîmes tous du véhicule. Mes yeux s'écarquillèrent devant la Porsche et la Viper garées plus loin de la porte.

Nous prîmes l'ascenseur jusqu'au dernier étage alors que la vue de la ville s'étirait devant mes yeux, de l'autre côté des murs en verre qui s'étendaient du sol au plafond. Mon estomac tomba à mes pieds alors que l'ascenseur s'élevait rapidement dans le ciel. Les portes s'ouvrirent après quelques secondes et nous entrâmes chez eux.

Leur appartement était plus moderne que le manoir royal, présentant des sols à carreaux de couleur platine, ce qui contrastait avec les murs d'une teinte nuageuse. Les murs extérieurs étaient tous en verre, prolongeant la vue à couper le souffle sur toute la ville. Le salon ressemblait à ce qu'on aurait pu voir dans un catalogue de décoration avec ses canapés en cuir blanc placés perpendiculairement les uns aux autres et une table à café blanche au centre.

Une porte en verre coulissante, en face des canapés, menait à un balcon. Aussi grand que l'intérieur, le balcon partiellement couvert comportait deux lustres en or suspendus au-dessus de chaises longues noires. Un coin abritait un bar avec un comptoir noir.

À peine capable d'en croire mes yeux, je me retournai pour reprendre mes repères.

— La maison ! lança Sterlyn en écartant bien les bras. Installez-vous. On va passer pas mal de temps ici. Je vous préviens juste que la mère de Griffin vit aussi avec nous.

— Oh, OK.

Encore un autre être surnaturel que j'allais rencontrer.

— Je suis reconnaissante que vous nous laissiez rester avec vous.

— Oui, elle était en danger au manoir, dit Alex en plaçant un bras autour de mes épaules.

— C'est probablement pour ça que Matthieu veut qu'elle soit transformée, dit Griffin en secouant la tête. C'est sûrement aussi parce qu'il désire créer plus de vampires.

— Oui, mais ça n'arrivera pas, assura Alex en croisant les bras. On doit pourtant convaincre trois autres personnes de voter comme nous.

Ma gorge se serra alors que ses paroles me touchaient

énormément. Je ne comprenais pas pourquoi il était si opposé à ma transformation. Même si je n'en étais pas sûre, je souhaitais qu'il considère l'idée. Nous étions des âmes sœurs. Ne voulait-il pas passer autant de temps que possible avec moi ?

Toute la peine que j'avais maintenue à distance m'écrasa, m'inondant de douleur.

Alex me jeta un coup d'œil, ses doux yeux bleus s'assombrissant d'inquiétude.

Mon portable sonna, ce qui me surprit. Je le sortis de ma poche arrière et vis le nom d'Eliza s'afficher à l'écran.

Merde. Annie m'avait prévenue qu'Eliza pourrait appeler. Pendant une seconde, j'envisageai de refuser l'appel, mais Eliza méritait mieux que ça. Elle m'avait protégée pendant plus de cinq ans.

— Je dois le prendre, expliquai-je, et je marchai vers un coin de la pièce pour avoir une illusion d'intimité.

Je me calmai, puis répondis.

— Allo.

— Ronnie Bonds, dit Eliza qui semblait blessée. Qu'est-ce qui se passe, bordel ?

OK, elle jurait rarement, ce qui voulait dire qu'elle était en colère... et inquiète.

— Je ne vois pas ce que tu veux dire.

Ouais, jouer la débile ne marcherait pas avec elle.

— Ne fais pas la maligne ! se moqua-t-elle. Je m'attends à ce comportement de la part d'Annie. Elle est intelligente et douce, mais pas responsable. Pas comme toi. Mais te voilà, à balancer ton futur pour un mec ?

— Selon toi, je n'ai pas de futur parce que je passe trop de temps à prendre soin d'Annie et de toi.

C'était une conversation qu'on avait régulièrement, jusqu'au point où j'appréhendais parfois de lui parler.

— Je croyais que tu aurais été contente que je trouve ma place.

— Tu sais ce que je pense de cet *endroit*. C'est pas le même monde qu'ici.

— Qu'est-ce que ça veut dire ?

Elle disait constamment « cet endroit » comme si elle savait ce que représentaient Shadow Ridge et Shadow Terrace, mais elle n'y était jamais allée.

— Des choses bizarres se passent là-bas, dit Eliza d'une voix plus forte. Je vous l'ai dit à toutes les deux. Je veux que tu reviennes à la maison tout de suite.

— Non.

Je ne l'avais jamais défié auparavant. Ça faisait mal de le faire, mais je ne pouvais pas quitter Alex.

— Je suis désolée, mais c'est ici qu'est ma place.

Elle s'exclama de surprise.

Mince. Je ne voulais pas la blesser, mais je ne voulais pas non plus l'embobiner.

— Est-ce qu'Annie va bien ?

Je souhaitais changer de sujet. Je souffrais déjà, et cette conversation empirait les choses.

— Oui. Je suis reconnaissante de l'avoir à la maison. Mais je suis inquiète pour toi.

— Prends soin d'elle. Je vais bien.

Je prétendis bâiller.

— Je dois y aller. Je suis fatiguée, mais je t'appellerai plus tard.

— Tu ferais mieux ! se plaignit-elle, puis elle raccrocha.

Je devrai éventuellement y retourner pour récupérer mes affaires, mais je ne voulais pas considérer ce que ça ferait à Eliza. Tout de suite, je désirais m'occuper d'autre chose.

— *Est-ce qu'on peut parler quelque part ?* demandai-je à Alex en me tournant vers lui.

Je n'avais pas le temps de réprimer ce que je ressentais. Je mettrais une fois pour toutes au clair la raison pour laquelle il était si catégoriquement opposé à ma transformation.

CHAPITRE DOUZE

ALEX HOCHA la tête et regarda Sterlyn puis Griffin.

— Est-ce que ça vous gêne de nous montrer notre chambre ? J'adorerais retirer cette fichue veste, dit-il en agitant ses épaules comme s'il était inconfortable.

— Bien sûr, dit Sterlyn en enlevant ses chaussures noires et les plaçant près du mur. Est-ce que vous avez besoin de nous emprunter des fringues ?

Griffin ferma les yeux, mais garda la bouche close. Il n'aimait pas l'idée qu'Alex porte ses habits.

— Ça va. Gwen devrait être là dans une heure avec nos affaires, dit Alex en prenant ma main et me regardant. Tu veux te changer ?

— Merci, mais ça va aussi.

Entendre qu'une partie de nos vêtements serait bientôt là réduisit un peu mon stress. Qu'Alex s'occupe de la situation atténuait ma peine.

Ne serait-ce qu'un chouia.

— Super ! soupira Griffin, soulagé. C'est mieux en plus parce que je suis plus grand que toi, ajouta-t-il en faisant un signe de tête à Alex.

— T'as pas à le faire changer d'avis, dit Sterlyn en souriant. Il a déjà dit non.

Je bâillai, ne me forçant même pas. Bien que je me fusse assoupie la veille dans les bras d'Alex pendant qu'il me transportait jusqu'à sa chambre, je n'avais pas bien dormi ou pas suffisamment. Tant de choses s'étaient produites durant les derniers jours que c'était dur de tout comprendre.

— Je vais vous conduire à votre chambre pour que vous puissiez vous reposer jusqu'à l'arrivée de Gwen, dit Sterlyn en allant vers un couloir perpendiculaire au salon.

— Je vais passer quelques coups de fil, précisa Griffin en se dirigeant vers le balcon. La réception laissera entrer Gwen et l'enverra vers l'ascenseur des invités.

Il me jeta un coup d'œil.

— On est arrivé par l'entrée des résidents. Les visiteurs viennent par un ascenseur différent qui mène à un passage secret jusqu'à la porte d'entrée, pour qu'on puisse contrôler les personnes qui pénètrent dans l'immeuble. La porte d'entrée est par là, indiqua-t-il en pointant du doigt un autre couloir derrière l'ascenseur des résidents.

— Elle m'a dit qu'elle appellerait quand elle sera près d'ici, dit Alex en pressant sa paume dans mon dos. Je peux descendre et la retrouver. Je sais que tu es déjà mal à l'aise avec ma présence ici.

La froideur de sa main me réconforta. Pourtant, j'avais toujours eu un faible pour la chaleur jusqu'à maintenant.

Griffin hocha la tête et sortit par la porte en verre coulissante.

Je me tournai et suivis Sterlyn, réalisant qu'elle nous attendait à l'autre bout du couloir. Je voulais m'isoler avec Alex. J'avais tant à dire, j'étais un peu trop pressée qu'on soit seuls.

Elle leva une main vers une porte fermée sur la droite.

— C'est notre chambre avec Griffin. Si vous avez besoin de quelque chose et qu'on n'est pas dans le salon ou la cuisine, c'est ici qu'on sera sûrement.

Elle tourna vers la gauche et passa devant deux autres portes, en face l'une de l'autre. Elle fit un signe vers celle sur la droite, à côté de leur chambre.

— C'est notre bureau, mais on y est rarement, précisa-t-elle en fronçant les sourcils, un peu de tristesse se manifestant dans son regard. C'est là qu'Atticus passait une grande partie de son temps, alors Griffin et Ulva l'évitent tous les deux.

— Ulva ? répétai-je.

D'après ce que j'avais compris de la réunion du conseil, Atticus était le père de Griffin.

— La mère de Griffin, ajouta Sterlyn en montrant la porte de l'autre côté du bureau. C'est sa chambre.

— Si proche ? demanda Alex en arquant un sourcil alors qu'un sourire malicieux se répandait sur son visage. T'as pas peur qu'elle vous entende, Griffin et toi... tu sais ?

Je frappai son bras, horrifiée. Je ne pouvais pas croire qu'il soit allé sur ce terrain.

— C'est pas tes affaires !

— Ton inquiétude est très touchante, s'amusa Sterlyn en levant les yeux au ciel. Mais elle est partie de la chambre parentale après la mort d'Atticus. C'est la troisième et dernière chambre là-bas, et toutes les pièces sont insonorisées.

— Comme à la maison, dit Alex en me faisant un clin d'œil. C'est bon à savoir.

Mon corps se réchauffa, ce qui me trahit. Je voulais être blessée et fâchée, pas excitée, mais je ne pouvais pas nier qu'il tenait à moi, qu'importe ce qu'avait sous-entendu Matthieu.

— S'il vous plait, attendez d'être seuls dans votre chambre, dit Sterlyn en agitant une main devant son nez. Maintenant, je réalise pourquoi vous ne souhaitiez pas emprunter nos affaires.

Le sol devint soudainement intéressant alors que des flammes léchaient mes joues. Je ne pouvais pas croire que nous avions cette discussion.

— Bien, t'es gênée, Véronica, dit Alex en embrassant mon front, empirant la situation.

— Ouais, c'était moi il y a quelques mois, gloussa Sterlyn en marchant vers la dernière porte sur la droite. Et voici la chambre parentale, que vous pouvez utiliser.

— On va rester dans l'ancienne chambre d'Ulva et Atticus, commenta Alex en reniflant.

Sterlyn ouvrit la porte et se décala du passage.

— Oui. Reposez-vous. Ça a été une longue nuit. Après ce matin, tout le monde est à cran. Une sieste vous ferait du bien.

Je n'avais pas envisagé qu'Alex n'eut pas bien dormi la nuit dernière, prouvant que j'étais un peu égoïste.

J'entrai dans la pièce et assimilai le décor. La chambre faisait la moitié de celle d'Alex au manoir, mais au moins trois fois celle de la mienne à Lexington. Un lit king-size était situé au centre du mur de gauche. Des rideaux blancs tombaient en cascade du lit baldaquin noir et étaient accrochés à une tige à chaque coin du lit. Sans plis, le linge de lit aux tons café réchauffait l'ambiance, donnant une atmosphère douce et attirante. Le mur à droite du lit offrait une vue sur la ville, allant du sol au plafond.

— Dites-nous si vous avez besoin de quelque chose, dit Sterlyn en posant son regard sur moi avant de fermer la porte.

Mes nerfs prirent le dessus, alors je m'approchais d'un

pas nonchalant de la fenêtre surplombant la ville. Les couleurs changeantes dansaient dans le ciel, se mélangeant et se tissant les unes aux autres. Au contraire de l'architecture uniforme de Shadow Terrace et Shadow Ridge, les bâtiments étaient plutôt hétérogènes ici. Les plus grands édifices étaient faits d'un métal doré, alors que les plus petits étaient en brique ou ressemblaient au style architectural grec, tous en blanc.

— Ça va ? demanda Alex. J'ai entendu ta conversation avec Eliza.

— Tout va bien. Je souhaite te parler de ce qu'il s'est passé tout à l'heure, pas d'Eliza.

— Je ne voulais pas faire le connard, dit Alex en s'approchant pour se placer à côté de moi, suivant mon regard. J'ai été grossier. Mais tu semblais lointaine depuis la réunion du conseil. Je voulais te faire sourire, mais je ne me sens pas non plus moi-même, et j'ai agi un peu bizarrement.

— Un peu ?

J'avais voulu le taquiner, mais les mots parurent plutôt critiques. Je ne pouvais plus cacher ma souffrance maintenant que nous étions seuls.

— Oui, j'étais un... vous dites ça comment ? Mec ?

Ses sourcils se froncèrent.

Je ris malgré moi.

— Je pense que tu cherches le mot « crétin ».

Il enleva sa veste noire d'un mouvement d'épaules et la jeta sur le lit.

— Qu'est-ce qui ne va pas ?

C'était une question piège. Je ne voulais pas paraitre peu sûre de moi, mais c'était ce qui arriverait, peu importe par quoi je commençais.

— Écoute, je ne veux pas que tu t'inquiètes, dit-il en

prenant ma main et me tournant vers lui. Je ne leur permettrai pas de te transformer.

Et on y était.

Le problème.

— Même si ça veut dire que je dois retourner chez Eliza avec ma mémoire effacée ?

Les sorcières semblaient certaines que leur sort fonctionnerait.

— Si c'est ce qu'il faut, dit-il en baissant son front contre le mien.

Avant que nos têtes se touchent, je reculai.

— Alors, toute cette histoire « d'âmes sœurs » ce n'est pas si important que ce que tu le disais.

La méfiance s'inscrivit sur son visage.

— Qu'est-ce que tu veux dire ?

— Tu préférerais ne pas m'avoir dans ta vie, plutôt que je sois transformée, continuai-je alors que ma voix s'élevait légèrement, me conférant une attitude frêle. Toute cette connexion s'oublie facilement selon toi.

— Attends...

Il passa ses doigts dans ses cheveux, les ébouriffant. Tu *veux* être transformée ?

— Je ne sais pas.

C'était la vérité, et il le saurait si je mentais.

— Alors, pourquoi t'es fâchée ? demanda-t-il en laissant tomber ses mains sur ses flancs. T'es pas sûre de ce que tu désires. J'essaie de m'assurer que tu as le temps de bien réfléchir à tout et que tu ne te sentes pas forcée.

— Mais...

Je m'arrêtai, réalisant que tourner autour du pot était inutile. Je devais dire ce que je ressentais, ou la rancœur me pourrirait de l'intérieur.

— Tu devrais souhaiter que je sois transformée. Je pensais que tu désirais être avec moi pour toujours.

— Waouh ! s'exclama-t-il de surprise, faisant un pas en arrière et agitant ses doigts devant lui. Laisse-moi être sûr de bien comprendre. T'es pas sûre de souhaiter être transformée, et t'es fâchée parce que je ne veux pas te forcer à changer ?

OK, maintenant *il* me faisait passer pour la fille déraisonnable.

— Pas ça. Mais... pourquoi tu ne voudrais pas que je sois transformée ? Est-ce qu'il y a quelque chose qui ne va pas avec moi ?

— Non. Pas du tout, dit-il en frottant ses mains. C'est pour ça que je ne souhaite pas que tu changes.

— Parce que tu ne me trouverais pas attirante si j'étais une vampire ?

— Bien sûr que si. Je te trouverais sexy dans tous les cas, dit-il au travers de ses dents serrées. Ça n'a rien à voir avec le fait de te trouver attirante ou de vouloir être avec toi.

— Si !

Ma voix s'éleva à nouveau et je grimaçai. Dieu merci cette pièce était insonorisée.

— Tu ne désires pas que je sois transformée. Tu préférerais que je revienne à ma vie humaine et que je ne me souvienne pas de toi. De quelle façon ça prouve que tu souhaites être avec moi ?

— Comment ça montrerait le contraire ? s'exclama Alex en prenant mes mains et les maintenant à sa poitrine. Ta vie et ton bonheur ont beaucoup plus d'importance que les miens pour moi. Je préférerais que tu m'oublies et que tu trouves quelqu'un d'autre qui t'aimerait, pendant que je resterais de côté, le cœur brisé, pour protéger ton âme de la damnation. Je sacrifierais tout pour te protéger.

J'inspirai vivement, digérant l'ampleur de ce qu'il venait de me révéler.

— Qu'est-ce que tu veux dire en parlant de *damnation* ?

— Quand un vampire se soumet à ses désirs et perd le contrôle, ce qui est de plus en plus facile à faire à chaque fois, il est damné dans les flammes de l'Enfer, expliqua-t-il en pressant gentiment mes mains. Et c'est dur d'ignorer ces envies à certains moments, en particulier pour quelqu'un qui vient d'être transformé. Je ne pourrais jamais me pardonner d'être assez égoïste pour te changer, que tu cèdes ensuite à tes nouveaux désirs et que ton humanité t'échappe.

Mon Dieu, j'avais été si stupide. Moi qui avais cru qu'il ne voulait pas être avec moi pour l'éternité, alors que sa seule inquiétude était de s'assurer que je ne devienne pas la créature même qu'il combattait tous les jours.

Me mettant sur la pointe de mes pieds, je l'embrassai.

— Je suis désolée, soupirai-je en me reculant. Quand tu as été si catégoriquement opposé à ma transformation, j'ai juste eu peur que tu penses que nous serions ensemble de manière plus permanente que ce que tu avais prévu, et que tu pourrais ne pas le souhaiter. On n'en a pas parlé. Tu ne m'as même pas dit qu'il était possible de me transformer, bon sang.

— Une éternité avec toi ne serait pas assez longue, assura-t-il en caressant ma joue du bout de ses doigts. Je te veux à mes côtés pour toujours, mais je ne souhaite pas t'influencer avec mes désirs égoïstes. Tu ne peux pas revenir en arrière après être devenue vampire.

Je me pressai contre lui, ayant besoin d'être plus près de son corps. La chaleur éclata en moi et je voulus lui montrer à quel point je l'aimais aussi.

— Je ne peux pas t'oublier. Ça n'arrivera pas. Je n'ai jamais été aussi heureuse, et c'est grâce à toi.

J'avais besoin de lui. Mon corps se languissait du sien. Dans tous mes états, je défis et dézippai son pantalon, mon intention évidente.

— Tu as le temps de te décider. Si tu choisis de ne pas te transformer, on trouvera un moyen de nous en sortir, grogna-t-il alors que je le caressais. Je préférerais prêter attention à cet instant et à toi.

Le pouvoir que j'avais sur lui me ravit. Je souris, puis l'embrassai une nouvelle fois, le faisant reculer jusqu'au lit.

— Je te soutiens là-dedans.

— Je suppose que tu ferais mieux de te retourner, commenta-t-il alors que ses doigts s'enfonçaient dans mes hanches.

Nous devînmes un méli-mélo de membres, et avant je susse ce qu'il se passait, mes cuisses et mes genoux percutèrent le matelas. Il souleva ma jupe vivement et tira sèchement ma culotte vers le bas.

— Retire-les, commanda-t-il.

Si je n'avais pas été excitée avant, je l'étais sans aucun doute maintenant. Nous n'avions jamais fait l'amour de cette manière, et c'était vivifiant. On se désirait désespérément l'un l'autre.

— *Embrasse-moi, bon sang*, gémis-je en jetant un coup d'œil en arrière.

S'il pouvait être autoritaire, moi aussi.

Un gloussement sacrément sexy lui échappa. Il fit tomber son pantalon et son boxer, puis s'avança vers moi. Ses lèvres se pressèrent contre les miennes, et il glissa sa langue dans ma bouche alors qu'il se positionnait derrière moi. J'écartai mes jambes et me penchai en avant, sur le point de l'implorer à me pénétrer.

Il s'enfonça à l'intérieur, insérant une main sous mon t-shirt, puis dans mon soutien-gorge pour donner une pichenette à mon téton alors que son bras libre s'enveloppait autour de moi. La paume de sa main s'installa sur mon bassin et ses doigts glissèrent entre mes jambes, faisant pression et me gardant en place pendant qu'il me caressait jusqu'à l'extase.

La friction grandit et il me percuta de plus en plus fort. Incapable de me maintenir plus longtemps en place pour l'embrasser, je posai ma tête sur le matelas alors que son corps et ses mains faisaient de la magie, d'une façon que je n'avais jamais expérimentée auparavant. Son odeur sucrée m'encercla, et alors qu'il pourvoyait à tous mes besoins, je me sentis en sécurité et eus l'impression d'être aimée.

— *Je t'aime,* haletai-je sur notre lien.

— *Tu es mon tout,* se connecta-t-il, et il poussa son amour vers moi.

Je ne savais pas comment j'avais pu en douter. Je détestais avoir remis en question son engagement envers moi.

Son corps frémit et je tombai par-dessus bord avec lui. Nos orgasmes entrèrent en collision, l'intensité m'envahissant.

Alors que nous reprenions notre souffle, je me retournai pour lui faire face. Il enveloppa ses bras autour de mon corps et me tira près de lui. Nous restâmes étendus là, à moitié nus, nous accrochant l'un à l'autre, suspendus à ce moment.

Son téléphone sonna sur le sol, et il gémit en me lâchant.

— Je parie que c'est Gwen.

— Va voir, dis-je en effleurant ses lèvres des miennes. Si c'est elle, on n'a pas besoin d'agacer Griffin plus que nécessaire.

— T'as raison.

Il se pencha, ramassa son pantalon et sortit son téléphone en fronçant les sourcils, de l'agacement affluant sur notre lien.

— Qu'est-ce qui ne va pas ?

Je pariai que ce n'était pas Gwen.

— Oh, Matthieu est là et veut parler, rigola-t-il sans humour.

Il verrouilla ses yeux dans les miens en grimaçant.

— Seul.

— Oh, sûrement pas.

Le connard ralliait des gens pour me forcer à me transformer. Il n'allait pas exiger plus de choses.

— Je viens avec toi.

CHAPITRE TREIZE

RASSEMBLANT AUTANT de dignité que je pus, je me levai et remis ma culotte, puis baissai ma jupe. J'avais même gardé mes chaussures.

— Tu sais quoi ? dit Alex en s'habillant et se penchant pour embrasser ma joue. Tu as raison. On est un tout. Il doit l'accepter.

J'avais cru qu'il allait plutôt me demander de rester dans la chambre, alors qu'il se range de mon côté signifiait beaucoup pour moi. Je passai mes doigts dans mes cheveux en cuivre pour les dompter.

— Mais si ça dégénère, je veux que tu rentres, exigea-t-il en me fixant droit dans les yeux. Promets-le-moi.

C'était honnête. Je ne voulais pas avoir affaire aux tours de Matthieu.

— Bien sûr. Je ne souhaite pas non plus que tu sois blessé.

Et il essaierait de me protéger.

— Viens, dit-il en tenant ma main et me tirant vers la porte. Je veux qu'il reste en bas et évite de contrarier Griffin.

Si je n'avais pas observé la réaction de Griffin devant Gwen et Matthieu, j'aurais pensé qu'il détestait toujours Alex. Mais après l'avoir vu les fusiller du regard, je pouvais discerner une nette différence dans son attitude avec mon âme sœur.

Nous marchions vers le salon quand une voix inconnue remonta le couloir.

— On a un vampire et sa compagne qui restent ici, constata la femme avec surprise. Ce sont des mots que je n'aurais jamais cru entendre dans ma vie, gloussa-t-elle chaleureusement, apaisant une partie de mon inquiétude.

Alex rigola alors que nous entrions dans la pièce. Griffin, Sterlyn et une femme en robe d'été bleu marine se tenaient au centre. La femme semblait avoir la quarantaine, avait des yeux saisissants d'un bleu saphir et des cheveux blond doré qui caressaient ses épaules.

— Et voici les invités d'honneur, sourit la dame.

Je détestais être le centre de l'attention.

— Je ne suis pas certaine de mériter cet honneur. Je pense qu'on est invités parce que je suis humaine.

— Ignore Ronnie, dit Sterlyn en faisant le tour du canapé et plaçant un bras autour de mes épaules. Elle a l'habitude d'agir comme si elle dérangeait, même si on pense le contraire.

— C'est vrai, confirma Griffin avec un sourire suffisant. Mais ne la mets pas trop en confiance. J'aime qu'elle croie nous être redevable.

Alex se tendit.

— Il plaisante, dit la femme en faisant les gros yeux à Griffin. Excuse-toi.

Cette expression ressemblait à celle que Griffin utilisait quand il était contrarié. Cette femme devait être sa mère.

— Ils savent que je plaisante, dit Griffin dont les épaules

s'affaissèrent. Si vous n'aviez pas deviné, c'est ma mère, Ulva. Et Maman, voilà Ronnie.

Il plaça ses mains dans ses poches.

— Je suis sûre qu'elle l'avait deviné, dit Sterlyn en laissant tomber son bras.

— Je déteste être impoli et vous interrompre, commença Alex alors qu'un grand coup résonnait sur la porte.

Il écrasa ses lèvres l'une contre l'autre.

— Mais Matthieu est là.

Un grognement s'échappa de la poitrine de Griffin.

— Je pensais que tu avais dit retrouver Gwen dehors. Mince. J'ai pas spécifié que le visiteur serait une femme, alors la réception a laissé ce con monté par l'ascenseur des invités.

— C'était le plan, assura Alex en se balançant sur ses talons. Mais Matthieu a chipé nos affaires à Gwen et est venu. Je pensais qu'on pourrait le devancer à l'extérieur.

— T'allais dehors avec Ronnie ? s'étonna Sterlyn dont les iris s'assombrirent jusqu'à prendre la couleur d'une orchidée. Et s'il y a des vampires dehors ?

Nan, il ne se prendrait pas un savon à cause de cette décision.

— Je veux être avec lui. Comment Matthieu pourrait me prendre au sérieux si je ne suis pas aux côtés d'Alex ?

— Écoute, je comprends, dit Sterlyn en plaçant ses mains sur ses hanches. Sérieusement. J'étais dans la même situation avec Griffin, il n'y a pas si longtemps. Je le suis toujours en quelque sorte. Les choses sont en attente, car Dick n'est plus là, mais que ce soit bon ou mauvais, t'es humaine. Il y *a* un risque supplémentaire pour tout, qu'il n'y avait pas pour moi.

— En d'autres mots, je n'ai pas ma place ici.

Je ne pus pas cacher la peine qu'avaient causée ses

paroles. J'avais compté sur elle pour me soutenir. Bien que son inquiétude provienne de son affection pour moi, ça faisait quand même mal de l'entendre l'exposer.

— Quoi ? Non ! s'exclama Sterlyn en dérobant ma main dans celle d'Alex et la tenant fermement. Tu as ta place ici. Je le sens. Je l'ai su la première fois que je t'ai rencontrée, mais ce monde est plus dangereux pour toi.

Matthieu tambourina plus fort sur la porte.

Cet homme pouvait ajouter la patience à la liste grandissante de qualités qui lui manquait.

— Je vais ouvrir au suceur de sang impatient, dit Ulva en levant les yeux au ciel.

Elle grimaça et lia ses mains, tournant son attention vers Alex.

— Sans vouloir te vexer.

— Pas de problème, s'amusa Alex. Mais je peux lui parler dehors.

— Non, dit Sterlyn. On doit le laisser entrer. Si on confirme qu'on ne veut pas de lui ici, il posera plus de problèmes avec le conseil. Je parie qu'il espère qu'on lui refuse l'entrée, et c'est pour ça qu'il n'a pas attendu d'être invité à monter.

— T'as raison.

Le froncement de sourcils d'Alex fut si prononcé que je voulus le voir sourire.

— Pourquoi je le laisse toujours avoir le dessus ?

— Parce que c'est ton frère, dit Ulva qui marcha d'un pas nonchalant en passant devant l'ascenseur, vers le couloir, jusqu'à la porte d'entrée. On veut toujours voir le bon dans notre famille.

La simple vérité de ses mots s'infiltra en moi. Elle avait raison. Je n'avais voulu voir que le bon chez Annie, même quand sa tête avait été trafiquée. J'avais ignoré la fille dérangée, je ne remarquai que l'adorable fille aimante qui était à l'intérieur selon moi.

— Est-ce que Killian est bien revenu ?

Je me sentis idiote de ne pas avoir pensé à lui. C'était lui qui avait roulé pendant dix heures sans dormir.

— Ouais, Killian est sur la route du retour en ce moment, dit Griffin en tapotant sa tête. Il s'est lié à nous pendant que vous étiez dans la chambre.

Sa voix diminua et il tira sur son col.

Attendez... La panique me prit entre ses griffes.

— *Est-ce qu'il sait qu'on a couché ensemble ?*

— *On sent le sexe,* dit Alex en souriant, pas honteux du tout. *Tout va bien. On est des âmes sœurs.*

Super. Ça voulait dire que Matthieu pourrait aussi le savoir. L'intimité était absente dans ce monde. Mais je devais me concentrer avant que Matthieu entre ici et dévie la conversation.

— Pourquoi Killian rentre tout juste à la maison ? J'aurais pensé qu'il serait de retour tôt ce matin.

— Il est resté et a surveillé Annie pour s'assurer que sa mémoire était correctement effacée et que rien d'étrange ne se passait, comme un vampire qui les aurait suivis par exemple, expliqua Sterlyn en s'asseyant sur le canapé, face au couloir menant à la porte d'entrée. Il a pris contact avec une meute locale là-bas, et ils garderont un œil sur ta famille pendant les prochains jours, par sécurité.

Je n'avais pas envisagé qu'Annie et Eliza puissent être en danger. Ce groupe d'amis continuait de me protéger, ainsi que ceux que j'aimais. C'était une bonne chose qu'ils ne comptent pas les faveurs que je leur devais, car il me faudrait une vie entière, si ce n'est plus, pour les rembourser.

— Merci.

— *On devrait s'asseoir,* se lia Alex en me touchant le bras, m'indiquant que je devais le suivre. *On ne veut pas que Matthieu nous voie à cran.*

Ce devait être pour ça que Sterlyn s'était assise, mais franchement, on était à bout de nerfs. C'était en particulier le cas pour le pauvre Griffin, qui continuait d'ouvrir contre son gré les portes de sa maison aux vampires. S'il n'y avait pas eu Sterlyn, on n'aurait pas été bien loin avec lui.

Nous nous posâmes sur le canapé en face d'elle, dos à l'ascenseur. J'étais mal à l'aise à l'idée de tourner le dos à Matthieu quand il entrerait, mais Sterlyn avait pris le canapé avec le meilleur point de vue. Ce serait extrêmement bizarre si nous étions tous les quatre entassés dessus.

Griffin souffla et s'assit à côté de Sterlyn. Elle plaça sa main sur sa jambe alors que j'entendais les pas d'Ulva qui revenait vers le salon.

— Je pense que c'est la première fois que tu nous rends visite ici, dit gentiment Ulva alors que Matthieu et elle nous rejoignaient.

Je regardai par-dessus mon épaule.

Matthieu avait mis un pantalon décontracté et un t-shirt ajusté qui lui donnait un air maigrichon comparé à Gwen et Alex. Un sac noir était suspendu à son épaule, soulignant qu'il était bien moins musclé que Griffin. Il avait un corps svelte plutôt qu'une carrure athlétique, comme Alex. Il était beau, car tous les êtres surnaturels l'étaient, bon sang. Néanmoins, il faisait pâle figure comparé à Alex. Sans mauvais jeu de moi.

— Je pensais que tu viendrais dehors pour qu'on puisse parler seuls, lança le roi des vampires à Alex d'une voix sifflante alors que sa mâchoire tressautait.

— Véronica et moi étions en chemin pour te rejoindre, mais tu t'es impatienté... commença Alex.

— Encore une fois, je veux te parler *seul*, insista Matthieu dont les épaules se raidirent, ce qui fit osciller le sac, et il désigna le balcon. Sortons là-bas.

— Et les vampires disent que les loups sont des animaux, commenta Griffin en croisant les bras. Et le voilà qui vient sans dire bonjour ou être poli avec ma mère, puis il exige toutes sortes de choses.

— Chéri, dit Sterlyn en posant sa tête sur son épaule, son corps tout sauf détendu. Tu t'attends à quoi de la part de quelqu'un qui a poignardé son frère dans le dos ? Il sait que la courtoisie ne le mènera nulle part.

Ouais, je m'amusais beaucoup trop. J'aurais dû être contrariée qu'Alex et son frère soient en désaccord, mais c'était Matthieu le problème. Il continuait de repousser Alex. Ce n'était pas moi qui mettais Alex dans cette position. Bien évidemment, j'aurais préféré que ça n'en vienne pas à là.

— Tu réalises que je suis un membre du conseil comme toi, et que je suis le roi des vampires, dit Matthieu en se levant, aussi immobile qu'une statue.

Seul le mouvement de ses lèvres prouvait qu'il était en vie.

— Comment pourrait-on l'oublier, cher frère ? lança Alex en se tournant vers lui, son dos contre mon épaule. Tu le rappelles à tout le monde, aussi souvent que possible.

— Ne fais pas comme si t'étais mieux que moi, dit Matthieu en pointant son doigt comme si c'était une arme. Il n'y a même pas trois semaines, tu étais à mes côtés pour soutenir mes décisions. Maintenant, tu laisses cette fille venir et tout foutre en l'air.

Ulva se tint là avec une expression illisible.

— Dieu merci à elle, rétorqua Griffin en faisant un geste de la main vers moi. Parce qu'Alex et toi étiez incorrigibles et n'aviez les intérêts de personne à cœur, à part les vôtres.

— Ne me prends pas de haut, répondit Matthieu en marchant dans le salon et se mettant devant les canapés. Je mérite le respect.

— Le respect se mérite, il n'est pas donné.

Ouais, j'aurais dû les laisser régler ça. Mais je détestais les gens qui pensaient avoir droit au respect, parce qu'ils étaient nés avec de l'argent, du pouvoir ou un nom.

— Tu es né avec le devoir d'œuvrer pour la couronne qui t'a été conférée. De ce que je peux voir, tu n'as absolument rien fait pour la mériter.

— Parfaitement dit ! ajouta Sterlyn en me souriant.

— Très bien. De toute façon, c'est mieux si je vous le dis à tous en même temps, ricana Matthieu.

Il jeta le sac à mes pieds.

— Il y avait une inquiétude que tu puisses faire sortir Véronica en douce de Shadow City pour lui éviter d'être transformée si nous décidions de ce sort.

— Pourquoi on ferait ça ? demanda Alex en respirant lourdement.

Il ne pouvait pas perdre son sang-froid. Ce devait être pour ça que Matthieu avait voulu le lui dire seul, pour contrarier son frère.

J'enfilai mon bras dans le sien, espérant que mon contact le calme. Heureusement, cela marcha un peu.

— Eh bien, parce que manifestement, tu ne réfléchis pas clairement quand il s'agit d'elle, dit Matthieu en riant. Tu pourrais fuir avec elle, ce qui causerait des problèmes. Pas seulement pour moi, mais aussi pour tout le conseil. Chaque dirigeant doit tenir fermement son peuple.

Il fit un sourire suffisant.

Même si j'avais souhaité fuir, je ne le ferais pas.

— Je suppose qu'un plan a été concocté pour apaiser cette inquiétude, dit Sterlyn en levant son menton.

— C'est une chose que j'admire chez toi, louve argentée, dit Matthieu en lui jetant un regard noir malgré son compliment. Tu es intelligente et tu as des aptitudes pour la stratégie.

— Et pourtant, je n'ai pas l'impression que tu m'aies complimentée, rétorqua-t-elle en arquant un sourcil.

— Il est inquiet que les loups argentés reviennent et reprennent la charge de protéger les deux côtés de la rivière, balança Alex. N'est-ce pas, mon frère ?

La suffisance disparut du visage de Matthieu comme s'il avait été giflé.

— Si tu es inquiet pour ça, peut-être qu'il y a une raison, dit Griffin en entremêlant ses doigts à ceux de Sterlyn.

Ulva intervint en réorientant la conversation.

— Je suppose qu'il y a d'autres nouvelles concernant ce que souhaite le conseil à propos de Véronica, alors.

Sa posture était similaire à celle de Sterlyn, indiquant qu'elle savait également comment diriger.

— Il y aura un point quotidien fait par une personne du conseil, en dehors de ce groupe, expliqua Matthieu dont l'attitude jubilatrice se remit en place. Ne vous faites pas d'idées en prenant les choses en main.

— Ne t'inquiète pas, dit Alex au travers de dents serrées. Ce ne sera pas le cas.

— Bien, dit-il en désignant le sac du menton. Tes affaires sont dedans, et je n'aurai pas besoin de toi cette semaine. Appréciez le temps que vous avez ensemble.

Il tourna sur ses talons et marcha vers la porte d'entrée, sans dire au revoir.

Si ce n'était pas une menace, je ne savais pas ce que ça pouvait être.

Nous nous regardâmes tous les cinq alors que la porte claquait.

— Ça aurait pu se passer mieux, soupira Ulva alors qu'elle marchait d'un pas nonchalant avant de s'asseoir à côté de Sterlyn.

— J'en suis sûr, dit Alex dont la tête se baissa, et de la souffrance flotta sur notre lien. Il est en colère et se défoule. Il est imprévisible quand il est comme ça.

— Tu veux dire quoi par là ? demandai-je en mordillant ma lèvre inférieure. Tu penses qu'il va tenter quelque chose ?

— Oh, ouais, souffla Alex.

Sterlyn se remit dans son siège et fixa l'extérieur au niveau du balcon.

— Tu penses qu'il va faire quoi ?

— J'en ai aucune idée, dit Alex en m'attirant dans ses bras. Mais on le découvrira bientôt.

Les quelques jours suivants passèrent sans incident. Je parlai quotidiennement avec Eliza et échangeai plusieurs messages avec Annie. L'ambiance était tendue, et Annie semblait distante. Je ne savais pas comment les aider puisque j'étais coincée à Shadow City.

Une chose que j'avais constatée c'était qu'Alex et Griffin étaient vraiment compétitifs l'un par rapport à l'autre. Ils jouaient aux échecs tous les soirs pendant que Sterlyn, Ulva et moi étions assises sur le balcon à boire du vin. On pouvait les entendre se menacer par des sifflements et des grognements, ce qui les rapprochait d'une certaine manière. Je n'avais jamais cru que ça pourrait arriver, mais

Ulva m'assura que c'était la propension des mâles alphas, et que tout irait bien.

Sterlyn me raconta des histoires sur ses parents et de son ancienne vie de meute. Son frère jumeau, Cyrus, était son bêta, et prenait les responsabilités d'alpha pendant que Griffin et elle se concentraient sur les problèmes avec le conseil. Il lui donnait des nouvelles chaque soir alors que les loups argentés finissaient de s'installer dans un quartier proche, à vingt minutes de Shadow Ridge.

Killian prenait aussi régulièrement des nouvelles. Il surveillait attentivement Shadow Ridge pour s'assurer que les vampires véreux restaient en dehors de la ville, pendant que Sierra essayait de découvrir ce qu'elle pouvait au bar où elle travaillait. Rien de substantiel n'était arrivé, mais ils gardaient un œil sur tout.

Tout se passait merveilleusement bien, à part le fait que j'étais enfermée dans l'immeuble. Yelahiah, Gwen, puis Pahaliah avaient fait les quelques premières vérifications pour le conseil. Aujourd'hui, c'était la première journée durant laquelle une personne qui n'était pas de mon côté nous rendait visite.

La maison d'enfance de Griffin était devenue une porte tournante pour le conseil, et je détestais ça, mais on ne pouvait pas y faire grand-chose pour le moment.

Alex fit les cent pas devant le canapé où j'étais assise alors que nous attendions l'arrivée d'Azbogah.

— Il n'a que cinq minutes de retard, essayai-je de rassurer Alex. Et Griffin le ramène ici après une réunion. S'il y avait un problème, il l'aurait dit à Sterlyn depuis le temps.

— Azbogah n'est jamais en retard, grogna Alex. Il pense qu'être à l'heure c'est être en retard.

Ça ressemblait bien à l'ange noir.

— Hé, tout va bien se passer, dis-je en me levant et l'enlaçant. Peut-être qu'il essaie de nous faire stresser.

Sterlyn se précipita dans le salon, sa peau avoisinant la couleur de ses cheveux argentés.

— Qu'est-ce qui ne va pas ? demanda Alex, au bord de la crise de nerfs.

— Il y a une attaque en cours au bâtiment du conseil, dit-elle d'une voix grinçante et elle attrapa les clés de la Navigator sur le comptoir.

CHAPITRE QUATORZE

J'AVAIS DÛ MAL COMPRENDRE ce qu'elle avait dit, mais la façon dont elle fonça vers l'ascenseur prouva que ce n'était pas le cas.

— Merde ! siffla Alex en me tirant à la suite de Sterlyn.

— Non, dit-elle en secouant la tête, les clés pendouillant dans sa main. Vous restez ici.

— Écoute, ça ne me ravit pas, mais si Matthieu est impliqué dans l'attaque, je dois y aller. Ronnie doit aussi venir avec nous, dit-il, sa main se serrant sur la mienne. On ne peut pas la laisser seule. On ne sait jamais... un ange pourrait atterrir sur le balcon et forcer l'entrée.

Toutefois, ma présence là-bas pourrait empirer la situation.

— Je pense que ça ira. Pourquoi vous n'y allez pas tous les deux et je reste là ?

— Ce n'est pas une option ! protesta Alex en m'attirant près de lui. Ne te méprends pas, je préférerais que tu restes ici, mais tu pourrais être en danger.

— Alex a raison. L'attaque pourrait être une diversion, dit Sterlyn en sautant sur ses pieds. Tu devrais venir avec nous. Et pourquoi l'ascenseur met autant de temps, bon sang ?

— Il n'y a pas d'escalier pour les urgences ?

Je jetai un coup d'œil dans la pièce comme s'ils allaient apparaitre par magie. Je n'avais pas quitté l'appartement depuis plusieurs jours, alors je savais qu'il n'y en avait pas.

Les portes s'ouvrirent et Sterlyn se précipita à l'intérieur.

— Il y en a un, mais sa localisation est secrète. Elle mène vers un chemin caché pour sortir du bâtiment. En plus, l'ascenseur prendra moins de temps.

Bon à savoir. Peut-être.

Nous descendîmes en silence, bien que Sterlyn remuât sans cesse. Ses iris étaient d'un violet foncé, communiquant à quel point elle était inquiète pour Griffin.

Alex n'était pas mieux, bien qu'il ne fût pas autant à cran. C'était justifié, le compagnon de Sterlyn était en danger.

Dans le garage, Sterlyn courut à la Navigator et Alex s'arrêta, me forçant à rester à côté de lui.

Avant que je pusse l'interroger, Sterlyn sauta dans le véhicule et s'ôta de la place de parking. Elle enfonça les freins, faisant crisser les pneus et brûler de la gomme.

Je ne l'avais jamais vue si inquiète et sa réaction me fit paniquer. Elle était habituellement la personne calme du groupe. Je n'avais pas réalisé à quel point je dépendais de son côté réfléchi. Je sentis l'hystérie monter en moi.

Alex ouvrit la porte, me souleva, puis grimpa dans la voiture. Il ferma la porte et me nicha sur ses genoux alors que Sterlyn s'envolait.

— Pourquoi on conduit ? Je pensais que vous marchiez tous ici ?

— Ma louve peut maintenir une grande vitesse sur de

courtes distances uniquement, alors la voiture est plus rapide. En plus, on ne peut pas courir si on te remorque.

Elle sortit de la rampe du parking, et la porte s'était à peine levée de la voie avant qu'elle passe en coup de vent et tourne vivement sur la route principale.

La Navigator s'inclina sur les deux roues du côté du conducteur, mais Sterlyn ne se calma pas sur les gaz.

— Sterlyn, ralentis, grogna Alex alors qu'il jetait son poids sur le côté passager, et le véhicule se remit sur ses quatre roues, nous bringuebalant.

Ma tête heurta quelque chose et un craquement écœurant résonna à la base de mon cou. Une douleur tranchante se répandit le long de ma colonne et je fis bouger ma tête pour la soulager. Heureusement, je pus encore remuer ma tête, et l'intensité s'atténua.

— Je ne peux pas, dit Sterlyn.

Ses mains agrippaient le volant et son attention resta concentrée sur la route. Elle klaxonna et je regardai vers l'extérieur.

Contrairement à la dernière fois que nous avions traversé la ville en voiture, des gens filaient hors de la route et reculaient des trottoirs pour se mettre contre les bâtiments, alors que le véhicule fonçait dans la rue. Le sentiment calme et décontracté de la ville s'était transformé en panique alors que Sterlyn roulait à toute allure vers le bâtiment du conseil.

Si on y arrivait entiers, ce serait un miracle.

— T'as considéré que ceux qui attaquent espèrent que tu ne réfléchisses pas clairement ? grogna Alex, visiblement mécontent. Tu pourrais tomber dans leur piège.

— Euh, t'as raison, souffla-t-elle en ralentissant. C'est juste que… si quelque chose arrive à Griffin…

Elle s'arrêta, incapable de finir sa phrase.

Elle n'avait pas à le faire. Alex et moi comprenions trop bien. Juste l'idée de ne pas l'avoir à mes côtés envoya une sensation brûlante dans ma poitrine, comme si mon cœur était arraché de mon corps. Je ne pouvais qu'imaginer ce que je ressentirais si Alex était en danger et que je pouvais le perdre, comme ce qu'elle était en train de vivre avec Griffin.

— Tu peux toujours le sentir, n'est-ce pas ? demanda prudemment Alex.

— Oui, dit-elle en passant une main dans ses cheveux et les tirant derrière son épaule. C'est pour ça que j'ai ralenti. Si la connexion avait disparu ou était froide, je conduirais bien plus vite.

Si j'avais été à sa place, même savoir qu'Alex allait bien ne me calmerait pas. Je voudrais absolument le rejoindre.

Les résidents sur les trottoirs étaient de retour à la normale. Tout le monde vagabondait et papotait, à part un groupe de personnes qui se tenait à deux pâtés de maisons du bâtiment du conseil. Quinze silhouettes avec des expressions acerbes sur le visage divisaient leur attention entre le bâtiment du conseil et leur groupe.

L'un d'entre eux nous fit signe. Ses cheveux rouge pavot étaient plus brillants que les miens, et sa petite taille lui permettait de se démarquer de la foule. Ses yeux étaient si éclatants que je pus discerner les iris émeraude scintillants, ce qui contrastait avec son léger teint doré. Elle ferma les yeux et pinça l'arête de son nez.

Elle paraissait coupable de quelque chose.

Nous passâmes en roulant et je m'exclamai alors que la façade du bâtiment du conseil se profilait. Vingt personnes habillées de noir des pieds à la tête erraient devant l'entrée, leurs visages couverts de masques de ski et leurs mains de gants.

— Mon Dieu ! s'écria Sterlyn en pénétrant sur le parking. Ils sont habillés comme ceux qui ont massacré ma meute.

Mon estomac se retourna. Dans quel genre de monde étais-je entrée ?

Les assaillants tabassaient Azbogah, Griffin et Matthieu avec des perches. Les trois membres du conseil avaient formé un cercle, leurs dos accolés alors que la horde déferlait sur eux.

L'appréhension d'Alex flotta autour de moi alors qu'il regardait son frère en danger.

Sterlyn se gara et bondit de la voiture pour courir vers son compagnon, ne se souciant pas de fermer la porte. Elle fila vers la personne la plus grande en noir et lui donna un coup de genou dans l'entrejambe.

La silhouette grogna fort alors qu'elle tombait au sol, prenant son aine dans ses mains.

Sterlyn se précipita vers l'attaquant suivant et lui donna un coup de coude dans le cou. Elle travaillait efficacement, avec une force bestiale qui m'émerveilla.

Alex pouvait les aider, mais il ne voulait pas me laisser. Je souhaitais aider Griffin après tout ce qu'il avait fait pour moi, mais j'apprenais que dans ce monde, j'étais davantage un frein qu'un atout.

— On ne peut pas rester là sans bouger.

Je devais mettre les besoins d'Alex avant les miens. S'il n'aidait pas et que quelque chose arrivait à Matthieu, il s'en voudrait.

— Pouah, très bien, soupira Alex en ouvrant la porte.

Il sortit et se tourna vers moi.

— Reste ici et verrouille les portes. Si quelqu'un vient vers toi, crie, et je reviendrai en un éclair.

— Vas-y !

Je détestais qu'il se mette en danger, mais je l'avais trop retenu, surtout quand il s'agissait de sa famille.

— Tout ira bien pour moi.

Il hocha la tête et m'embrassa prestement, puis fit le tour de la voiture et claqua la porte de Sterlyn, avant de foncer dans la mêlée. Je verrouillai les portes et me penchai entre les sièges, par-dessus la console centrale, pour observer le combat. Si les choses empiraient, je les rejoindrais.

Je regardai Alex s'affairer aux côtés de Sterlyn. Les deux serpentaient d'avant en arrière, éliminant les individus sur les bords extérieurs.

Une silhouette masquée balança sa perche et frappa Griffin à la tête. Le visage de Griffin devint rouge et il souleva la personne, puis la jeta par-dessus le groupe. La silhouette vola dans l'air et atterrit sur le dos.

Non seulement Sterlyn était une force de la nature, mais son compagnon aussi. Les voir combattre ensemble me fit comprendre pourquoi Matthieu les craignait. Pas seulement ça, mais leur relation était basée sur un respect mutuel, pas sur la domination, une qualité rare dans la hiérarchie des êtres surnaturels.

Mon attention se détourna vers Matthieu. Ses trois attaquants balançaient à peine leurs perches vers lui et n'étaient pas du tout prêts à frapper le roi des vampires.

C'était étrange.

Je jetai un œil à Azbogah, qui avait quatre attaquants sur lui, mais comme Matthieu, ils ne tentaient pas de lui faire mal. Ils en faisaient suffisamment pour donner l'impression qu'ils l'attaquaient.

C'était un coup monté.

Bondissant hors du véhicule, je fonçai vers Sterlyn et Alex.

— Concentrez votre aide sur Griffin.

— Qu'est-ce que tu veux dire ? s'étonna Sterlyn en pivotant vers moi.

— Annulez l'opération, hurla un homme masqué. Sortez de là.

S'ensuivit le chaos alors que les gens couraient dans des directions différentes, et Sterlyn se précipita vers son compagnon. Griffin avait des coupures au visage, et du sang coulait sur les côtés.

Azbogah et Matthieu n'avaient pas une égratignure.

Le gars que Sterlyn avait frappé dans les couilles était étendu à mes pieds et se leva. Il fit un pas pressé pour s'enfuir, et je pivotai, bougeant plus vite que j'en étais capable, et le frappai entre les jambes une nouvelle fois. Il tomba à nouveau au sol dans un bruit sourd.

— Tu ne t'échapperas pas, promis-je en me penchant sur lui.

Un rugissement étranglé lui échappa et ses yeux prirent un air de félin. Wouah, ce devait être un métamorphe chat. La terreur me saisit. C'était mon futur, un combat après l'autre, et cette attaque avait permis que je le réalise pleinement.

Toutes les races étaient en conflit les unes avec les autres. Elles désiraient toutes éliminer la menace qu'elles percevaient, même si elle n'était pas légitime.

Si je devenais une vampire, deviendrais-je comme eux ? Cela nous mettrait-il en désaccord, Sterlyn et moi ? Vieillir devant les yeux d'Alex ferait mal, mais perdre les amitiés que j'avais forgées aussi. Chaque personne me complétait d'une façon dont j'avais besoin, et je ne voulais perdre aucun d'entre eux. Mais en vivant dans leur monde, je devrais gérer les menaces constantes et l'agitation.

Alex arriva en un éclair près de moi et frappa le gars à la

tête, l'assommant. Il se tourna et m'examina à la recherche de blessures.

— *Ça va ? Je t'ai dit de rester en dehors de ça.*

— *Je ne voulais pas qu'ils s'échappent tous.*

J'ignorai sa question et me concentrai sur sa déclaration. Si je tentai de lui dire comment je me sentais, je péterais un plomb. Je refusais de faire ça devant Matthieu et Azbogah.

La façon dont les attaquants s'étaient éparpillés si facilement validait ce que j'avais constaté de la voiture. Griffin avait encaissé le plus gros de l'attaque.

— *Alex, je n'essaie pas d'empirer les choses.*

Je devais mobiliser l'intensité de mes émotions à mon avantage pendant que je le pouvais.

— *Mais je suis sortie de la voiture parce que Matthieu et Azbogah n'étaient pas réellement attaqués.*

— *Quoi ?* s'étonna Alex en suivant mon regard.

— *Ils ne sont pas blessés et ils n'ont empêché personne de fuir.*

Je détestais dire du mal de son frère, mais Alex avait supposé qu'il préparait quelque chose.

— *Je pense que ton frère a dû planifier ça, mais je ne sais pas pourquoi.*

Alex tourna le dos à son frère et son expression se froissa de chagrin.

— *Moi, si.*

Son sentiment de trahison me percuta et j'enveloppai mon bras autour de sa taille, tentant d'être là pour lui.

— *Je ne comprends pas.*

— *Les attaquants étaient tous des métamorphes,* dit Alex, les mains serrées en poings.

Ils avaient été couverts des pieds à la tête.

— *Comment tu le sais ?*

— *Ils avaient des odeurs musquées,* expliqua-t-il en tapotant son nez. *Des parfums variés, mais toutes les races de métamorphes ont un musque bestial.*

— Dieu merci, vous en avez attrapé un, dit Sterlyn derrière nous. J'étais si focalisée sur Griffin que l'idée ne m'a même pas traversé l'esprit.

Je me retournai pour les voir, Griffin et elle, se tenir au-dessus de l'homme inconscient.

Les lèvres de Matthieu se crispèrent et ses yeux se tournèrent vivement vers Azbogah.

Ouais, quelque chose de louche se passait entre ces deux-là. Mais pourquoi auraient-ils coordonné ça ?

Les questions tourbillonnaient dans ma tête, alors que les yeux ébènes d'Azbogah se focalisaient sur moi, avec tant de haine que son ignominie me submergea.

L'ombre apparut à côté de lui.

Je chancelai alors que l'agitation du dernier mois tournoyait en moi jusqu'à ce que je ne puisse plus respirer. Je m'étouffai, me noyant dans l'inquiétude et la confusion.

Ce fut mon point de rupture.

Ma poitrine trembla. Peu importe à quel point je tentais de remplir mes poumons, ils ne voulaient pas se gonfler.

— Véronica ! s'exclama Alex, ses bras s'enveloppant autour de mon corps.

Sa panique se combina à la mienne, intensifiant la sensation. Je tombai à genoux alors que les lumières colorées dans l'air dansaient autour de moi, moqueuses.

Je n'avais pas eu de crise de panique depuis des années. La meilleure chose que je pouvais faire, c'était de me calmer, mais je ne réussissais pas à me concentrer.

Le danger en continu, les troubles et les coups dans le dos étaient constants. Partout où j'allais, quelqu'un avait des motivations cachées. Ces personnes ne donnaient de la valeur à aucune vie, à part la leur.

La chose la plus simple à faire serait de partir, mais ce n'était pas une option. Peu importe où j'irais, quelqu'un me pourchasserait. Je le sentais au plus profond de moi.

Je n'avais pas complètement compris dans quel danger j'étais jusqu'à maintenant. Ma tête fut prise de vertiges.

— Je dois l'aider ! entendis-je Alex hurler.

Un moment plus tard, quelque chose craqua contre ma joue, causant une douleur aveuglante.

CHAPITRE QUINZE

— AÏE, gémis-je, et je frictionnai ma joue, mais le poids sur ma poitrine s'allégea. Ça fait mal.

Alex jeta un regard noir à Sterlyn, ses crocs descendirent alors que son côté vampire transparaissait.

Sterlyn l'ignora, toujours penchée au-dessus de moi avec ses cheveux pendus autour de son visage. Sa douce odeur musquée et florale et son attitude calme de nouveau en place, apaisèrent une partie de ma panique. Elle paraissait normale, comme la femme que je connaissais depuis presque un mois.

— Je suis désolée, mais tu délirais, dit-elle en m'examinant. Je ne savais pas quoi faire d'autre.

— Tu pouvais la frapper moins fort, rétorqua Alex d'une voix sifflante, ses mots presque impossibles à distinguer. T'es une louve argentée, bon sang !

— Ça va.

Elle m'avait giflé fort, mais j'avais le sentiment qu'elle s'était retenue. Je remuai ma mâchoire d'un côté et de l'autre pour atténuer la légère douleur.

— T'as frappé un membre de la famille royale des

vampires, dit Matthieu avec dégoût en passant devant le métamorphe inconscient, pour venir à mes côtés comme s'il se sentait concerné. Tu ne peux pas faire ça. Il y a des conséquences à de telles actions.

Maintenant, il voulait feindre l'inquiétude quand ça allait dans son sens.

— Elle l'a fait pour m'aider. Pas besoin de punition.

Je me levai et marchai vers Alex, refusant de rester à côté du traitre.

Alex effleura ma joue du bout des doigts et grimaça.

— Je comprends que ça t'a tiré de ton état, mais on aurait pu essayer des trucs plus doux d'abord.

Je capturai sa main dans la mienne alors qu'un frisson parcourait ma colonne.

— Crois-moi, c'était la manière la plus douce de me sortir aussi vite de cet état.

Me souvenant de ce qui m'avait poussé à délirer, je me tournai vers Azbogah.

Heureusement, l'ombre était partie, mais le nez d'Azbogah se plissa de dégoût.

Avais-je imaginé l'ombre ?

— La fille n'est pas faite pour ce monde, dit Azbogah. Et Sterlyn et Griffin perdent le contrôle des métamorphes.

— Ce n'est pas vrai, grogna Griffin, s'accroupissant près de l'homme habillé de noir. Rien de tel n'est arrivé auparavant.

— Vraiment ? s'étonna Azbogah en arquant un sourcil. Rien ? Et toutes les attaques de métamorphes qui se sont produites il y a trois mois à peine ? Plusieurs d'entre elles ciblaient ta compagne.

Je voulus hurler au *coup monté*, mais je gardai la bouche fermée. Pour se montrer plus malin que des raclures, il ne fallait pas les affronter de front, pas au début. C'était mieux de faire tomber leur histoire en morceaux, puis de les frapper entre les jambes.

— Dick et Saga étaient derrière ces attaques. Je doute sincèrement qu'ils aient planifié celle-ci.

Jetant un regard noir, Griffin attrapa le bas du masque du gars et l'enleva de son visage.

— Merde ! C'est l'une des panthères.

L'homme avait de fins cheveux noirs et brillants, comme ceux de sa barbe, qui complétait sa peau foncée au teint olive. Son visage était pointu et anguleux, ce qui me fit penser à un chat. Il était éblouissant, bien qu'à mes yeux, il n'arrive pas à la cheville d'Alex.

— Tu as mis Dick aux commandes, dit Matthieu en se redressant et agitant un doigt.

— Est-ce qu'on va rester debout sans bouger et continuer ce combat de coqs ? demanda Sterlyn en désignant l'homme inconscient. Parce que le temps de Griffin et le mien pourraient être mieux utilisés à interroger ce mec pour savoir pourquoi ils ont attaqué.

— Alors, tu ne sais pas, s'étonna Azbogah, d'un ton désapprobateur. Ça n'augure rien de bon pour les représentants des métamorphes au conseil.

— Je suis sûre que tu sais tout ce qu'il se passe chez les anges, commenta Sterlyn en arquant un sourcil, par défi.

Il rigola bruyamment.

— Bien sûr ! J'ai des yeux et des oreilles partout. C'est ça d'être un dirigeant incroyable.

— Ou un tyran, rectifia Alex en se tournant, me mettant presque entièrement derrière lui. N'est-ce pas, cher frère ?

Si quelqu'un ne décryptait pas la situation, les choses empireraient, et vite.

— Tout le monde a le droit d'être libre du moment qu'on suit les lois.

Était-ce plutôt un rêve utopique ? Faire ce que vous vouliez du moment que vous ne faisiez de mal à personne ni à vous-même ?

— C'est pour ça que je demande qu'elle soit transformée, dit Matthieu en fronçant les sourcils et me lorgnant comme si j'étais un simple ennui. C'est comme ça que vivent les humains, pas les êtres surnaturels.

— Qui dit que ce n'est pas ça qu'on essaie de faire ? contra Sterlyn, ses iris luisants. Tu ne décides pas pour toutes les races.

— Non, c'est vrai, valida Azbogah, puis il gonfla ses ailes derrière son dos. Mais je suis d'accord avec lui, comme beaucoup d'autres. On n'a pas le temps de gérer des idéaux stupides ou la fragilité d'une humaine.

Ouais, ces deux abrutis œuvraient ensemble. Avant, je le supposais simplement, mais ce numéro de supériorité le confirmait.

— Est-ce que les métamorphes ne sont pas en partie humains, et la plupart des vampires ne conservent-ils pas leur humanité ? En quoi c'est une mauvaise chose ?

— Voyons... dit Azbogah en pivotant autour d'Alex et flânant vers moi, me forçant à incliner ma tête en arrière pour le regarder dans les yeux.

Il voulait m'intimider, mais je refusai de reculer. Je redressai mes épaules du mieux que je pus et fis le tour d'Alex pour m'interposer seule à lui.

Le chèvrefeuille percuta mon nez, me rappelant l'odeur florale de Rosemary. Je me demandais si c'était un attribut commun aux anges, similaire aux odeurs sucrées des vampires et aux muscs des métamorphes.

— On a ici deux membres métamorphes du conseil qui pourraient ne pas être d'accord avec ce sentiment, pourtant un de leurs représentants a été vicieusement attaqué, ainsi que Matthieu et moi.

L'ange noir étendit ses ailes derrière lui, projetant une ombre sur moi.

— Et on a un vampire avec son humanité qui a amené sa compagne dans un monde surnaturel où la majorité des résidents de la ville n'a jamais été exposée à un humain auparavant.

Quelque chose en moi se glaça et j'eus subitement besoin de sortir de l'ombre créée par Azbogah.

Il ébouriffa ses plumes et Alex intervint.

Les dents d'Alex étaient de nouveau normales, mais du rouge affluait encore dans ses yeux.

— On a ouvert les portes de la ville pour permettre à des personnes sélectionnées de s'intégrer, comme les étudiants autorisés à aller à l'Université de Shadow Ridge. Mais aussi pour nous aider, Gwen, Matthieu et moi, à gouverner Shadow Terrace comme c'était attendu de notre part. Griffin et Sterlyn peuvent sortir pour les mêmes raisons. C'est mieux pour un vampire avec une humanité intacte d'avoir une compagne humaine, parce qu'elle peut le garder ancré et l'aider à éviter la tentation. Crois-moi, je le sais.

— Ça suffit ! prévint Matthieu, en tirant sur le col de son t-shirt jaune canari. On n'a pas besoin d'être ennemis. On a juste besoin que les loups nous expliquent ce qu'il se passe, bon sang.

— Pour le faire, on doit interroger la panthère, dit Griffin en attrapant le bras de l'homme et le trainant vers la Navigator.

Le mec ressemblait bien à une panthère maintenant que je l'examinais.

— Où tu l'emmènes ? demanda Matthieu, anxieux.

Sterlyn prit les chevilles de l'homme et souleva la

panthère du sol. Elle donnait l'impression que le porter était facile, plus que Griffin. Elle désigna la Navigator de la tête.

— À la Prison de Shadow City pour l'interroger. Où d'autres ?

— Laissez-moi vous aider, proposa Matthieu, ce qui semblait atypique de sa part. Je sais que vous devez ramener Véronica à l'appartement avant que quelqu'un ne l'attaque.

— Je me doute que t'apprécierais ça.

Les mots dégringolèrent de ma bouche et je ne fus même pas honteuse.

— Ça renforcerait ta position.

Alex gloussa et plaça un bras autour de mes épaules.

— Elle a raison. La nuit où on est arrivé ici, pourquoi tu n'as pas prévenu Sergio pour qu'il ne l'attaque pas ? Si quelqu'un perd le contrôle sur son peuple, c'est nous.

— Est-ce qu'elle vaut le coup ? demanda Matthieu d'une voix grinçante, ses narines dilatées. Tu laisses une *humaine* s'interposer entre notre peuple et nous.

— Non, répondit Alex en lui jetant un regard noir, puis inspirant vivement. *Tu* as décidé de me forcer la main, et me faire choisir entre mon âme sœur et toi. Elle est tout pour moi. Au lieu de l'accepter et de l'accueillir dans la famille, t'as tout fait pour la chasser ou la transformer. Ça n'a pas à se passer de cette façon.

— Bien sûr que si, dit Matthieu en agitant une main vers moi. Si elle veut être avec toi, des sacrifices doivent être faits.

— Ce n'est pas *ta* décision, dit Alex en me glissant derrière lui. Ce n'est même pas la mienne, grogna-t-il. C'est la sienne et je respecterai son choix.

— Matthieu, ça suffit, dit Azbogah. Tu fais une scène et les métamorphes en ont déjà assez fait.

Je jetai un coup d'œil par-dessus mon épaule pour

découvrir au moins cinquante êtres surnaturels se tenant derrière nous, à nous observer bêtement.

Un groupe de cinq personnes attirèrent mon attention, leurs crocs allongés et leurs iris pourpres. Les cinq me fixaient comme des enfants qui fixeraient un gâteau. Quand nos regards se croisèrent, leurs silhouettes se brouillèrent, et ce fut facile de deviner où ils se dirigeaient.

Le temps ralentit alors qu'Alex attrapait ma taille et me jetait derrière lui. Je volai en arrière à plus de six mètres et atterris durement sur des pierres, écorchant mes genoux et mes coudes.

Alex grogna alors qu'il se jetait vers les trois vampires au centre. Il bondit et étira son corps en longueur, leur frappant le dos et atterrissant sur eux.

Sterlyn et Griffin lâchèrent la panthère et foncèrent vers moi, de la détermination pure gravée sur leurs visages.

Je cherchai quelque chose, n'importe quoi, pour les aider à les repousser. Je ne pouvais compter sur personne pour me sauver, à part moi-même.

Du sang chaud dégoulina le long de mon avant-bras.

Merde ! Je devais arrêter le saignement.

Comme s'il avait lu mon esprit, quelqu'un de froid et dur me percuta, et je tombai sur le flanc. Quelque chose se brisa, et je hurlai alors que la douleur irradiait dans mon épaule et dans le bas de mon dos.

J'avais dû me casser quelque chose, mais ce serait le dernier de mes problèmes si je n'enlevais pas ce crétin de moi.

Une main attrapa mes cheveux, tirant brusquement ma tête sur le côté. Mon cœur se figea et je tentai de me débattre, mais la personne était beaucoup plus rapide et plus forte que moi. J'avais l'impression de bouger mollement.

Me préparant pour la douleur vive, je criai presque de joie quand le poids fut soulevé de mon corps. Au lieu de la douleur de morsure sur mon cou, mon cuir chevelu me brûla alors que des cheveux étaient arrachés de mon crâne. Mes yeux s'humidifièrent, mais je préférais perdre des cheveux plutôt que de me faire pomper le sang.

— Attention ! prévint Griffin, et je me redressai, puis me recroquevillai alors que la douleur me striait l'épaule et la poitrine.

Le cinquième vampire fonça vers moi et je vis de la bave luire au coin de sa bouche.

J'appréciai l'avertissement, mais qu'est-ce que j'étais supposée faire ? Lui jeter des cailloux dans les yeux ?

Matthieu apparut devant moi, bloquant la charge du vampire.

— Recule ! hurla-t-il, comptant sur sa voix imposante pour arrêter le vampire sur ses pas.

Je fus choquée qu'il m'aide. Bien sûr, ce désastre aidait à prouver son argument que les humains n'avaient pas leur place à Shadow City.

Un autre débat pour un autre jour.

Le vampire hésita, mais quand ses yeux rouges se focalisèrent à nouveau sur moi, il fonça.

Je fus transie de douleur et je craignis de vomir à tout instant. Je ne pouvais rien faire, à part espérer que Matthieu me protège.

Matthieu sortit un couteau de sa ceinture, et quand le vampire arriva à notre niveau, il trancha la gorge du gars.

Les yeux écarquillés, le vampire gargouilla et empoigna son cou. Du sang coula entre ses doigts et dégoulina sur son t-shirt vert jusqu'à la pelouse. Ses genoux se dérobèrent et il sombra au sol.

Un cri se coinça dans ma gorge. Il était mort à cause de

moi. Même si je n'avais pas voulu que cela arrive, j'étais en partie responsable. J'aurais dû rester dans la voiture.

Soufflant, Sterlyn se tenait au-dessus du corps d'un vampire mort, sa dague couverte de sang. La manche de Griffin était tachée de sang, qui coulait de son t-shirt.

Contente qu'ils aillent bien, je cherchai Alex des yeux. Tout ce que je vis, ce fut les corps de trois vampires déchirés. L'inquiétude bourdonna dans ma poitrine.

— Où est...

Soudain, il fut à mes côtés.

— Tu vas bien ?

Ses yeux étaient toujours rouges de sa furie de vampire, mais ses crocs rétrécissaient.

— Non, dis-je en grimaçant, détestant avoir l'air faible, mais la vive douleur dérobait mon souffle. Je... Je suis blessée.

Les mains d'Alex allèrent automatiquement vers la plaie. Il palpa mon épaule et je devins vaseuse à cause de la douleur.

— Hé, dit-il d'une voix grinçante. Regarde-moi.

Je tentai d'écouter, mais ne pus rien voir au travers de mes larmes.

Il agrippa mon épaule et mon bras, puis tira d'un coup sec. Je criai alors que la douleur déchirait mon corps, mais après un grand bruit sourd, elle se calma complètement.

Respirer devint plus aisé, mais les larmes se déversaient encore sur mes joues.

— T'as fait quoi ?

— Ton épaule était démise. Je devais la replacer, expliqua-t-il en m'attirant gentiment dans ses bras. Je suis désolé de t'avoir fait mal.

— Ne le sois pas.

Je remuai lentement mon bras, de peur que la douleur

revienne. Elle était endolorie, mais ce n'était rien comparé à avant.

— Ça ne fait pas mal comme avant.

J'enfouis mon visage dans sa poitrine, me sentant en sécurité dans ses bras.

Il embrassa le sommet de ma tête.

— J'avais peur de te perdre.

— Je suis juste là, dis-je, une partie de moi apaisée à son contact.

— J'évoquerai cette petite représentation au conseil quand on se rassemblera, dit Azbogah en lançant un regard noir à la scène devant lui. Tu vois les dégâts que cause sa seule présence ?

Il marcha jusqu'à la foule rassemblée sur le trottoir.

— Partez tous. Il n'y a rien à voir ici.

M'arrachant des bras d'Alex, j'examinai les environs. Je ne pouvais pas me remettre de la quantité de sang et du carnage. Était-ce un bras détaché ? De la bile monta dans ma gorge, et je déglutis, voulant absolument la garder à l'intérieur. La dernière chose dont j'avais besoin c'était de vomir devant Matthieu et Azbogah, alors qu'ils étaient certains que je n'avais pas ma place ici.

Mais ils avaient peut-être raison.

— Je dois aider à nettoyer tout ça.

C'était quelque chose que je pouvais faire, mais par où commencer ?

— Non, on t'emmène en sécurité quelque part, dit Alex en prenant mon visage dans ses paumes, ce qui me força à ne voir que ses doux yeux bleus. Des bagarres éclatent tout le temps à Shadow City. Ce n'est habituellement pas aussi brutal, mais ça suffit pour qu'il y ait des équipes de nettoyage qui s'occupe de ces choses-là.

Peut-être qu'un combat à mort n'était pas si exceptionnel ? Ou est-ce qu'il essayait de me réconforter ?

— *Attends. Sterlyn a tué un vampire.*

— *Je sais,* dit Alex dont le muscle de la mâchoire tressauta, mais rien d'autre ne trahit son stress. *Ne t'inquiète pas. Je vais m'assurer que rien ne lui arrive. Elle te protégeait.*

— Tu vois, Alex, dit Matthieu en marchant vers nous d'un pas nonchalant, ignorant notre moment.

Il pointa du doigt le vampire mort.

— J'ai tué l'un des nôtres pour elle. Tu réalises les répercussions que ça aura ? Leurs familles seront en colère. Ils voudront des réparations.

— C'est vrai, mais les choses ont dégénéré. T'as fait ce qu'il fallait pour garder le contrôle sur ta race, ricana Azbogah. Pas comme les loups présents ici.

Il pivota pour faire face à Griffin et Sterlyn.

— Leurs familles causeront des problèmes, mais le conseil soutiendra ta décision. Tous ceux qui provoquent de l'agitation seront maitrisés.

Plus on restait là, plus les choses empireraient.

— Oh, alors on devrait tuer tous ceux qui nous attaquent ? Peut-être que c'est le genre de dirigeant que vous voulez être tous les deux, mais pas moi.

Des veines gonflèrent sur le cou de Griffin.

— Je ne t'ai pas vu tuer de métamorphes.

— Parce que c'est *votre* peuple, et c'est à vous de le contrôler, dit Matthieu en pointant du doigt les vampires. Et eux étaient les miens. Même si la louve argentée a tué l'un des nôtres, je veux bien laisser passer puisqu'elle protégeait l'âme sœur de mon frère.

Sterlyn essuya le sang de sa dague sur l'herbe et se leva.

— Comme c'est gentil !

Quelque chose me percuta.

— Euh... les gars. Elle est où la panthère ?

CHAPITRE SEIZE

ALEX SE RETOURNA pour chercher la panthère.

Ce n'était pas possible qu'il se cache à la vue de tous. Le gars s'était enfui pendant que nous nous querellions, mais c'était une petite ville avec des frontières strictes. Nous devrions pouvoir le retrouver assez facilement.

Probablement.

Les évènements semblaient encore une fois trop commodes, mais Matthieu n'aurait pas poussé les vampires à se pointer de cette manière, et provoquer une situation hautement explosive. Du moins, je l'espérais. Ils étaient sous ses ordres après tout.

— C'est malheureux, soupira Matthieu en mettant ses mains dans ses poches, mais les coins de sa bouche remontèrent légèrement.

Azbogah secoua la tête et frotta ses mains.

— Tu t'attendais à quoi de la part de deux métamorphes loups qui sont incapables de gérer les personnes qu'ils représentent ?

— Tu réalises bien qu'ils ont attaqué Griffin, mais vous

aussi, dit Sterlyn en replaçant sa dague dans son fourreau et se levant. Pourquoi t'es pas plus fâché ?

— Je suis en colère, dit l'ange en tirant ses épaules en arrière, lui donnant l'impression d'être plus grand. Mais ces gens sont sous votre responsabilité. Si vous les aviez pris plus au sérieux, vous ne leur auriez pas permis de s'enfuir.

— Les vampires ont attaqué Véronica, lança Griffin de façon menaçante. T'étais où quand c'est arrivé ?

— À l'écart pour laisser les vampires s'occuper de leur peuple, dit Azbogah en levant ses mains. Ce qu'ont très bien fait Matthieu et Alex.

— S'il n'y avait pas eu Sterlyn et Griffin, Véronica aurait été tuée, fit remarquer Alex en se rapprochant de moi et jetant un coup d'œil au trottoir. Je suis reconnaissant qu'ils s'en soient mêlés.

Il devait veiller à ce qu'aucun autre vampire n'apparaisse. Tout le monde nous évitait à présent, alors avec un peu de chance, une autre attaque n'arriverait pas de sitôt.

— Pourquoi je ne retournerais pas à l'appartement pendant que vous allez tous le chercher ?

La dernière chose dont ils avaient besoin c'était qu'un autre vampire m'agresse. Je détestais le fait que cette attaque soit utilisée contre moi à la prochaine réunion du conseil. Plus Matthieu et ses alliés avaient d'armes, plus il y avait de chance qu'ils aient la majorité au vote.

Depuis la première réunion, j'avais débattu dans ma tête l'idée de devenir une vampire, mais je ne réussissais pas à prendre une décision. Aussitôt que j'envisageai une éventualité, toutes les conséquences associées à ce choix me faisaient tout reconsidérer.

Je désirais être avec Alex, mais il y avait beaucoup en jeu. Je devais être sûre qu'aucun de nous deux n'éprouverait de la rancune face à ma décision, parce qu'une vie entière, que ce soit soixante ans ou l'éternité, était long pour ressentir ce genre de choses.

L'amour ne pouvait pas tout vaincre, et j'avais le sentiment que c'était aussi vrai pour les âmes sœurs.

— Je vais venir avec toi, dit Alex en se balançant sur ses talons. Je ne veux pas te laisser seule et j'ai l'impression que Sterlyn et Griffin souhaiteront que je ramène la voiture.

— Ils n'en auront pas besoin pour chercher la panthère ?

Qualifier le mec de « panthère » paraissait étrange, mais je n'avais pas mieux.

— Nan, on doit suivre son odeur, ce qui sera plus facile à quatre pattes, expliqua Sterlyn en tapant son nez.

Oh, ouais. Bien que certains aspects du monde surnaturel fussent une seconde nature pour moi, certains n'étaient pas encore évidents dans ma tête.

— On ne devrait pas aller à l'intérieur et parler de cette attaque avant que vous ne décolliez tous les quatre ? demanda Azbogah en croisant les bras. Il s'est passé beaucoup de choses.

— C'est pour ça qu'on doit trouver la panthère avant qu'il aille trop loin, dit Griffin en jetant un regard furieux à l'ange.

Sterlyn sortit les clés de sa poche, ainsi que son badge.

— Voilà ! Rentrez tous les deux pour mettre Ronnie en sécurité. On revient dès que possible.

Elle les donna à Alex et se tourna.

— Je peux vous aider ? demanda Alex alors que la surprise flottait sur notre lien.

— Bien sûr que non, dit sèchement Matthieu. Ça concerne les loups. Les vampires ne devraient pas s'impliquer.

— Mais ils ont attaqué un vampire et un ange, non ?

Je voulais voir leurs réactions, à Azbogah et lui, même si

je n'aurais pas dû les provoquer. J'étais déjà dans leur viseur, alors je me disais que je n'avais pas grand-chose à perdre.

— Les anges et les vampires ne devraient-ils pas aussi être impliqués dans la recherche ?

— Jusqu'à ce que tu sois officiellement l'une d'entre nous, c'est mieux que tu restes en dehors de nos affaires, ricana Azbogah.

— Tu n'as pas à lui parler comme ça, protesta Alex en serrant ses poings sur le côté. Véronica est ma compagne et tu la traiteras avec respect. Elle fait partie de la famille royale, que Matthieu l'aime ou pas.

— On peut rester là à se quereller ou on peut se bouger, intervint Sterlyn en reniflant, prête à pister la panthère. Griffin et moi le trouverons.

Elle décolla en trottinant vers l'autre bout du pâté de maisons.

— Tu vas laisser ta *compagne* te dire quoi faire ? gloussa Azbogah de manière condescendante.

Griffin ne rata pas cette occasion.

— Ouais. Quand elle a raison, impossible de la contredire, qu'importe son sexe.

Il partit en trombe, fonçant pour rattraper Sterlyn.

L'ange fronça les sourcils de manière prononcée, pas du tout enthousiaste à l'idée que Griffin ait ignoré son insulte. Il avait voulu énerver le loup, ce qui m'irrita au plus haut point.

Qu'est-ce qui n'allait pas chez ces gens, bon sang ?

J'avais cru que le sexisme allait bon train dans le monde des humains, mais merde ! Cet endroit mettait un tas de choses en perspective, et j'adorais encore plus Sterlyn, car elle ne cédait jamais devant ces insultes. Grandir dans un tel environnement avait dû être compliqué. J'étais ici seulement depuis quelques semaines, et les commentaires désobligeants me tapaient déjà sur les nerfs.

— On doit y aller, dit Alex en me tirant vers le véhicule.

— Alex, attends, appela Matthieu en venant vers nous.

Quand Azbogah ne bougea pas, Matthieu leva un sourcil.

— Ça te dérangerait ?

— Oh, bien sûr, dit Azbogah en éclaircissant sa gorge, ses yeux crispés. J'ai des trucs à faire de toute façon. On doit organiser une réunion spéciale pour ce qui est arrivé.

Ils étaient horriblement soucieux des réunions et du protocole. C'était la bureaucratie à son paroxysme, mais cette fois, je réussis à me taire.

Azbogah marcha vers la façade du bâtiment.

— Je vais passer les coups de fil essentiels. On peut tout aussi bien avancer notre réunion au sujet de Véronica. Elle a causé la mort de cinq vampires. Plus longtemps elle est humaine et reste ici, plus la situation deviendra explosive. J'en ai bien peur.

Super, alors maintenant ma liberté de choix pouvait m'être ôtée trois jours plus tôt que prévu. En soi, ça ne changeait pas grand-chose, mais c'était quand même dur à supporter.

— Non, siffla Alex.

— *Rentrons,* me connectai-je à lui en entremêlant mes doigts aux siens. *Ça ne vaut pas le coup de se disputer. Ils ne changeront pas d'avis.*

Et c'était la triste vérité.

— Tu prévois toujours de passer chez Griffin et Sterlyn ? demandai-je à Azbogah, voulant savoir si j'aurais le plaisir de revoir sa sale tronche plus tard.

— Non, je vous retrouverai ici, dit l'ange en ouvrant la

porte. L'un de nous viendra faire le point demain. Ne faites rien de stupide.

Alex grogna et tenta de suivre Azbogah, mais je tins fermement sa main.

— *On doit partir avant qu'un autre vampire ne m'attaque,* lui dis-je sur notre lien.

Je ne savais pas si je fus soulagée ou contrariée d'être encore assez émotive pour que notre connexion soit nette, mais au moins, le négatif fonctionnait à notre avantage.

— *T'as raison,* s'adoucit-il.

Nous marchâmes vers la Navigator, et soudain, Matthieu passa en un éclair devant Alex.

— Pourquoi tu ne reviens pas à la maison ? proposa Matthieu en fixant son frère, m'ignorant.

J'aurais tout aussi bien pu être invisible.

Peut-être que c'était comme ça que se comportaient les vampires, mais j'avais aperçu du regret sur le visage de Sergio après qu'il m'eût attaquée. Et les deux employés de maison qui m'avaient pourchassée alors que nous partions avaient *tenté* de ne pas me faire de mal.

Si les vampires étaient intrinsèquement égoïstes, pourquoi ne se sentiraient-ils pas bien de faire du mal à quelqu'un ? Ou pourquoi essaieraient-ils de ne pas blesser quelqu'un ? La réponse résidait dans leur humanité, ce qu'Alex possédait suffisamment. Peut-être que les vampires avaient besoin d'une raison pour adopter leurs instincts humains. Peut-être que c'était le but des âmes sœurs, une personne pour les aider à rester sains d'esprit.

Matthieu me rappelait Eilam et Klyn, mais pas si malfaisant. Je me demandais s'il avait perdu une partie de son humanité. Même Gwen avait commencé à m'apprécier. Il avait tué ce vampire pour moi, mais je continuais de croire que Matthieu s'en foutait complètement de ma personne, ce qui s'ajoutait aux questions qui s'amoncelaient dans ma tête.

— Absolument pas, dit fermement Alex en croisant les bras. Elle vient d'être attaquée par cinq vampires. Je ne peux pas prendre le risque de la ramener au manoir.

— Une autre raison pour réaliser sa transformation, Alex, insista Matthieu en serrant les mains. Tu dois t'en rendre compte. Ta place est à la maison avec moi, pas avec les loups, en particulier une louve argentée. Tu sais que leur rôle est de protéger les deux côtés. Que Sterlyn se soit liée d'amitié avec Véronica et toi pourrait être un stratagème pour gagner le contrôle de Shadow Terrace.

— Arrête ! s'exclama Alex en se stoppant et se tournant pour me bloquer complètement de la vue de son frère. Je reste à l'appartement des alphas de Shadow City. Je me fiche que Sterlyn soit une louve argentée. Ce qui m'importe c'est qu'ils protègent et tiennent à Véronica.

Je me penchai pour voir Matthieu derrière Alex. Quand le roi vampire était à proximité, j'étais tellement concentrée sur ma colère que je ne faisais jamais attention à ses réactions.

Un grave froncement de sourcils s'inscrit sur son visage et ses iris couleur teck s'assombrirent vers un marron chocolat mêlant amertume et douceur. Ses muscles faciaux tressautèrent, mais je fus incapable de lire ses émotions. Était-il blessé que son frère et lui se disputent, ou était-il plus inquiet de l'impression que ça donnerait de ne pas avoir Alex à ses côtés ? Je sentais de la négativité dans son essence, mais je ne pouvais pas mettre le doigt dessus.

— Pourquoi tu ne demandes pas à Véronica qui l'a protégée de ce dernier vampire ? proposa Matthieu en pivotant et faisant un geste vers moi. Si je n'avais pas été là, elle aurait été un encas pour le vampire que j'ai dû tuer.

— Exactement. T'es intervenu à la toute fin, rectifia Alex en lui jetant un regard noir. Si tu m'avais aidé dès le début, ils ne l'auraient pas atteinte.

Matthieu expira, et pour la première fois, il sembla sans voix.

— C'est bien ce que je pensais, dit Alex en passant un bras autour de mes épaules et me conduisant à la Navigator.

— J'avais besoin que tu voies les choses, ajouta Matthieu.

Oh, mince. Ça pouvait potentiellement mal tourner.

— Ne t'inquiète pas, dit Alex en ouvrant la porte du passager. J'ai bien vu.

Prête à m'éloigner de tout ce drame, je bondis à l'intérieur du véhicule. En grandissant dans le système, je pensais avoir eu ma part de merdes, mais c'était un tout autre niveau.

Alex ferma ma porte et fit tourner les clés autour de son doigt. Sa colère s'était plutôt transformée en rage. Il ressemblait au mec que j'avais rencontré à Shadow Terrace la première nuit.

Il fit face à son frère, son sourire suffisant se remettant en place.

— Je veux que tu saches que Véronica n'est pas la raison pour laquelle les choses ont changé entre nous.

Sa voix fut étouffée par la porte fermée, mais je pus distinguer ses paroles.

— C'est des conneries ! cracha Matthieu.

— T'as fini ? demanda Alex, ses doux yeux bleus devenant glaciaux. Les choses évoluaient avant qu'elle arrive ici, continua-t-il quand Matthieu resta silencieux. T'étais si focalisé sur la louve argentée et à t'assurer de garder le contrôle sur Shadow Terrace que quelque chose s'est produit.

— Oui, en effet, grogna Matthieu. On doit sécuriser notre place dans cette société par tous les moyens possibles.

— Tu as tort, dit Alex en levant les mains. Au début, comme toi, j'étais inquiet. C'est pour ça que j'ai commencé à collecter des faveurs auprès de Sterlyn, mais tout ce qu'on était...

Sa voix devint inaudible, puis il pointa son frère du doigt.

— Tu t'inquiètes de quelque chose qui est en train de te détruire. On était si focalisé sur Shadow City et les loups qu'on a laissé les choses dégénérer à Shadow Terrace. On a laissé les gens de notre peuple perdre une partie d'eux-mêmes qu'ils ne pourront jamais récupérer.

— C'était leur choix ! s'exclama Matthieu en pointant la direction de Shadow Terrace.

— Non, dit Alex en agitant un doigt. Ce n'était pas leur choix. Ce jour dans la banque de sang, quand il attaquait l'amour de ma vie, Eilam a admis qu'il en avait forcé plusieurs à changer. On a permis à des personnes de gouverner Shadow Terrace pendant des siècles, pendant qu'on restait en sécurité derrière ces murs. On...

Il désigna Matthieu et lui-même.

—... a déçu notre peuple et on continuera à le faire si on oublie qui on est et qu'on laisse notre haine nous diriger.

Après une pause, Alex hocha la tête et marcha vers la porte du côté du conducteur.

La silhouette de Matthieu se brouilla, et je criai, mais pas suffisamment vite pour le prévenir.

CHAPITRE DIX-SEPT

MATTHIEU POUSSA ALEX contre la Navigator, si fort que la voiture trembla. Il pourrait même avoir fait une bosse, mais le roi des vampires s'en fichait.

— N'oublie pas à qui tu parles, souffla Matthieu, si bas que je pus à peine l'entendre. Je suis ton roi et je ne décevrai jamais mon peuple.

— Crois ce que tu veux pour bien dormir la nuit, dit Alex en repoussant son frère, sans se soumettre à la menace. Tu délires et deviens obsédé par le potentiel danger que représente la louve argentée. Et cette fixation pourrait devenir néfaste pour notre clan, mais aussi pour la ville dans son ensemble.

Alex voyait enfin la vérité pour ce qu'elle était. La haine aveugle de Matthieu pour les autres races était nocive pour tout le monde, en particulier quand les loups étaient concernés.

— C'est ça qu'est devenue notre relation, commenta Matthieu en tapotant sa poitrine et montrant Alex de la main. Le second qui affronte le roi, désirant la couronne pour lui, continua-t-il d'une voix grinçante.

— Quoi ? Non ! s'exclama Alex, bouche bée. Pourquoi tu penserais ça, bon sang ? Je n'ai jamais voulu diriger, et tu le sais.

— C'était le cas, avant, dit Matthieu dont le regard noir se tourna vers moi. Mais c'était avant qu'*elle* entre en scène.

— Je ne souhaite pas être roi, dit Alex dont la mâchoire se serra et la poitrine se souleva. Protéger ma compagne et avoir les meilleurs intérêts de mon peuple à cœur c'est *tout* ce qui m'importe.

— Et tu penses que moi non ? s'exclama Matthieu.

La réponse à cette question était évidente et j'étais d'accord avec Alex. Matthieu se focalisait uniquement sur le fait de donner une mauvaise image aux loups et me forcer à me transformer. Tous les autres problèmes étaient restés sur le carreau.

— Tu m'as, en fin de compte, enfermé dans la ville, dit Alex dont le nez se plissa. Tant que je suis ici, je suis dans l'impossibilité de poursuivre mes investigations sur les personnes qui travaillaient avec Eilam. Qui sait si des humains sont toujours vidés de leur sang et si des vampires continuent de perdre leur humanité ? T'as pris des nouvelles de Shadow Terrace ?

Le visage pâle de Matthieu prit une nuance de rose.

J'étais plutôt sûre que le ton de sa peau afficherait de manière permanente cette couleur. C'était une bonne chose qu'il fût immortel, ou il aurait eu de sérieux problèmes de tension. Attendez... est-ce que les vampires pouvaient avoir de la tension ? J'étais encore naïve sur tant de points.

— Je n'ai jamais dit que tu devais rester ici, dit Matthieu en faisant un signe de tête vers moi. C'est seulement pour elle, jusqu'à ce que le conseil ait pris une décision commune et l'exécute.

Si ça n'avait pas été un commentaire du type « elle va être transformée », je ne savais pas ce que ça pouvait être d'autre. Il était déterminé à s'assurer que le conseil soit obligé de décider de me transformer.

— C'est la même chose si elle n'a pas le droit de partir. Je ne quitterai pas la ville en la laissant seule ici, pas quand tu œuvres contre nous, ajouta Alex en levant ses mains de frustration. Tu devrais le savoir ! Et si ce n'est pas le cas, alors tu n'es pas aussi intelligent que je le croyais.

— Mais elle serait entourée, se moqua Matthieu de façon cruelle. N'est-ce pas ? Tes meilleurs amis, Griffin et Sterlyn, veilleraient sur elle. Ou sont-ils seulement tes amis quand c'est bénéfique pour toi ?

Vu la joie sur son visage, Matthieu pensait qu'il avait présenté un bon argument. Mais le désir d'Alex de rester avec moi n'était pas le reflet de ce qu'il ressentait pour les loups. C'était parce qu'on était des âmes sœurs. Si je sentais qu'il était en danger, je ne le quitterais pas non plus. En plus, je faisais confiance à Sterlyn et lui confierais ma vie.

— Et voilà justement le sujet, se découragea Alex, toute la colère l'abandonnant. On a été enfermé dans la ville depuis si longtemps qu'on a oublié ce que voulait dire avoir une âme sœur. Même les résidents de Shadow Terrace devaient demeurer dans le périmètre, alors ça fait des décennies que personne n'a trouvé quelqu'un à aimer.

— Oh, tu parles d'une âme sœur humaine ? demanda Matthieu en faisant un pas saccadé en arrière. Je dirais que c'est une bonne chose qu'on ne les ait pas trouvés.

— Tu sais que c'est faux, soupira Alex. Maman et Papa étaient des âmes sœurs qui avaient la chance de vivre dans la même ville et étaient tous les deux nés vampires. Je ne sais pas pourquoi je suis lié à une humaine, mais c'est rare, et tu le sais. Pourtant le monde à l'extérieur de ces murs s'est étendu. Les âmes sœurs sont dehors, on doit juste donner la permission à notre peuple de partir pour que le destin puisse les aider à trouver leur moitié.

— Le destin les amènerait ici s'ils étaient à l'extérieur, grogna Matthieu. Comme ton humaine. En plus, si on libère les vampires de l'intérieur de la ville, ils festoieront sur les humains, puisqu'ils n'ont jamais eu à combattre ces désirs auparavant.

J'aurais dû garder la bouche fermée, mais plus je restais assise là, plus c'était difficile.

— Peut-être que j'ai été amenée ici pour vous aider à avoir une vue globale et pointer les problèmes, appelai-je au travers de la porte de la voiture. L'université, par exemple. Elle pourrait concevoir et proposer des cours pour enseigner aux vampires à contrôler ces besoins. Le destin est finalement intervenu.

— Elle doit toujours nous interrompre, commenta Matthieu en me montrant de la main. Elle ne réalise pas que...

— Qu'elle a une voix et que j'adore entendre ce qu'elle pense ? demanda Alex en arquant un sourcil. Et que grâce à elle, je vois enfin les choses comme elles le sont ? Fais attention à ce que tu dis, cher frère, parce que tu continues à fracturer *notre* relation.

De manière inattendue, Matthieu se tut. Il ferma les yeux et leva sa tête vers le ciel, tentant de rester calme.

— Je déteste que notre relation soit arrivée à ce stade.

Sa déclaration ressemblait à une menace voilée, et ça ne me convenait pas. Je voulais cogner ce salaud arrogant.

— *Reste calme,* se connecta Alex en m'envoyant du réconfort. *Je suis trop longtemps tombé dans son piège, et on doit être plus intelligents que lui.*

Bien qu'il communiquât avec moi, son regard resta verrouillé sur son frère.

— Moi aussi.

— Très bien, souffla Matthieu en agitant les épaules. Mais souviens-toi, elle n'est pas autorisée à quitter la ville jusqu'à ce que le conseil rende sa décision finale. Et rappelle-toi aussi que t'as vu les métamorphes nous attaquer de tes propres yeux. Puisque tu as autant d'intégrité, garde ça en tête quand notre réunion aura lieu.

Il s'arrêta pour attendre la réponse d'Alex.

— Bien sûr, dit Alex en hochant la tête. Je dirai la vérité.

— Bien.

Matthieu tapota son épaule, puis il me jeta un regard noir, qui fut une fois de plus rempli de haine.

Je fus troublée, mais refusai de trembler pour éviter de lui montrer ma réaction, émotionnelle ou physique. Qu'est-ce qui se passait avec ces enfoirés qui essayaient d'intimider tout le monde ? Les gens comme Azbogah et Matthieu le faisaient entre eux, mais exagéraient quand il s'agissait de Sterlyn, moi ou toute autre femelle.

Alex grimpa dans la Navigator et ferma tranquillement la porte. La colère se déversa en lui, mais il donna une illusion de confiance et de calme.

— Tu sais... commençai-je.

— Shh, siffla-t-il en démarrant la voiture.

Oh, sûrement pas !

— Excuse-toi.

Je ne pouvais pas croire qu'il m'avait fait taire. Il n'était pas mon père.

— *Il peut encore t'entendre.*

Alex sortit de la place de parking sans regarder derrière lui.

— Retournons à l'appartement.

Ah, l'audition surnaturelle. Je restai silencieuse alors qu'il se mettait sur la route principale, se dirigeant vers le domicile de Sterlyn.

— On est bon maintenant ? demandai-je, gardant la question vague pour que Matthieu croie que je parlais des vampires s'il pouvait toujours nous entendre.

— Ouais, c'est bon, glousssa-t-il après avoir regardé dans le rétroviseur.

Je pensai soudain à un aspect qu'il me serait bénéfique de savoir.

— Qui d'autre a une audition surdéveloppée ?

Son visage s'illumina d'une façon qui me fit sourire.

— En général, tous les êtres surnaturels. C'est grâce à notre magie. Les métamorphes ont la meilleure audition, à part les oiseaux. Les métamorphes oiseaux ont la meilleure vue, dans les bonnes conditions.

— Qu'est-ce que tu veux dire par là ?

Je me tournai pour pouvoir apprécier son profil. Son t-shirt serrait parfaitement son torse, me permettant de voir les contours de son corps athlétique, et mon esprit se rappela son corps se mouvant sur le mien quelques heures plus tôt.

Waouh. Doucement, ma fille.

— Par exemple, les faucons ont une excellente vue pendant la journée, mais la nuit, elle est diminuée.

Il tapota le volant avec ses doigts alors qu'il examinait la zone plus intensément que d'habitude.

Il devait chercher la panthère des yeux, si jamais le mec s'était mêlé à la foule de la ville. Je pouvais faire comme lui. J'arrachai mon regard de son corps et scannai les rues, me concentrant sur les renfoncements ombragés et les coins de rue.

— Il y a des métamorphes oiseaux de tous les types ?

— Seulement une poignée, comme les faucons, les corbeaux, les aigles et les corneilles. Tous les oiseaux de la ville sont des métamorphes, car il n'y a que des êtres surnaturels qui vivent ici. Ça peut devenir compliqué en dehors de Shadow City.

— Je voulais demander pourquoi il n'y avait que les loups qui représentent les métamorphes au conseil ? Je pensais qu'il y aurait un ambassadeur de chaque race.

— C'est là que l'héritage de Sterlyn entre en jeu, dit Alex en me jetant un coup d'œil. Le conseil originel a refusé qu'il y ait un représentant pour chaque espèce de métamorphe, car ils auraient alors eu la plus grande influence. Bien qu'il y ait des races différentes et qu'elles restent entre elles, ils ont des intérêts communs. Le but du conseil était de préserver l'équilibre, où aucune faveur n'était évidente. La seule race qui avait la confiance de tous les métamorphes était celle des loups argentés, car ils étaient nés pour protéger toutes les races d'êtres surnaturels. Un vote chez les métamorphe a été effectué, et les loups argentés ont été nommés comme leurs représentants.

Sterlyn avait en effet à cœur les meilleurs intérêts pour tout le monde.

— Ils ont pris une sage décision.

— Il y a deux mois, j'aurais hésité à être d'accord avec toi, mais je pensais ce que j'ai dit à Matthieu. Tu m'as ouvert les yeux.

Alex pressa ma cuisse avant de se reconcentrer sur les alentours.

— Les loups argentés ont quitté la ville avant la première réunion du conseil, mais la décision avait été prise. C'est l'alpha de la meute de Shadow City, son bêta et le troisième responsable qui ont pris leurs places.

— C'est à cause du départ des loups argentés que les

vampires surveillent un côté de la rivière et que la meute de Killian garde l'autre ?

Les choses commençaient à avoir un peu plus de sens.

— Et le conseil a démarré comme prévu au départ ?

— La première réponse est oui. La meute des ancêtres de Killian n'était pas assez grosse ou assez puissante comme les loups argentés, pour protéger les deux berges de la rivière. Puisque les vampires devaient trouver un moyen de faire entrer du sang en ville, et que ce sont de bons combattants et pisteurs, c'était logique qu'on prenne le contrôle de l'autre rive.

Une lumière s'alluma dans ma tête.

— C'est pour ça que les vampires sont anxieux que les loups récupèrent le contrôle, surtout après le retour de Sterlyn.

— Ouais, confirma Alex en déplaçant sa main sur le volant. J'étais inquiet, moi aussi. Je ne voulais pas apprendre à la connaitre et je ne pensais que le pire.

— Hé, t'étais biaisé.

Nous étions tous coupables de l'être. Pendant mon enfance, de nombreuses personnes m'avaient cataloguée comme l'enfant d'accueil typique qui préparait un mauvais coup, même si je suivais les règles.

— Mais tu t'en rends compte maintenant et t'as ouvert ton esprit. Je suis si fière de toi, et...

J'embrassai sa joue.

—... Je trouve ça très sexy.

— Oh, bien, dit-il avec ses yeux qui reprirent le doux bleu chaleureux que j'aimais. Alors, laisse-moi aussi te dire que je croyais que les humains étaient stupides.

— Et ?

Je mordis ma lèvre inférieure.

— J'avais raison, chuchota-t-il en se penchant au-dessus de la console.

— Salaud ! couinai-je, le cognant malicieusement sur le bras. Comment oses-tu !

— Oh, arrête, dit-il en attrapant ma main. Tu sais que je plaisante.

— Ha ha.

Je lui tirai la langue, la nervosité qui avait découlé de ce que nous venions de vivre était complètement partie.

Il tourna sur la route menant à la résidence.

— Mais pour répondre à ta question de tout à l'heure, les anges ont pris le contrôle de la ville. C'est pour ça qu'on est passé d'un abri sécurisé à une ville où seuls les plus forts de chaque race d'être surnaturel pouvaient s'installer. Les anges voulaient gouverner tous les êtres surnaturels. Ils ont donc attiré les familles avec des richesses et un endroit qui ressemblait au Paradis, afin que les gens se battent pour vivre ici. Quand les anges sont devenus trop exigeants, les loups argentés ont coordonné toutes les races et ont formé une alliance pour les remettre à leur place. On s'est rendu compte qu'on pouvait vaincre les anges quand on œuvrait tous ensemble. Quand les anges sont tombés, les frontières de la ville ont été fermées pour pouvoir nettoyer le bazar à l'intérieur, et c'est à ce moment-là que le conseil a été constitué.

— Et la ville est restée close pendant des siècles ?

Cette partie était surprenante.

Alors que nous atteignions le portail du parking souterrain, il ralentit et sortit le badge de Sterlyn.

— Quand un groupe œuvre ensemble pour vaincre un ennemi commun et que celui-ci tombe, tout se fracture. On a finalement réalisé que la ville ne serait jamais parfaite et qu'on se faisait du mal en s'enfermant. Le père de Griffin, Atticus, espérait que l'ouverture des frontières rapprocherait les êtres surnaturels.

— Ce qui n'a pas été le cas.

C'était drôle comme les choses se déroulaient parfois.

— Non.

Le garage s'ouvrit et Alex s'y engagea.

— Ça a créé des problèmes différents, mais refermer la ville n'est pas une bonne solution. Seuls certaines personnes sélectionnées peuvent sortir et rentrer, mais ils refusent les entrées d'autres personnes. Azbogah exige que personne d'autre ne sorte avant qu'on ait constaté l'intégration réussie des gens au monde. Pourtant, techniquement, un membre du conseil peut donner le droit de sortie à n'importe quel individu de son peuple. Les gens ont peur des anges, alors, personne n'a demandé à partir. Les dégâts sont là. C'est comme si on stagnait.

J'étais d'accord sur ce point.

— On doit changer tout ça, mais on doit d'abord s'occuper des problèmes les plus urgents. Je veux reparler de l'audition surnaturelle.

J'en avais marre de parler du conseil et de ses problèmes.

— Après les métamorphes, les vampires et les anges ont la meilleure audition. Personne ne sait pourquoi, mais ils sont à égalité, continua-t-il alors que nous descendions en roue libre dans le parking. Les sorcières arrivent en dernier. Elles peuvent mieux entendre que les humains, mais sans l'aide de leur magie, pas beaucoup plus. Les sorcières, par contre, peuvent voyager en dehors de leurs corps pour écouter aux portes. Tu peux sentir une fraicheur dans l'air quand elles le font, si tu es attentive.

Bon à savoir.

— Je ne ressens pas de fraicheur avec l'ombre.

— Tu l'as revue ? demanda-t-il anxieusement alors qu'il se mettait sur la place de parking de Griffin.

C'était inutile de mentir.

— Je pense l'avoir vue à côté d'Azbogah plus tôt. Puis j'ai été attaquée. Quand j'ai regardé à nouveau, l'ombre était partie. Je ne sais pas si j'ai halluciné.

— Si quelque chose de malfaisant suivait quelqu'un, ce serait sans aucun doute ce connard, dit Alex en poussant le levier plus fort que nécessaire pour garer la voiture. Malheureusement, ça vaut aussi pour mon frère, je crois.

Je détestais qu'il pense ça, mais je ne pouvais pas le contredire. Ces deux-là travaillaient ensemble, et l'attitude de Matthieu devenait plus malveillante chaque fois que je le croisais.

— Allons à l'intérieur pour nous détendre.

Nous nous dirigeâmes vers l'ascenseur et je posai ma tête sur son épaule pendant toute la montée. Les doigts d'Alex se faufilèrent sous mon t-shirt et mon corps se réchauffa.

Je ne me lasserais jamais de lui. Je lui fis face, me mettant sur la pointe des pieds pour embrasser ses lèvres. Il répondit immédiatement, sa langue glissant dans ma bouche. Son parfum sucré me submergea.

Après cette journée merdique, je voulais absolument un moyen de me relaxer. Je me pressai contre lui et son membre se durcit.

Les portes s'ouvrirent, mais Alex resta là. À la place, il saisit mon cul et me souleva pour que je puisse envelopper mes jambes autour de sa taille.

— *Et si Ulva est à la maison ?* protestai-je sans conviction, consciente de ce qui nous entourait.

Au lieu de se retirer, il marcha dans le couloir, résolu.

— *On est seuls. Dieu merci.*

En quelques secondes, il claquait la porte de notre chambre et pressait mon dos contre le mur, me faisant gémir et me tortiller contre lui.

Je glissai sur son corps, me délectant de son contact, et je posai mes pieds sur le sol. Je détachai son pantalon et l'enlevai, avide.

— Ralentis, grogna-t-il en soulevant mon t-shirt au-dessus de ma tête et dénouant mon soutien-gorge.

Il recula, pour profiter de la vue. Au lieu de me couvrir, je restai là, fièrement, et le laissai constater à quel point je le désirais.

C'était la seule personne au monde devant laquelle je me sentais sexy, et j'avais le sentiment que ça ne changerait jamais. Voulant le voir aussi, je tirai son t-shirt au-dessus de sa tête et le jetai au sol. Je passai mes mains sur sa peau lisse, appréciant la sensation froide et douce de son ferme torse.

Soutenant son regard, je retirai mon pantalon et mes sous-vêtements. Nous nous tînmes nus, l'un devant l'autre.

— Véronica.

Mon nom ressembla à une supplication. Il baissa sa tête et captura mon téton dans sa bouche, puis glissa une main entre mes jambes.

Les sensations mélangées à mes émotions me submergèrent. Il mordilla et décrivit des cercles, touchant les deux points de la façon que j'aimais. Mon corps bouillonna, et je jetai ma tête en arrière contre le mur, dévorée par la faim.

Repoussant sa main, j'arquai mon dos, faisant bien comprendre ce que je désirais.

Il me hissa à nouveau contre lui et me pénétra d'un coup. Je me sentis complètement remplie.

Nos corps bougèrent ensemble alors qu'il entrait et

sortait par à-coups, augmentant la friction. Je souhaitais que l'on continue pour toujours.

En cet instant, nous étions les deux seuls à exister au monde.

Les muscles de son dos se contractèrent sous mes mains, la puissance m'excitant encore plus.

Il embrassa mon cou et en mordilla la base. Je voulus le supplier de me planter ses crocs dans ma chair, mais il semblait toujours gêné, de peur de me blesser. Je savais qu'il ne me ferait jamais intentionnellement mal, mais c'était un vampire.

J'accélérai notre rythme, plongeant mes ongles dans son dos. Il grogna d'extase et s'enfonça plus profondément en moi.

Notre connexion s'élargit, nos plaisirs fusionnant. Alors que son corps se relâchait, l'intense émotion me fit dépasser le sommet. Nous eûmes nos orgasmes ensemble et nos corps se figèrent, nos respirations saccadées, les seuls sons dans la pièce.

— Tu es incroyable et je suis si chanceux, soupira-t-il en effleurant mes lèvres des siennes. J'adorerais recommencer, mais on ferait mieux de s'habiller et de sortir avant le retour de Sterlyn et Griffin.

Je détestais que notre moment soit fini, mais il avait raison. On devait s'occuper de sujets urgents.

Une fois que nous fûmes vêtus, nous nous dirigeâmes vers la pièce principale, nous attendant encore à être seuls. À la place, nous découvrîmes Sterlyn, Griffin et Rosemary dans le salon. Mes joues chauffèrent. Pouvaient-ils savoir ce que nous venions de faire ?

Mais personne ne sourcilla. Le visage de Rosemary était marqué par l'inquiétude, et Griffin faisait les cent pas dans la pièce. Il semblait en colère. Sterlyn se tenait devant les portes en verre, fixant la ville. La tension était si épaisse que je pus à peine respirer.

— Qu'est-ce qui se passe ?

Ils devaient nous dire ce qui était arrivé.

CHAPITRE DIX-HUIT

PERSONNE NE PARLA quand Alex et moi les eûmes rejoints dans la pièce.

Ils avaient sûrement dû trouver la panthère s'ils étaient revenus si vite.

— Où est le gars ?

J'ignorais son nom, alors ce serait « le gars » pour le moment.

— Il se cache, dit Rosemary en attachant ses cheveux en chignon, ce que je ne l'avais jamais vu faire.

— Alors pourquoi vous êtes tous ici ? s'étonna Alex.

— Parce qu'on perdrait notre temps à le chercher, expliqua Sterlyn en se détournant de la porte coulissante et s'appuyant contre le verre. C'est une panthère noire et il peut nous distancer, en particulier sur de longs trajets. En plus, on est certain que les attaquants avaient une stratégie de sortie et une cachette, alors ce serait inutile de les chercher sans informations supplémentaires.

— Vous ne pouvez pas les sentir ?

La prochaine fois qu'Alex et moi parlerons, je demanderai des détails sur l'odorat des êtres surnaturels.

— On a traqué la panthère sur un kilomètre, mais il a disparu, dit Griffin dont le rythme cardiaque augmenta. Les métamorphes qui nous ont agressés avaient très certainement un sort ou un produit chimique pour dissimuler leurs odeurs. C'est pour ça que Rosemary est là. Elle a survolé tout le dôme et n'a rien remarqué qui sortait de l'ordinaire.

C'était tout à fait la chance que nous avions eue dernièrement.

— Mais vous savez qui c'était, n'est-ce pas ?

Toutes sortes d'indices seraient préférables que de se retrouver dans une impasse.

— Oui, mais on doit être prudents puisque la famille de la panthère a de l'influence. Si on l'accuse ou qu'on agit contre lui sans preuve, ça alimentera la détermination du conseil d'embêter Alex et Ronnie, ajouta Griffin qui se figea. Et si c'est celui auquel je pense, c'est une bonne personne. Je crois qu'il essayait de ne faire de mal à personne. Je veux le retrouver pour découvrir pour qui ce groupe travaille.

— Je n'ai senti aucune vilenie en lui, et il se tenait en dernière ligne du groupe de métamorphes pendant l'émeute sur le bâtiment du conseil. Mais je n'ai pas bien senti tout le monde, dit Sterlyn en frottant ses doigts comme si ça l'aidait à réfléchir. Je suppose que leurs vêtements et leurs masques étaient ensorcelés pour dissimuler leurs odeurs respectives. C'était impossible de sentir le parfum de la panthère jusqu'à ce qu'on lui retire son masque.

Du coup, on avait une bonne personne impliquée dans une affaire louche.

Je détestais être celle qui posait sans cesse des questions, mais je voulais aider.

— Alors, il y a une sorcière qui travaille avec eux ?

Comme je le pensais. Cette Erin était une fouteuse de

merde remplie de haine. Azbogah et elle me rappelaient Eilam.

— Non, pas nécessairement, dit Rosemary en s'asseyant sur le canapé. Les sorcières font tout le temps du troc, alors c'est facile d'accéder à ce type de magie. Les générations les plus jeunes aiment utiliser des sorts pour couvrir l'odeur pour piéger leurs parents, leurs professeurs ou autres. Alors on ne peut pas accuser les sorcières sans...

Elle s'arrêta pour glousser.

—... causer plus de problèmes avec le conseil.

Mince !

— Qu'est-ce qu'on *peut* faire ?

— Nos mains sont liées, dit Griffin en mordillant sa lèvre. À moins qu'on ait de la chance.

Alex me tira vers le canapé face à Rosemary et nous nous y assîmes ensemble.

— Ils veulent que vous paraissiez aussi incompétents que possible.

— Mais je ne vois pas les métamorphes travailler volontairement avec Azbogah et Matthieu, soupira Sterlyn. Il nous manque un détail.

— À moins que ça en vaille le coup pour eux, proposa Rosemary en se penchant et posant ses coudes sur ses cuisses.

— Les métamorphes savent qu'ils ne doivent pas faire confiance à un vampire, grimaça Griffin en secouant la tête et jetant un coup d'œil à Alex. À part toi, maintenant.

Alex rigola et plaça un bras autour de mes épaules.

— C'est la chose la plus sympa que tu m'aies dite, et tu as raison. Si un vampire vous doit une faveur, vous pouvez lui faire confiance. Enfin... même à ce moment, on cherche les failles. Mon frère s'en sort pour ne devoir de faveurs à personne. C'est un jeu pour lui. Il veut protéger son cul, en particulier avec des métamorphes. Soit quelqu'un travaille avec eux au nom de mon frère, ou c'est tout autre chose.

Il sortit son téléphone et commença à taper un message.

— Je vais envoyer un message à Gwen pour voir si elle a entendu parler de quelque chose.

— Est-ce qu'elle dira la vérité ? demanda Griffin en fronçant les sourcils. Tu pourrais alerter Matthieu de nos soupçons de cette façon.

— Non, c'est bon, dit Sterlyn en plaçant une main sur l'épaule de son compagnon. Elle a perdu une partie de sa méchanceté, comme Alex, alors que Matthieu s'égare sur un mauvais chemin.

— Dis-moi quelque chose que je ne sais pas, dit Alex en levant les yeux au ciel et envoyant le message. Mais oui, après que vous ayez tous aidé Véronica à la sauver, sa vision des choses à changer. Elle sait qu'aucun de vous n'avait à l'aider ou à la protéger, pourtant vous l'avez tous fait sans hésitation. C'est dur à comprendre pour nous que des gens comme ça existent dans le monde, puisque la plupart des vampires sont égoïstes par nature. Même quand ça touche à la famille, on peut lutter intérieurement pour mettre quelqu'un avant soi-même, et peu le font.

— Je le comprends, dit Rosemary en se replaçant dans son siège, nous regardant avec des yeux d'un violet foncé. Même si les anges ont techniquement leur humanité, on est plus anges qu'humains. On nous a donné une petite quantité d'empathie humaine pour faire la distinction entre le bien et le mal, mais notre nature surnaturelle, qui est prédominante tente d'ignorer ces émotions, alors on parait souvent froids et insensibles.

— Mais pas égoïstes, ajouta Griffin.

— Si on respecte complètement notre humanité, on peut sentir quand il y a un truc qui ne va pas et on peut envisager le bien commun. Bien sûr, il y a deux extrêmes. Un pour lequel un ange adopte son côté humain, ce que je fais de plus en plus depuis que je fréquente les loups argentés, et un autre où il s'en détourne totalement.

— Comme Azbogah.

Il semblait impitoyable.

— Crois-le ou non, il pense vraiment qu'il a les intérêts des anges en tête. Ses actions sont à la limite de l'immoralité, mais il peut les justifier à sa manière, ce qui peut nous paraitre dingue, expliqua Rosemary en frémissant.

— S'il ne s'est pas détourné de son humanité, je détesterais voir l'ange pour qui c'est le cas, commenta Sterlyn en posant sa tête sur l'épaule de Griffin.

Rosemary se décala sur son siège, indiquant qu'elle voulait changer de sujet.

Je décidai de l'aider puisqu'elle respectait toujours mes limites.

— C'est quoi les prochaines étapes ? Le conseil convoque une autre réunion dans deux jours pour discuter des attaques et décider de mon sort.

— Quoi ? grogna Griffin.

J'avais oublié que la conversation s'était passée après leur départ. Peut-être que ça avait été volontaire.

— Ouais, dit Alex en m'enlaçant. Ils vous laissent aujourd'hui et demain pour déterminer qui nous a attaqués, et pourquoi.

— En d'autres mots, ils espèrent qu'on échoue, dit Sterlyn en se redressant alors qu'elle débordait de tension. J'aurais aimé faire venir Cyrus et les loups argentés ici pour nous aider.

Elle faisait rarement allusion aux autres loups argentés.

— Pourquoi ils ne pourraient pas ?

— Les étrangers ne sont pas encore autorisés à entrer dans la ville. Toi et moi sommes les seules exceptions, car on est liées à des membres du conseil, dit Sterlyn en enfilant son bras dans celui de Griffin. Et tout le monde est mal à l'aise avec ma présence ici, alors introduire plus de loups argentés causerait plus de panique. En plus de ça, mon frère est nouveau dans son rôle d'alpha et s'occupe de l'installation des loups argentés dans leur quartier flambant neuf. Jusqu'à ce qu'on sache qu'on est en sécurité, c'est mieux qu'ils restent en dehors des radars. Je détesterais l'ennuyer avec ce qu'il se passe ici. Mais si ça empire, on pourrait ne pas avoir le choix.

— On le fera en dernier ressort, accorda Griffin. Parce que les gardes ne les laisseront pas franchir les portes, et on risquerait de se confronter à la majorité du conseil pour l'autoriser.

Rosemary détacha son chignon, laissant ses magnifiques cheveux acajou tomber sur ses épaules.

— Maman et Papa seront de votre côté.

— Comme Gwen et moi, dit Alex alors que son téléphone sonnait.

— C'est le problème, dit Sterlyn en retournant vers la porte qui donnait sur le balcon pour regarder dehors. Le conseil est divisé. Ezra nous suivrait, alors on aurait assez de votes, mais on fracturerait encore plus nos relations.

— Gwen n'a rien pu trouver non plus grâce à ses connexions, souffla Alex après avoir lu le message. C'est peu probable que Matthieu ou un autre vampire ait orchestré l'attaque.

— C'est ce qu'on s'était dit, révéla Griffin en tapotant

son jean de ses doigts. Est-ce que quelqu'un a remarqué quelque chose qui pourrait laisser entendre qui est impliqué ?

Après une pause, Sterlyn grogna.

— Non. J'étais si inquiète de te rejoindre que je n'ai pas fait attention comme je le fais normalement.

— Hé, c'est pas ta faute, la rassura Griffin en l'attirant dans ses bras et embrassant le haut de sa tête. Maintenant, tu sais ce que j'ai traversé chaque fois que t'étais en danger.

— Ouais, c'est plus dur que ce que j'avais réalisé, admit Sterlyn d'un air abattu.

— Et toi ? demanda Rosemary dont le regard atterrit sur Alex.

Ça m'ennuyait qu'elle m'ait ignorée, mais je devais me rappeler que ce n'était pas personnel. Je n'avais pas de sens décuplés comme les leurs.

— Non, dit-il en caressant mon épaule. J'étais concentré sur Sterlyn et sa conduite. Elle était imprudente au début pour rejoindre Griffin au plus vite.

La rousse se profila dans ma tête.

— Ce n'est probablement pas pertinent, mais j'ai remarqué un groupe de personnes à deux pâtés de maisons du bâtiment du conseil qui regardait par là-bas.

J'eus l'attention de tout le monde, ce qui me mit un peu mal à l'aise.

— Quelqu'un a attiré ton regard ? demanda Sterlyn en souriant de façon encourageante.

— Ouais, il y avait une fille de petite taille avec des cheveux rouges lumineux… commençai-je, mais un bruyant coup sur la porte m'interrompit.

Tout le monde se figea, et un coup encore plus fort tambourina sur la porte.

— Vous attendez quelqu'un ? chuchota Rosemary assez doucement que je ne pus presque pas entendre.

— Personne ne devrait être ici, dit Griffin en fronçant les sourcils. Je vais aller voir.

Il commença à marcher vers la porte, grommelant qu'il allait avoir une discussion avec la sécurité du bâtiment.

— Tiens, dit Sterlyn en retirant sa dague du fourreau à sa cheville et se levant d'un bond pour la lui donner. On n'est jamais trop prudent.

Il hocha la tête et l'empoigna contre sa poitrine.

Une conversation continua entre eux qu'aucun d'entre nous ne put entendre. Ils devaient utiliser leur connexion, comme on le faisait avec Alex.

Sterlyn suivit son compagnon, l'idée qu'il ouvre seul la porte lui déplaisant.

Nous restâmes dans le salon au bord de nos sièges. Je ne savais pas à quoi m'attendre. Azbogah avait dit qu'il ne viendrait pas ici.

Mon cœur battit la chamade et j'espérai ne pas faire face à une autre attaque. Le destin devait nous laisser souffler.

— Pourquoi Kira est là ? s'étonna Alex dont le front se rida de confusion, et quelque chose dans sa voix me poussa à l'examiner plus minutieusement.

— Euh... je devrais la connaitre ?

— Non, c'est une métamorphe renard, répondit-il en pressant gentiment mon bras.

Rosemary haussa les épaules et resta silencieuse.

Des pas se dirigèrent vers nous.

— Je dois dire merci de ne pas avoir été poignardée ? demanda une voix de fillette que j'entendais pour la première fois.

— Ouais, grogna Griffin. Comment t'es montée, bon

sang ? La réception n'aurait pas dû te laisser entrer sans t'annoncer.

— Tu me sous-estimes, se moqua-t-elle. Je connais l'escalier secret destiné aux urgences. Je pensais que c'était une urgence. Je l'ai utilisé pour n'alerter personne de ma présence.

Je jetai un coup d'œil par-dessus mon épaule alors que la fille que je venais de mentionner pénétrait dans le salon, Griffin et Sterlyn juste derrière elle.

— C'est elle !

Je parus sûrement abasourdie, mais je ne pouvais pas me remettre du fait qu'elle se tienne devant nous.

— C'est la fille que j'ai remarquée en chemin vers le bâtiment du conseil.

Ses yeux émeraude se focalisèrent sur moi alors qu'elle marchait d'un pas nonchalant vers les grandes fenêtres en verre surplombant la ville. Elle jeta ses cheveux rouges par-dessus son épaule, et quand Rosemary se leva et la dépassa, je réalisai à quel point elle était petite. Elle était plus petite que moi, ce qui en disait beaucoup dans le monde surnaturel.

— C'est une bonne chose que je sois venue ici de ma propre volonté alors, dit-elle en calant son menton sur une main, son attention restant sur moi. Autrement, vous n'auriez peut-être pas été si disposés à travailler avec moi.

— Qu'est-ce qu'elle veut dire, bon sang ? demanda Alex dont la mâchoire tressauta.

— Et pourquoi tu observais l'attaque ? s'enquit Sterlyn en scannant la fille comme si elle cherchait à percevoir quelque chose. Tu sais quelque chose ?

— De bonnes questions...

Kira croisa les bras, ce qui resserra son t-shirt autour de

sa taille. Il donnait un joli contraste par rapport à sa teinte d'un beige doré.

— Et j'ai l'intention d'y répondre.

Elle était ici depuis moins d'une minute et elle me tapait déjà sur les nerfs. Qui pensait-elle être, à venir là avec son sourire prétentieux, jouant à une sorte de jeu ? Le comportement des gardiens était similaire au centre d'hébergement quand une punition allait être appliquée. Plus ils la gardaient secrète, plus ils se sentaient puissants. Je ne pus cacher mon irritation.

— C'est quoi l'embrouille ?

La fille m'observa avec un plaisir total, les yeux brillants.

— L'humaine a apparemment le cran de parler.

— Si tu ne commences pas à parler renarde, tu ne trouveras pas ça marrant longtemps, grogna Alex, et son agacement flotta sur notre lien.

— Plus Alex et moi nous fréquentons, plus on pense la même chose, souffla Griffin.

Il leva la dague et la fit tourner dans ses mains.

— Vous ne me faites pas peur, bande d'idiots.

Elle chassa leurs remarques d'une main et nous regarda l'un après l'autre en prenant son temps.

— Vous avez déjà votre panier plein. La dernière chose dont vous ayez besoin c'est d'un ennemi supplémentaire.

— T'es là parce que tu t'inquiètes pour nous, commenta Sterlyn en papillonnant des yeux. Oh, comme c'est mignon !

— Ne sois pas sarcastique, lança la renarde dont le visage se décomposa. J'ai des informations que vous pouvez utiliser.

— Alors, fais-nous rêver, s'il te plait.

Les mots d'Alex étaient teintés d'humour, mais ses doigts s'étaient raidis sur mon bras. Un malaise se répandit sur notre lien, mais s'il ne m'avait pas touchée et que je n'avais pas été connectée à lui, je ne l'aurais jamais su.

— Bien sûr, je peux faire ça, dit-elle en lui faisant un clin d'œil, ce qui fit bouillonner mon sang.

Une jalousie irrationnelle me dévora. Cette connasse ferait mieux de faire attention près de lui. Il était à moi et je lui pisserais dessus pour le prouver. Attendez... je savais que les animaux urinaient pour marquer leur territoire. Est-ce que c'était le cas aussi pour les métamorphes ? Si oui, j'étais partante.

— *Un geste aguicheur de plus et tu te prends une douche dorée.*

L'expression qui traversa son visage fut désopilante. Son visage se plissa et ses yeux se tournèrent vers moi.

— *C'est quoi une douche dorée ? Ça parait sympa, mais je pense que ça ne l'est pas.*

Qu'il soit béni.

— *De la pisse. Je vais te pisser dessus.*

— *Si ça te fait... plaisir...*

Son visage se chiffonna comme s'il avait mangé un citron.

— *Je suppose...*

— *Doucement !*

Il croyait que c'était mon truc. C'était quoi ce bordel ?

— *Comme un chien qui pisse pour marquer son territoire.*

— *Oh, Dieu merci,* dit-il alors qu'un sourire présomptueux se répandait sur son visage. *Oh... J'aime quand t'es jalouse, mais tu n'as aucun souci à te faire.*

— *Je sais.*

Je ne m'inquiétais pas pour Alex. Kira pouvait enlever son soutien-gorge et sa culotte, et mon compagnon n'aurait d'yeux que pour moi. Mais je ne voulais pas qu'*elle* soit attirée par lui.

— S'il te plait, dit sèchement Rosemary, en agitant une main vers la nouvelle. Émerveille-nous de ta connaissance.

— Je vais le faire, mais j'ai besoin d'une garantie d'abord, dit-elle en inclinant sa tête en arrière. Rien n'est gratuit dans la vie.

CHAPITRE DIX-NEUF

— ET MOI QUI croyais que les vampires étaient mauvais, marmonna Griffin. On est des métamorphes comme toi, et il y a trois membres du conseil. T'es sûre que c'est judicieux de nous faire chanter ?

— Ouaip, lança Kira en insistant sur le « p », ce qui souligna son air arrogant. Parce que si vous ne m'écoutez pas, vous ne serez plus membres du conseil longtemps.

Un autre sourire suffisant s'afficha sur son visage.

Elle avait sorti ces mots avec tant de conviction qu'ils furent durs à ignorer. Quelque chose chez elle m'intriguait et m'exaspérait à la fois. Elle dissimulait beaucoup de choses.

— Et pourquoi ça ? gloussa Sterlyn. Parce qu'Azbogah et Matthieu essaient de faire croire qu'on ne contrôle pas notre peuple ?

— Peut-être que le problème est autre part, commenta Kira en haussant les épaules et jetant un coup d'œil à la ville. Mais qui sait ?

Mince, avait-elle écouté derrière notre porte ? Ça semblait improbable. Il devait y avoir des protections pour s'assurer que les gens ne pouvaient pas écouter aux portes, surtout si toutes les chambres étaient insonorisées. Néanmoins, ce n'était peut-être pas le cas de tout l'appartement.

— Pourquoi ne le dis-tu pas, ou dois-je te le faire cracher ? menaça Rosemary en marchant d'un pas nonchalant vers la métamorphe renard.

Kira ne recula pas ni ne se tourna vers l'ange en colère. Elle appuya son avant-bras contre le verre.

— Tu ne me frapperas pas, même si tu le veux, car Azbogah aura alors un moyen de pression sur tes parents. Et, on sait toutes les deux qu'il en cherche un *désespérément*.

La colère déserta Rosemary alors que ses épaules s'affaissaient.

La corruption était partout. Cet endroit était semblable au monde extérieur, sauf qu'il était plus violent et explosif.

— Écoutons-la, dit Alex en posant sa main sur mes genoux. Je parie qu'elle ne sait pas grand-chose.

— Bonne stratégie, pouffa Kira. Ça marcherait avec un mâle qui chercherait à prouver ce qu'il vaut, mais je ne tombe pas dans ces petits jeux. Soit vous souhaitez avoir mon information, soit vous n'en avez rien à cirer.

Les menaces ne fonctionneraient pas avec elle. Cette négociation allait devoir être plus méthodique. Je jetai un coup d'œil vers Sterlyn, qui hocha la tête comme si nous avions un lien mental. Bien sûr, ce n'était pas le cas, même si j'avais le sentiment que nous avions tiré la même conclusion.

— Très bien, on pourrait vouloir négocier avec toi, mais on a d'abord besoin d'une preuve que ton information est précieuse, dit Sterlyn en flânant vers le canapé et s'asseyant à mes côtés.

Ouais, nous en avions conclu la même chose. Peut-être que je pouvais finalement m'intégrer dans ce monde.

— Je suis prête à faire *ça*, répondit Kira en se tournant pour voir à nouveau tout le monde. Je suis prête à vous révéler la moitié de ce que je sais. Du moment que vous me promettez que vous me soutiendrez, si mon information vous est utile, exigea-t-elle en désignant Griffin et Sterlyn de la tête. Je souhaite reprendre la tête des renards à la retraite de mon père dans quelques mois.

— Ton père se retire ? s'étonna Rosemary dont la respiration accéléra.

— Oui, par contre c'est inconnu du public, confirma Kira en tournant son regard vers l'ange.

— Pourquoi on devrait intervenir ? demanda Griffin en inclinant sa tête. C'est à lui de décider qui héritera du rôle, alors t'es la grande favorite.

Elle rigola sans humour, de la souffrance éclatant dans ses yeux.

— On penserait que ce serait le cas, mais non. Ma vie entière, j'ai tout fait pour prouver que je serais la meilleure dirigeante, même si je suis une femelle. Mais ça a été insuffisant. Il prévoit de prendre mon cousin, son neveu le plus âgé, pour le remplacer.

— Bien sûr...

Le sexisme paraissait excessif ici.

— Dans le monde des métamorphes, les hommes sont habituellement plus forts, et pour une certaine raison, notre société assimile cet aspect aux qualités de dirigeants, ajouta Sterlyn en fronçant les sourcils. Crois-moi, Papa me poussait plus que les garçons qu'il entrainait pour s'assurer que je pourrais tenir tête à n'importe qui, si quelqu'un me défiait.

— Au moins, tu avais un père qui te supportait dit Kira, d'un ton empreint d'amertume.

— Attends… il veut que *Grady* lui succède ? demanda Griffin en grimaçant. Ce mec est un crétin.

— Voilà, soupira Kira, son expression se détendant comme si elle attendait sa validation. Et si je n'ai pas le soutien du conseil, il prendra les rênes.

J'examinai le groupe pour voir la façon dont ils digéraient cette information. Alex était intrigué, je le savais grâce à notre connexion, mais je ne savais pas pour les autres. Sterlyn et Griffin se fixaient, utilisant leur connexion pour discuter de la situation, et Rosemary dévisageait la renarde avec intérêt. Les yeux de l'ange se rétrécirent comme si la renarde fut un puzzle qu'elle tentait de reconstituer.

— On a besoin d'une seconde pour en discuter, dit Sterlyn en se levant et faisant un signe de main à notre groupe. C'est une décision que l'un doit prendre ensemble puisqu'elle nous impacte tous.

Les sourcils de Kira se relevèrent avant que son visage adopte un masque d'indifférence.

— Est-ce que je dois partir ?

— Non, dit Griffin en nous indiquant de le suivre. Reste ici. On va parler dans mon bureau.

Je m'attendis à ce que Kira dise un truc hargneux du type « T'es pas mon alpha », ou quelque chose du genre, mais elle ne fit que hocher la tête et se retourna vers l'horizon.

Cela m'indiqua tout ce que j'avais besoin de savoir. J'avais joué aux mêmes jeux avec les gardiens des établissements dans le passé. Elle était aussi désespérée d'avoir notre aide que nous, et elle faisait tout ce qu'elle pouvait pour avoir l'air blasée. Ses mains tremblèrent avant qu'elle ne les serre devant elle, ce qui confirma mes soupçons.

Nous marchâmes tous les cinq dans le couloir, directement vers la pièce dans laquelle je n'avais jamais vu quelqu'un entrer.

Griffin hésita avant d'ouvrir la porte et de nous laisser avancer.

Comme les autres pièces, les murs extérieurs étaient tous en verre. La vue sur la ville était incroyable avec les boucles de couleurs dansant dehors, se reflétant sur les métaux variés et les bâtiments blancs. Le mur qui donnait sur le couloir était gris anthracite avec une cheminée d'un gris doux couvrant le mur du côté de la chambre de Griffin et Sterlyn.

Un massif bureau en bois couleur ardoise occupait le centre de la pièce avec de multiples cahiers proprement empilés. Griffin s'assit sur la gigantesque chaise de bureau en cuir noir et plaça ses avant-bras sur le plateau.

— Qu'est-ce que vous en pensez ?

— Une chose est sûre, on ne veut pas que cet idiot de Grady dirige les renards, dit Alex en faisant le geste d'une bombe qui explosait dans sa tête. Ce type est imprévisible.

— Une nouvelle fois, je suis d'accord avec toi sur ce point, gloussa Griffin. Mais elle sait qu'on pense tous ça, alors pourquoi elle nous menacerait-elle avec ça ? Quelque chose ne colle pas.

— C'est évident que tu n'es pas une femme.

Même dans le monde des humains, les femmes et d'autres minorités souffraient de ces types de préjugés intrinsèques.

— Bébé ?

Alex s'approcha de moi, son torse effleurant ma poitrine.

— Tu sais qu'il n'y a rien de féminin chez moi.

— J'ai moins d'humanité que vous quatre, pourtant je savais que l'un de ces trous du cul d'alphas sortirait un commentaire de merde, se moqua Rosemary en repoussant ses cheveux. Ce qui montre à quel point vous êtes prévisibles, bon sang.

Je rigolai, ce qui semblait étrange étant donné les circonstances, mais elle les avait parfaitement catalogués.

— Ce que disait Ronnie c'est que la plupart des femmes ne croiraient jamais qu'un mâle pourrait les soutenir de bon cœur, expliqua Sterlyn en tapotant le dos d'Alex comme si c'était un petit enfant. En particulier celles qui ont grandi dans des maisons comme celle de Kira. Elle pense qu'elle doit nous menacer pour qu'on accepte de la mettre à une position de pouvoir.

— Ce n'est pas possible ! s'exclama Griffin, incrédule, en roulant avec la chaise vers l'arrière. On a la mère de Rosemary, Gwen, une assemblée complète de sorcières et toi au conseil.

— Mais Maman doit constamment prouver sa valeur, pas seulement à Azbogah et aux autres anges, mais à elle-même, dit Rosemary en jetant un œil au tapis gris ardoise. Ou la façon dont Matthieu, et soyons honnête, à un moment, Alex, ignorent la majorité des suggestions de Gwen si elles contredisent son opinion.

— Et n'oubliez pas que Dick et les autres voulaient absolument me faire partir, rappela Sterlyn en allant derrière Griffin et plaçant ses mains sur ses épaules. C'est pas comme s'ils m'avaient déroulé le tapis rouge.

— Seules les sorcières se défendent entre elles, mais c'est parce que c'est l'unique race où les femmes sont naturellement plus puissantes que les hommes, ajouta Rosemary. Les femmes n'ont pas eu la vie facile ici.

Je me sentis presque mal pour les gars. Alex mordait sa lèvre inférieure alors qu'il réfléchissait à nos paroles.

— Vous avez raison, dit Griffin en soufflant. D'une

certaine manière, la longue fermeture de la ville a ralenti nos progrès.

— C'est vrai, mais il n'y a pas que ça, dit Sterlyn en posant son menton sur la tête de Griffin. Notre culture accorde de l'importance à la force. C'est comme ça qu'on fonctionne. Si tu veux un rôle d'alpha, tu défies l'alpha actuel. Celui qui gagne remporte la direction de la meute. C'est aussi comme ça qu'on a été entrainés. Mais le truc c'est que les femmes aussi ont leur propre force. Par exemple, quand je me bats, même en tant que louve argentée, j'utilise ma taille à mon avantage.

C'était une conversation intéressante, mais qui pouvait durer des heures ou même des jours. Pourtant, ce n'était pas pour ça qu'on était là.

— Si vous voulez que Kira prenne cette position, alors on est tous d'accord et on va voir ce qu'elle sait.

— Et si elle ne sait rien ? demanda Alex en passant une main sur sa bouche. On accepterait un truc sans rien en retour.

— On lui dit qu'elle doit nous dire quelque chose d'utile, et une fois qu'on aura vérifié la valeur de son information, on acceptera. Et elle devra nous dire tout ce qu'elle sait, dit Sterlyn en décalant son poids sur une jambe. De cette façon, on devrait obtenir des informations utiles.

— Ou elle nous tend un piège pour qu'on paraisse encore plus nuls que ce qu'on est déjà. Ça pourrait être un ultime effort pour gagner les faveurs de son père, suggéra Griffin en se levant et fouillant dans les cahiers.

Il ouvrit le premier de la pile et un nuage de poussière s'envola.

— C'est quand la dernière fois que le ménage a été fait là-dedans ? demandai-je en toussant après avoir aspiré une bouffée.

— Aucune idée, répondit-il en haussant les épaules.

J'agitai une main devant mon visage pour dégager les particules de poussière.

— On devrait tenter notre chance, dit Sterlyn en levant les mains. Je ne pense pas qu'on aura d'autres pistes assez vite. Elle pourrait être notre dernier espoir.

— On peut toujours vérifier ses informations en lui posant des questions pour la coincer et voir si elle ment, proposa Rosemary en faisant une moue. Si elle pue, on n'utilise pas ce qu'elle nous a dit.

— Si ça peut repousser la réunion du conseil et nous donner un peu de temps pour trouver une alternative pour Véronica, je suis d'avis d'essayer, lança Alex en tendant un doigt en l'air. On manque tous de temps.

— C'est ce que tout le monde pense ? demanda Griffin en scannant la pièce.

Bien que je ne fusse pas officiellement un être surnaturel, je parlai tout de même.

— Ouais, je suis d'accord.

— Bien, mais on ne lui promet rien, dit Griffin en fermant le cahier d'un coup et marchant vers la porte. Si quelqu'un a des doutes, alertez le groupe.

Ils m'avaient donné l'impression d'être un membre important de la bande, et mon cœur se gonfla tellement qu'il pourrait exploser.

Alors que nous revenions dans le salon, Kira se tourna avec enthousiasme. Elle prit une profonde inspiration et lécha ses lèvres. Je m'assis sur le canapé avec Alex d'un côté et Rosemary de l'autre.

Griffin se tint en arrière, et Sterlyn s'approcha de Kira avec lassitude.

— Est-ce que tu fais ça pour gagner l'approbation de ton père ? demanda franchement Sterlyn.

— Je serais en effet capable de faire quelque chose du genre, mais dans ce cas, non, dit Kira en souriant et inclinant sa tête. Ce n'est pas un stratagème pour prendre l'avantage. Je propose un accord qui nous bénéficierait à tous.

— Elle ne ment pas, déclara Rosemary.

Je n'avais pas leurs sens surdéveloppés, mais je me sentais proche de Kira. Bien qu'elle eût un père, il était clair que ce n'était pas le meilleur, et elle n'avait pas fait mention de sa mère, alors je ne connaissais pas l'histoire sur ce point. Je comprenais ce que ça faisait d'avoir une maison dans laquelle vous ne vous sentiez pas accepté.

— Dis-nous ce que tu sais.

— Ton petit animal de compagnie est plutôt prétentieux, à agir comme si elle faisait partie de votre groupe de manière légitime, gloussa Kira.

— C'est pas mon animal de compagnie, répondit Alex avec mépris. C'est ma *compagne* et elle fait partie de ce groupe. Elle nous a aidés à nous rapprocher.

Elle fit la moue, mais ça tomba à plat quand elle réalisa que personne ne le contredisait. Son expression se refroidit et elle prit une profonde inspiration.

— T'as entendu ce qu'elle a dit, relança Sterlyn en me pointant du doigt, me témoignant son soutien.

— Oui, dit Kira en tirant sur son t-shirt et grattant son front. Je ne vais pas cracher tout ce que je sais, mais je vais vous en dire une partie, et une fois que vous m'aurez soutenue, je vous raconterai le reste.

— Ce n'est pas... commença Griffin.

— Très bien, répondit Kira en marchant tranquillement vers la porte. Voilà mes conditions. À prendre ou à laisser.

— Dis-nous juste la première partie, et si ça tourne bien, on te soutiendra après que tu nous aies tout dit, grogna Sterlyn.

La renarde s'arrêta et sourit d'un air suffisant.

— Il y a un métamorphe dans votre entourage qui a organisé les attaques d'aujourd'hui. Ce n'était pas un vampire ou un ange.

Ils y avaient déjà pensé, alors Kira pouvait vraiment détenir une information cruciale. Peut-être qu'on prendrait de l'avance sur quelqu'un pour une fois.

— C'est qui ? demanda Griffin en agitant la main.

— Je ne sais pas, dit Kira dont les épaules s'abaissèrent.

— C'était super utile, dit Alex en sautant sur ses pieds. Tu peux partir maintenant.

— Je connais son odeur, continua-t-elle avec empressement. J'étais au Bar de Red l'autre soir et j'ai entendu quelqu'un qui planifiait les attaques dans l'arrière-salle. Je ne sais pas qui c'était, mais son odeur est familière. Je n'arrive pas à la remettre. Si je l'approche à nouveau, je pourrais vous dire qui c'était.

— Tu penses qu'on voudrait bien te soutenir en échange de cette information ? demanda Rosemary en levant un sourcil.

— Laissez-moi vous aider, dit Kira à pieds joints, son désespoir transparaissant. Une fois que j'aurai senti le gars et que vous aurez promis de me supporter, je vous dirai quelques noms importants impliqués dans le sombre projet des vampires à Shadow Terrace.

Alex se figea si intensément que je ne fus pas sûre qu'il respirait encore.

— Comment tu pourrais être au courant, bon sang ? demandai-je pour lui.

— Je suis petite, une renarde, et j'ai appris à me déplacer sans qu'on me remarque, expliqua Kira en levant le menton. J'en sais beaucoup sur cette ville, et je sais à quel point c'est important pour Alex de découvrir qui est impliqué, surtout vu que t'as failli mourir plusieurs fois à cause d'eux.

Un grand tambourinement résonna sur la porte de l'autre côté de l'ascenseur, puis elle explosa.

— Police de Shadow City ! hurla quelqu'un, et mon cœur s'emballa.

CHAPITRE VINGT

DIX POLICIERS débarquèrent dans le salon, suivis par Ezra. Le troisième représentant des métamorphes au conseil eut le bon sens d'avoir l'air honteux. Ses yeux bleu-vert regardaient partout, à part vers Griffin et Sterlyn, et sa peau habituellement olive semblait un peu pâle.

— Qu'est-ce qui se passe, bon sang ? s'exclama Griffin en se tournant vers lui, les narines dilatées. Pourquoi vous déboulez chez moi ?

Un homme avec des cheveux caramel s'avança à côté d'Ezra et ricana. Les poils étaient presque aussi épais sur ses bras et son visage que sur le sommet de sa tête, et ses biceps étaient plus gros que son crâne.

— Parce que le conseil l'a ordonné.

— Pourquoi ils feraient ça, Henry ? demanda Sterlyn en se mettant devant Kira. Et comment ça se fait que vous ayez la clé de notre appartement, bon sang ?

— La police a les clés de toutes les maisons de Shadow City, même celles des membres du conseil, expliqua Griffin d'une voix grinçante.

Entre ça et le fait que la ville ait une police, tout ce que j'avais cru comprendre sur ce monde s'écroula à nouveau. Je savais qu'ils avaient des gardes, mais je n'avais eu aucune idée de l'existence d'une vraie police. Où avaient-ils été durant l'attaque du bâtiment du conseil ? Pourquoi personne ne les avait appelés ?

Les neuf autres policiers restèrent dans le couloir, près de l'ascenseur des résidents, ce qui me déstabilisa. C'était comme s'ils attendaient un signal.

— Et la réception devait nous laisser entrer sans vous prévenir, dit Ezra en tirant sur le col de son polo vert menthe.

— Oui, mais la clé ne doit être utilisée qu'en cas d'urgence extrême, ajouta Alex en se raidissant. Elles n'ont jamais été employées avant maintenant.

— On ne fait rien d'illégal. Et personne n'est blessé, continua Rosemary en se rapprochant de moi. Pourquoi vous êtes ici ?

— En parlant de la raison pour laquelle quelqu'un est là, dit le plus petit officier de police, qui faisait à peu près ma taille, en s'avançant.

Des mèches de cheveux couleur rubis dépassaient de sous sa casquette noire de la police de Shadow City.

— Qu'est-ce que tu fais là, Kira ? Je suis sûr que ça intéressera ton père.

— Pourquoi tu ne t'occupes pas de tes affaires, Grady, répondit Kira en redressant les épaules et jetant un regard noir à l'homme.

Grady. Son cousin.

— Ce sont mes affaires, vu que tu devras bientôt me rendre des comptes, dit Grady en ressortant son torse comme pour avoir l'air plus intimidant. Je vais le répéter une nouvelle fois. Pourquoi t'es là ?

Quelques mecs derrière lui ricanèrent, mettant encore

plus Grady sur les nerfs. Il essayait de prouver quelque chose, pas seulement à lui, mais aussi à ses collègues.

— Alors... commença Kira.

— Le fait que tu ne saches pas pourquoi elle est là en dit beaucoup sur tes compétences stratégiques, l'interrompit Sterlyn avec des yeux froids.

Le plus grand homme derrière Grady grogna. La barbe caramel sur son visage était plus longue que ses cheveux d'un marron légèrement plus foncé. Ses yeux dorés me rappelèrent ceux d'un lion.

— Tu vas laisser une femme te parler comme ça ?

— Tais-toi, Zach ! lança Grady d'une voix grinçante.

— Sterlyn a raison pourtant, grimaça Henry comme si c'était dur de l'admettre. Des métamorphes ont attaqué des représentants du conseil, il y a quelques heures. Bien sûr, ils convoquent des membres de la communauté pour les interroger.

— Ils ont été intelligents de commencer par une femme faible qui va tout cracher... si elle sait quelque chose, commenta Grady en plissant son nez.

— Au moins, Kira est assez intelligente pour comprendre les choses.

Je devais veiller à ne pas mentir pour qu'ils ne réalisent pas que Kira était venue de sa propre volonté.

— Sans que quelqu'un n'ait à lui expliquer.

Un sourire glissa sur le visage de Kira.

— *S'il te plait, n'attire pas l'attention sur toi,* supplia Alex en tressaillant. *T'as déjà assez été remarquée comme ça, sans avoir besoin d'attaquer la police.*

— *Je devrais me taire et les laisser dire des horreurs sur les femmes ?*

Ça me rendait furieuse.

— *Nan. Peut-être que c'est pour ça que les pratiques ne changent pas ici.*

Si je devais le faire, je créerais une pancarte avec un slogan pour toutes les femmes de la ville. Elles méritaient le même respect que les hommes, en particulier quand les biceps de ces hommes étaient plus gros que leurs cerveaux.

— *C'est pas ce que je voulais dire,* continua Alex en pinçant l'arête de son nez et revenant plus près de moi. *J'adore que tu restes fidèle à tes principes, mais laisse Griffin, Sterlyn, Rosemary ou moi leur parler jusqu'à ce qu'on ait réglé le problème de ta transformation forcée. S'il te plait.*

— Regardez à quoi a recours le conseil, commenta Henry en reculant. Non seulement ils placent plus de femelles au conseil, mais en plus ils font venir une humaine qui ne respecte pas notre hiérarchie.

— On a pas besoin d'un combat de coqs, lança Rosemary en se levant, croisant les bras et se tournant pour examiner toutes les personnes dans la pièce. Apparemment, vous avez débarqué pour une raison. C'est quoi ?

— Laissez-moi deviner. Vous voulez fouiller l'ancien bureau de Papa ? suggéra Griffin en s'appuyant contre le dossier du canapé. Vous pensez qu'il y a quelque chose d'incriminant sur l'attaque d'aujourd'hui.

Ezra se redressa et passa les doigts dans ses cheveux zibelines, les repoussant de son visage.

— C'est pas pour ça qu'on est là.

Il semblait nerveux, mais également déterminé.

Après une pause, Sterlyn éclaircit sa gorge.

— Alors *pourquoi* vous êtes là ?

Henry et Ezra me regardèrent.

Non. Pourquoi se focalisaient-ils sur moi ?

Avançant dans la pièce, Ezra s'approcha de Kira et les

yeux de la femme s'écarquillèrent. Elle renifla et son visage se rida d'inquiétude.

— On est ici pour elle, déclara Ezra.

Aussitôt que les mots quittèrent sa bouche, je n'eus pas besoin de me retourner pour savoir que j'avais l'attention de tous les policiers dans la pièce.

— C'est lui, articula silencieusement Kira à Alex et moi, tirant profit de la distraction.

Je compris soudain ce qu'elle voulait dire et mon estomac chavira.

Ezra ne ferait pas ça à Griffin et Sterlyn. Bien qu'il ne dise pas grand-chose, il semblait être de leur côté.

Mais peut-être que c'était le but.

Tout était basé sur l'illusion.

— Pas moyen ! siffla Alex.

Ses crocs descendirent et il se mit devant moi de manière protectrice.

— Elle n'a rien fait, bon sang.

— Jusqu'à ce que le conseil ait rendu sa décision finale, la fille restera en détention. C'est pour s'assurer que les résidents et elle-même soient en sécurité, dit Ezra alors qu'il avançait vers nous en trainant les pieds.

Waouh. Il devait plaisanter.

— Je ne suis une menace pour personne. Comme vous l'avez fait remarquer, je ne suis qu'une faible *humaine*.

— C'est peut-être le cas, mais cinq vampires sont morts aujourd'hui, car ils ont été incapables de résister à ton sang, grogna Henry.

C'était de cette façon qu'ils présentaient les choses. À cause de moi, des vampires étaient morts. C'était vrai, mais ces gens devaient apprendre à contrôler leurs envies naturelles, en particulier s'ils prévoyaient de s'intégrer au monde extérieur. Ce qu'ils devaient absolument faire, d'après moi. Ils étaient si enfermés dans leurs habitudes qu'ils devaient constater le progrès qu'avait fait le reste du monde. Ce n'était pas sain de cloitrer toute une société, surtout quand toutes les races essayaient de parvenir au sommet.

— Vous ne l'emmenez nulle part ! protesta Alex en serrant ses mains sur ses flancs et lançant des regards noirs. Il y a quatre représentants du conseil juste ici, et une décision immédiate peut être prise du moment qu'il y a un tiers du conseil présent pour l'approuver.

Mais si Kira cherchait à nous dire ce que je craignais, j'avais le sentiment qu'Ezra ne se mettrait pas de notre côté, et on serait en dessous du tiers nécessaire.

— J'ai parlé avec Matthieu, Erin et Azbogah, et je suis d'accord avec eux, dit Ezra, un coin de sa bouche se relevant, mais il dompta son expression pour reprendre son masque d'indifférence. À moins qu'il y ait un *autre* membre du conseil ici.

— Non, dit Griffin en secouant la tête, les yeux luisants. Vous ne pouvez pas faire ça. Je l'interdis.

— Tu n'as pas intérêt à utiliser ta volonté d'alpha contre lui ! lança Henry en se mettant devant Ezra. Pourquoi tu crois que la police a été appelée et pas les gardes ? Les gardes sont en majorité des loups, et la police, bien qu'on soit moins nombreux, est constituée d'un mélange de métamorphes. Ton injonction ne fonctionnera pas. On nous a donné ces ordres au cas où tu essaierais de contrôler Ezra et Réginald.

Il pointa un homme du doigt qui faisait un mètre quatre-vingt avec un crâne rasé et des tatouages tribaux serpentant sur ses bras.

— Vous voulez sérieusement affronter un loup argenté ? gloussa Sterlyn, et sa peau brilla de l'argent de son pouvoir.

— C'est une nouvelle lune ce soir, rigola Ezra. Tu n'es pas plus forte que les autres.

— Vous ne vous en sortirez pas, dit Rosemary en m'encadrant de l'autre côté, prête également à me protéger. On ne vous permettra pas de l'emmener.

Je ne voulais pas qu'ils se battent à cause de moi. Si je devais partir avec eux pour apaiser la tension, j'irais de mon plein gré. Alors que j'ouvrais la bouche pour parler, le chaos jaillit.

Rosemary chargea Ezra, ses ailes noires explosant dans son dos.

Alors qu'elle s'approchait de lui, Henry grogna et bondit vers l'ange, la percutant et les envoyant tous les deux au sol.

— Attrapez-la ! hurla Henry.

Zach courut dans la pièce et Alex se mit devant moi. Les yeux dorés de Zach parurent plus bestiaux alors qu'il se ruait sur moi.

La silhouette d'Alex se brouillant, il heurta le policier et ils volèrent au travers de la pièce, s'écrasant dans le verre. Le verre ne vola étonnamment pas en éclats, me rappelant que les matériaux ne venaient pas de ce monde.

Les huit autres policiers foncèrent vers moi.

Griffin bondit par-dessus le canapé et atterrit à côté de moi. Il les fixa un à un.

— Ne la touchez pas. Vous ne voulez pas énerver Sterlyn. Et moi non plus.

— Tu penses qu'on en a quelque chose à foutre ? demanda un gars qui faisait quinze centimètres de moins que Griffin.

Sa tête se tourna brusquement sur le côté, ce qui me rappela un oiseau, en particulier avec le carré épars de cheveux filiformes sur le sommet de sa tête.

— Vous ne nous représenterez plus pour longtemps.

— Continue de rêver, dit Griffin en écartant ses pieds d'une largeur d'épaules. Il n'y a pas moyen que j'abandonne ma position juste parce que des gens nous attaquent sans cesse.

Ils nous chargèrent tous les huit et Sterlyn fit une queue de poisson aux deux derniers, qui étaient les plus élancés de la bande. Elle mit un coup de pied circulaire dans le visage de l'un des deux hommes et cogna l'autre à la mâchoire. Ils chancelèrent en arrière pendant que Zach et un grand homme couleur bronze agressaient Griffin.

Griffin jeta sa tête en arrière alors que Zach attrapait ses bras et que le robuste homme bronze le frappait dans le ventre encore et encore.

Merde ! Je devais l'aider. Je bondis, mais juste avant que je pusse atterrir sur l'homme baraqué, les bras de quelqu'un s'enveloppèrent autour de mon ventre, me happant en plein vol.

— Tu pensais réellement que t'allais l'aider ? gloussa mon ravisseur dans mon oreille.

Ouais, c'était le cas, mais je refusai de lui faire ce plaisir. À la place, je ruai, tentant de m'enfuir de sa prise.

Peu importe ce que je faisais, il n'eut aucun problème à me porter. Il lutta contre moi en passant devant Sterlyn, qui combattait deux autres hommes. Les deux premiers étaient inconscients sur le sol.

Alex poussa Henry à travers la pièce comme un bulldozer, et le plaqua contre le verre à nouveau. Je regardai avec horreur Henry frapper Alex dans le ventre, qui se plia de douleur.

Je devais aller le voir. Suivant mon instinct, je fis un brusque mouvement de la tête en arrière et l'écrasai dans le visage du connard qui me tenait. Avec la quantité de cheveux sur ses bras, je pariai que c'était l'autre costaud qui était resté à l'arrière du groupe.

Une vive douleur envahit ma tête et le monde tourna. Le torse du connard trembla de rire.

— Tu ne peux pas nous faire mal, dit-il d'une voix grinçante. Les êtres surnaturels sont beaucoup plus forts que tu ne pourras l'être un jour.

Même si c'était vrai, je n'abandonnerais pas sans me battre. Si je faisais ce qu'ils souhaitaient ou attendaient de moi, quand cela prendrait-il fin ?

La bouche sèche, je cherchai l'ombre, espérant qu'elle vienne à mon aide, mais je ne pus maintenir ma tête en place, tandis que du vomi brûla ma gorge. Où était cette satanée chose quand je voulais qu'elle apparaisse ? Pouvais-je l'invoquer d'une certaine manière ?

— Emmenez-la ! lança le mec qui m'entravait. Elle va s'évanouir. Je vais rester ici pour me battre.

Il me tendit à un homme athlétique qui faisait à peu près la taille d'Alex. Ses yeux olive se verrouillèrent sur les miens, et je pensai immédiatement à un chat.

Un sifflement bruyant résonna dans mes oreilles et le mec poilu qui m'avait tenu saisit Alex. Le repousser n'avait pas été difficile puisque l'attention d'Alex était focalisée entièrement sur moi.

— Viens ! s'exclama Grady en passant dans le salon vers nous. Partons d'ici.

— Tu parles ! grogna Kira en plaquant son cousin.

Ricanant, elle enveloppa ses mains autour de son cou et pressa.

— Je veux te botter le cul depuis longtemps.

— Pars ! hurla Ezra.

Il esquiva le coup de poing de Rosemary, mais l'ange ne perdit pas sa concentration sur son opposant.

L'homme aux yeux olive me jeta sur son épaule et fonça vers la porte. Il se déplaçait plus vite que ce que je croyais, et le monde tourbillonna encore plus. Mon seul réconfort fut que mon visage ne fût pas directement sur son cul.

Nous nous dépêchâmes de passer devant l'ascenseur des résidents et traversâmes la courte distance vers la porte ouverte.

Alors que les lumières colorées de l'extérieur dansaient autour de moi, je réalisai que je n'étais jamais sortie par ce chemin. Il fonça vers l'ascenseur dans le couloir et pressa le bouton pour descendre.

La porte ne s'ouvrit pas immédiatement, permettant de gagner du temps pour que quelqu'un me sauve. Je tentai de me reprendre. Si j'entrais dans cet ascenseur, les chances qu'Alex ou n'importe qui vienne m'aider diminueraient drastiquement. Je devais trouver un moyen de m'en sortir par moi-même.

Je fermai les yeux pour me recentrer. Ma nausée empira, mais je les gardai clos, espérant qu'elle passerait.

La porte de l'ascenseur tinta. J'avais manqué de temps. Alors que la porte s'ouvrait, je fis la seule chose que je savais faire. J'ouvris ma bouche en grand et le mordis juste en dessous de l'omoplate, priant silencieusement pour que ça suffise.

CHAPITRE VINGT-ET-UN

UN GROGNEMENT de douleur émana des profondeurs de sa gorge. Il se pencha pour me libérer de son épaule, mais je gardai ma mâchoire serrée et enveloppai mes bras autour de sa taille, me fixant à lui.

Il tendit la main et attrapa une poignée de mes cheveux.

Mon crâne s'embrasa, mais la douleur dégagea mes vertiges, malgré la montée de ma nausée. Je tentai de passer à travers, mais quand il fit un mouvement brusque, son t-shirt se décala, ce qui me fit relâcher ma prise. Mes dents claquèrent les unes contre les autres, et mon cou fit un bruit sec, faisant siffler mes oreilles. Je ne m'étais jamais sentie aussi faible qu'à ce moment, ce qui en disait beaucoup.

— Tu vas payer ! lança le gars d'une voix grinçante en me forçant à me mettre sur le sol moquetté.

Ses yeux olive luisirent alors qu'il hissait son poing, et je fermai les yeux.

Je me préparai pour l'impact, mais sa présence au-dessus de moi disparut, puis un bruit de bagarre s'ensuivit.

Déconcertée, je levai les yeux pour découvrir Rosemary plongée dans une bataille contre l'homme. Ses ailes noires la soulevaient alors qu'elle volait autour du policier, le frappant et lui donnant des coups de pied en continu.

Dieu merci, elle était arrivée jusqu'à moi, car j'avais le sentiment que les choses étaient sur le point d'empirer pour ma personne. J'examinai la zone puisque je n'étais jamais allée dans ce couloir auparavant. Les murs étaient majoritairement en béton avec de petites fentes au sommet pour laisser la lumière pénétrer à l'intérieur. Les boites de lumières au plafond devaient sûrement s'allumer quand il faisait noir.

Je ne pouvais pas apercevoir de porte de sortie à moins que je prenne l'ascenseur pour descendre, ou bien que je passe devant Rosemary et le policier en courant pour retourner à l'intérieur de l'appartement. Aucune option n'était idéale. Si je descendais dans le vestibule d'entrée, les policiers me suivraient éventuellement. Si je retournais dans l'appartement, la bagarre continuerait.

Que devais-je faire, bon sang ?

— Prends ça, stupide jaguar, dit Rosemary en cognant le gars au visage.

Les yeux du jaguar se révulsèrent dans sa tête alors qu'il s'effondrait.

— Descends dans l'entrée, mais reste à l'intérieur du bâtiment, dit-elle en me regardant. On te rejoindra dès qu'on peut.

OK, ça rendait la décision facile. Pour une fois, j'étais contente que quelqu'un m'ait dit quoi faire.

Mon cœur tambourina et je pris une profonde inspiration. L'ascenseur n'avait pas de fenêtre, mais il était somptueux avec ses murs en bois et son tapis d'un gris doux. Bien que l'espace mesure deux mètres sur deux, après avoir été malmenée, je me sentis claustrophobe.

Shadow City était énorme, mais plus j'y passais du

temps, plus je me sentais petite. J'étais prête à retourner chez Griffin et Sterlyn, dans le rassurant Shadow Ridge. Manifestement, Alex et moi devions réfléchir à la suite, mais je ne voulais pas aborder le sujet jusqu'à ce que le conseil ait décidé de mon futur.

Pouah. L'idée retourna mon estomac. Être avec Alex signifiait abandonner ma liberté de choix, parce qu'apparemment ce conseil avait le droit de prendre des décisions importantes pour les races surnaturelles de la cité. La possibilité qu'Alex et moi partions d'ici pour vivre nos vies à Lexington avec Annie et Eliza devenait de plus en plus attirante.

L'étage numéro un étincela au sommet de la porte de l'ascenseur. J'essuyai mes paumes moites sur mon jean. Tout ce que j'avais à faire c'était de trouver un endroit où me cacher et attendre qu'Alex ou mes amis me récupèrent. Je ne considérerais pas l'éventualité que quelqu'un d'autre me repère.

Alors que les portes s'ouvraient, mon monde bascula.

Quatre hommes avec la tenue noire des gardes de Shadow City se profilèrent devant moi. La seule autre silhouette dans le gigantesque hall d'entrée en verre était celle d'une personne de la sécurité qui se tenait derrière un comptoir foncé en bois de cerisier. Il était à quelques mètres de la porte coulissante en verre de l'entrée.

J'appuyai sur le bouton de fermeture de l'ascenseur, espérant qu'il se ferme magiquement avant qu'un d'eux ne parvienne à moi, mais hélas, ça n'arriva pas.

Un homme, avec à peu près trente centimètres de plus que moi, attrapa mon bras et me sortit de l'ascenseur.

— Je savais que ces flics ne pourraient pas faire le travail, grogna-t-il. Ils n'ont jamais eu à affronter des adversaires dignes de ce nom.

Les yeux gris de l'homme devinrent orageux.

— Tu leur as dit, Wayne, dit un gars avec des cheveux blond cendré, si clairs qu'ils auraient pu être blancs. Mais ils n'ont pas écouté.

Mais oui, ils étaient si forts et agressifs... Je levai les yeux au ciel intérieurement.

— Ouais, parce que c'est pas comme si Griffin et Sterlyn ne vous auraient pas fait vous soumettre en quelques secondes après votre entrée dans la pièce.

Peut-être que c'était une erreur de les mettre en colère.

— On ne te parlait pas, grogna le gars le plus musclé en s'approchant d'un pas raide de moi. Ferme ta bouche. Compris ?

Bien qu'il ne fût pas aussi gros qu'Henry ou le lion dans l'appartement, il faisait presque la même taille que Killian et semblait aussi fort.

— Est-ce... que... tu... comprends ? demanda-t-il lentement.

Il m'avait dit de garder la bouche fermée, alors que devait faire la fille ? Je hochai la tête tout en levant le majeur de ma main libre à son attention. Je souris malicieusement, voulant qu'il comprenne que je n'obtempérais pas, mais plutôt que j'étais une parfaite petite futée.

— Tu... commença-t-il avec le torse qui se souleva.

— Cody, détends-toi, aboya un homme avec des cheveux poivre et sel. Elle n'a pas dit un mot comme tu l'as demandé. Ce n'est pas sa faute si tu n'as pas été assez intelligent pour inclure aussi les gestes.

— Pa...pa... se plaignit Cody.

C'était une dynamique de famille marrante et intéressante. Maintenant que l'homme plus mûr avait retenu mon attention, je pouvais voir que Cody et lui étaient de la même famille. Ils avaient les mêmes yeux bleus étoilés et faisaient la même taille. À part l'âge et les cheveux, l'autre grande différence c'était que l'homme plus âgé n'était pas aussi bête que son fils.

— Ça suffit ! s'exclama l'homme mûr en désignant une Chevrolet Suburban noire garée à l'extérieur du bâtiment. Mettons-la dans la voiture avant que l'alpha et sa compagne descendent.

OK, il était plus intelligent que les trois autres. Ça n'allait pas dans mon sens.

Mon bras picota à cause de la poigne de Wayne. J'allais avoir des hématomes à l'endroit où ses doigts s'enfonçaient dans ma peau.

— *S'il te plait, dis-moi que t'es en train de rejoindre le vestibule d'entrée,* me connectai-je à Alex.

Je jetai un coup d'œil au-dessus de mon épaule pour découvrir que le numéro un brillait toujours, me signalant que l'ascenseur n'avait pas bougé.

J'aurais dû appuyer sur le bouton du dernier étage avant que Wayne m'en ait sortie.

— *On a pratiquement fini ici,* répondit Alex. *Reste juste hors de vue.*

— *Plus facile à dire qu'à faire.*

Je cherchai une arme, mais la pièce était vide, à part le comptoir, et je n'étais pas assez forte pour le soulever et le leur lancer dessus. Si je m'en sortais entière, je me munirais d'une dague comme celle de Sterlyn et la garderais sanglée sur moi. Maintenant, je comprenais pourquoi elle la portait tout le temps.

De l'inquiétude envahit notre connexion.

— *Qu'est-ce que tu veux dire ?*

— *Quatre gardes m'attendaient devant l'ascenseur. Ils m'ont attrapée avant que les portes se referment, et ils ont une Chevrolet dehors pour m'emmener quelque part.*

— *Merde !*

La colère d'Alex fut suffocante.

— *Je vais me débrouiller pour sortir et te rejoindre maintenant. Fais ce que tu peux pour ne pas bouger.*

Ça m'aidait terriblement.

— On doit y aller, dit Poivre-et-Sel en se dirigeant vers la porte.

— Vous l'avez entendu, lança Wayne d'une voix grinçante en me tirant brusquement vers l'avant.

Sa poigne se resserra comme s'il s'attendait à ce que je lutte.

Je devais me débarrasser de lui. Je tressaillis et fis dépasser ma lèvre du bas pour faire une moue.

— OK. S'il vous plait, arrêtez de me faire mal, gémis-je.

Je détestais prétendre être faible, mais si je voulais m'enfuir, je devrais tirer parti de leur perception des humains.

— Oh, mon Dieu, grogna Cody. Je comprends qu'elle soit la compagne du prince vampire, mais comment il peut supporter ça ?

— Aucun de nous n'a trouvé sa compagne, alors c'est pas comme si on pouvait comprendre, commenta Blond-Cendré en secouant la tête. Peut-être que ça lui plait.

— Vraiment ? s'étonna Cody en plissant son nez de dégoût. Tu te mets à la place d'un putain de vampire ?

Je voulus demander s'ils aimaient quelqu'un à part les loups, mais je mordis ma langue. Ça interférerait avec mon plan.

— Non, ricana Blond-Cendré. Je dis que les membres de la famille royale des vampires sont impitoyables. Ils ne resteraient pas avec quelqu'un qui leur taperait sur les nerfs.

— Tu devrais faire attention. On dirait que tu respectes les suceurs de sang, prévint Wayne en me trainant vers la porte. Les gens pourraient penser que tu t'adoucis.

— Taisez-vous ! dit sèchement Poivre-et-Sel en se tournant pour nous regarder. Les membres du conseil devraient être respectés. Vous savez ce qui pourrait se passer si quelqu'un vous entendait parler contre un représentant.

Heureusement, Wayne était soit distrait ou il se faisait avoir par mon attitude frêle, car sa poigne sur mon bras se desserra. De petits picotements parcoururent ma peau alors que la circulation revenait dans mon bras. Si je courais maintenant, ils m'attraperaient en quelques secondes.

Marchant aussi lentement que possible, je jetai un coup d'œil par-dessus mon épaule. L'ascenseur avait commencé à monter.

— *S'il te plait, dis-moi que tu as appelé l'ascenseur.*

— *Oui,* répondit Alex, anxieux. *Et Rosemary est aussi en chemin pour descendre.*

Dieu merci.

Alors que je sortais, Poivre-et-Sel ouvrit le coffre de la Suburban. Il fit signe aux trois autres de se dépêcher.

Je gémis, prétendant avoir mal, espérant que Wayne desserre plus sa poigne. Je pouvais m'arracher de sa main, mais ça ferait horriblement mal. S'il la desserrait un tout petit peu plus, m'enfuir serait plus aisé.

Les couleurs serpentèrent autour de moi en rythme avec les battements de mon cœur. Aussi loin que je pusse voir, nous étions que tous les cinq dehors, alors je ne devais pas me soucier de l'attaque d'un vampire.

À la porte de la Suburban, j'inspirai, prête à passer à l'action. J'avais très envie de regarder dans le ciel pour voir si Rosemary était à proximité, mais je ne voulais pas alerter les gardes.

Je devais compter sur sa vitesse extraordinaire.

— *Je serai en bas dans une minute,* se connecta Alex. *Je suis devant la porte d'entrée de l'appartement.*

OK. Fastoche. Je pouvais essayer de gagner du temps. Je baissai ma tête comme pour entrer dans la Suburban. Puis, je pivotai sur mes talons et tirai aussi vivement que possible sur la poigne de Wayne.

Sa main tomba, me libérant complètement.

Peut-être que pour une fois, le destin était de notre côté. J'avais fait deux pas en courant vers le vestibule quand d'épais bras s'enroulèrent autour de moi et me pressèrent si fort que tout l'air quitta mes poumons.

Je tentai de respirer, mais la prise fut si ferme que mes poumons ne purent se remplir.

— Rentre-la à l'intérieur, maintenant ! hurla Blond-Cendré. L'ange est là !

Ma tête tourna à cause du manque d'oxygène. Les coins de ma vision s'assombrirent alors que mon corps était propulsé en avant. Je percutai le ciment, et mon visage, mes bras et mes jambes brûlèrent. Celui qui m'avait attrapée avait atterri sur moi, et j'avais percuté le sol plus durement qu'à la normale.

Quand j'avais cru ne pas pouvoir respirer plus tôt, j'avais eu tort. Sous le poids de cet homme, mon corps cria pour avoir de l'air pendant que la chaleur léchait tout mon corps.

Le crissement de pneus d'un véhicule s'arrêtant résonna dans mes oreilles. J'espérais de toutes mes forces que les gardes n'avaient pas de renfort.

L'homme roula sur le côté et je tournai la tête, aspirant la plus profonde bouffée de ma vie. Avant que je pusse faire autre chose que ça, des bras me soulevèrent, et je me retrouvai à fixer le visage de Cody. Il grimaça et me jeta dans la voiture.

Quelque chose de chaud coula sur ma joue et sur mon t-shirt. Je regardai vers le bas. Un filet de sang dégoulina sur le tissu.

Merde.

Je jetai un coup d'œil à mes bras et mes jambes. Mon t-shirt et mon jean étaient déchirés, du sang ruisselant à travers. Pas étonnant que j'eus si mal. Je détesterais voir l'état de mon visage.

Des ailes noires passèrent à vive allure près de la fenêtre de la voiture, et Rosemary plaqua Wayne. Cody ne fut pas fairplay en la frappant dans les reins.

Les portes de la Suburban s'ouvrirent derrière nous, et des policiers se déversèrent du véhicule avec des pistolets.

Merde. Les choses dégénéraient.

Rosemary cria de rage et prit son envol vers le ciel, se détachant de Cody. Je ne l'avais jamais entendu si en colère auparavant.

Elle enveloppa ses ailes autour d'elle et commença à tourner, de plus en plus vite, jusqu'à ce que sa forme se brouille en un cylindre noir de fureur.

— On doit se tirer de là ! hurla Poivre-et-Sel.

Il se jeta dans la voiture à côté de moi et claqua la porte.

La porte avant du côté passager s'ouvrit et Cody grimpa. Un autre garde était déjà sur le siège du conducteur.

— Vas-y ! ordonna Poivre-et-Sel.

— Mais... commença le conducteur en désignant Blond Cendré et Wayne.

Poivre-et-Sel tapa l'arrière de son repose-tête.

— Pars. Maintenant. Ils iront bien, une fois qu'on sera partis d'ici.

Avec des mains tremblantes, je me jetai en avant pour ouvrir ma porte. Poivre-et-Sel plongea sur moi et saisit mes poignets de ses mains. Il m'arracha de la porte pour lui faire face. Dans tous mes états, je tournai ma tête partout pour voir où était Rosemary.

Le conducteur fit bondir la voiture en avant au même moment que la porte d'entrée du bâtiment s'ouvrait. Les yeux d'Alex s'écarquillèrent d'horreur alors qu'il nous regardait nous éloigner.

CHAPITRE VINGT-DEUX

— VA PLUS VITE ! hurla Poivre-et-Sel, et la Suburban fit une embardée en avant en faisant crisser les pneus.

Des coups de feu furent tirés alors que la voiture partait à toute vitesse.

— Les policiers interviennent, on peut se barrer, du coup.

Nous fonçâmes sur la route à cent-dix kilomètre-heure, et je fixai l'extérieur par la fenêtre arrière aussi longtemps que je pus. Un autre véhicule apparut alors que le bâtiment disparaissait derrière nous, Rosemary toujours plongée dans la bataille.

Je pouvais seulement espérer et prier qu'Alex et Rosemary ne soient pas blessés par les coups de feu.

De la colère se déversa sur notre connexion alors qu'Alex l'utilisait pour me parler.

— *Véronica, ne t'inquiète pas. On te sortira de là, mais qu'importe ce que tu fais, ne leur dis pas qu'on peut communiquer comme ça, surtout vu que c'est intermittent.*

— *Ils ne savent pas ?*

Ils savaient que nous étions liés. Ne supposeraient-ils pas que nous pouvions nous connecter mentalement ?

— *Non, vu que t'es humaine. J'ai dit à Gwen de ne le dire à personne. En plus, notre connexion est aléatoire, du coup, on a pu rester sous les radars. Matthieu pense qu'on t'a trouvé dans la banque de sang grâce à Sterlyn et aux loups puisque tout le monde les a vus renifler cette porte cachée.*

OK, alors nous avions un avantage. J'en profiterais.

— *Fais juste attention, pour que tu puisses venir me chercher là où ils m'emmènent.*

— *Je t'aime et je serai prudent. Ils ne veulent pas nous blesser, à moins qu'ils y soient obligés. Ils nous empêchent juste de te poursuivre.*

Alex me transmit ses émotions.

— *Reste en sécurité. S'il te plait.*

— *Ça vaut pour toi aussi.*

Je ne pouvais pas formuler les mots pour lui répondre, sans pleurer. Ma gorge s'asséchа, entre ça et toute la douleur que je ressentais, si je commençais à pleurer, je ne savais pas si je pourrais m'arrêter. Je m'accrochai à l'amour qu'il m'avait envoyé, en ayant besoin plus que tout.

C'est ce qu'il me fallut pour décider.

L'éternité serait même trop courte à ses côtés. Et si je restais humaine, nous devrions continuer à nous battre, pas seulement contre nos ennemis, mais tous les autres aussi. La meilleure façon pour nous d'être ensemble et heureux, c'était que je me transforme. Peut-être que ce n'était pas idéal, mais à quel moment ma vie avait-elle été parfaite ? Et peut-être que si j'apprenais à contrôler mes désirs, Eliza et Annie pourraient encore faire partie de ma vie. Si je restais jeune, cela soulèverait des questions, mais nous pourrions y réfléchir à ce moment-là.

C'était clair qu'Alex et les loups étaient vraiment amis.

Me transformer ne remettrait pas en cause ma relation avec eux. Je le savais maintenant. Il m'avait fallu cette catastrophe, pourtant, pour que je le comprenne.

Toute mon incertitude resta sur le carreau. C'était le bon choix pour moi, et heureusement, c'était le mien et pas celui du conseil. Ils pourraient croire que je me pliais à leurs caprices, mais je m'en fichais. Peut-être qu'ils nous lâcheraient les baskets.

En grandissant dans le système, j'avais appris que si un gardien pensait qu'il m'avait forcé la main, même si ce n'était pas le cas, ma vie devenait plus confortable. Qui se souciait de ce que le conseil pensait si je connaissais la vérité ?

Je fus envahi d'une force soudaine, surpassant l'hystérie qui s'était insinuée en moi. Si je voulais qu'Alex me transforme au moment que nous aurions choisi, je devais utiliser ma tête et me sortir de cette situation.

— Vous m'emmenez où ?

Bien que je me sentisse inspirée, ma voix trembla à cause des émotions accablantes qui se s'étaient pas encore totalement calmées.

Bien. Je paraissais faible et apeurée.

— Un endroit à haute sécurité, répondit Poivre-et-Sel, ne s'embêtant pas à desserrer sa poigne.

Mon estomac se retourna et je ne pus cacher mon inquiétude.

— Où vous garder les êtres surnaturels dangereux ? Qu'en est-il des vampires là-bas ?

Quand Matthieu avait capturé Eilam, j'avais appris que les vampires étaient punis en étant affamés. Y amener une humaine semblait être une idée terrible.

— On sait qu'on ne peut pas te garder à proximité de vampires affamés, dit Poivre-et-Sel dont la voix s'était adoucie et le visage lissé. Il n'y a que des métamorphes là où on t'emmène.

De l'espoir fleurit dans mon ventre.

— Des loups ?

Griffin et Sterlyn pouvaient ordonner aux loups de les laisser entrer.

— Oh, non, se moqua Cody. Le conseil est plus intelligent que ça. D'autres types de métamorphes te surveilleront, et une fois que tu seras à l'intérieur, tu seras bien protégée, tout comme les anciens artefacts, là où personne ne pourra t'atteindre. On a attendu à l'extérieur pour que Griffin ignore notre implication et ne nous force pas à te ramener.

Ça ressemblait à une menace. Il semblait aussi qu'Alex saurait exactement où ils m'emmenaient. Je lui dirai la prochaine fois où nous nous connecterions.

— Tais-toi ! dit sèchement Poivre-et-Sel. On veut la rassurer, pas tout lui révéler.

Je devais lui accorder de ne pas être complètement stupide, mais je remerciais le ciel que son fils le soit.

— *Alex ?*

J'étais toujours bouleversée, alors je devrais être capable de me lier à lui.

Son inquiétude me percuta.

— *Oui. T'es blessée ?*

— *Non.*

Je détestais qu'il s'inquiète à cause de moi, mais je n'avais pas vraiment le choix.

— *Dis à Griffin que je suis avec des loups. Cody et son père. Peut-être qu'il peut utiliser la volonté d'alpha pour qu'ils me ramènent.*

De l'espoir remplaça son inquiétude.

— *Je n'avais pas réalisé que c'était des loups. Laisse-moi me dégager et rejoindre Griffin en haut.*

Comme s'il lisait mes pensées, mon ravisseur tendit la main derrière nos sièges et en sortit un sac. Se tournant vers moi, il regarda mon visage et grimaça.

— Je suis désolé, mais on doit te mettre ça. Si tu promets de rester calme, je te relâcherai pour que ce soit aussi indolore que possible.

Qu'est-ce qu'il y avait sur le sac, bon sang ? De la poudre qui brûlerait ma peau ?

Je hochai la tête, trop effrayée pour poser la question.

Quelque chose passa dans ses yeux.

— Verrouille les portes. Et Cody, si elle a l'air de penser à s'enfuir, arrête-la.

— Ha ha, ricana Cody. Si elle tente quelque chose, je la mettrai aussi en sac.

Son père fronça les sourcils.

— Tu comprends ? demanda Cody en montrant le sac que son père avait dans ses mains. Tu vas lui enfiler un sac pendant que je vais peut-être devoir la fourrer dans un sac.

— Fils, j'ai compris, dit Poivre-et-Sel en secouant la tête. C'est juste que je ne trouve pas ça drôle.

Cody se renfrogna.

Bien. Le gars était un crétin. Je pariai que s'il pensait avoir une chance de prendre le contrôle du conseil, il essaierait en un clin d'œil. Diable ! Apparemment, tous les êtres surnaturels désiraient être au sommet et attendaient la bonne opportunité pour tenter sa chance.

Comme Ezra.

Le bâtard !

Poivre-et-Sel libéra mon bras et se tourna vers moi. Il écarta le sac et le souleva au-dessus de ma tête, puis il le baissa lentement sur mon visage.

Ce fut à ce moment que je réalisai ce qu'il avait voulu

dire. Le côté de mon visage était à vif après avoir heurté le sol. Il me brûla quand le tissu frotta dessus. Bien que la matière fût douce, elle aurait tout aussi bien pu être composée de papier de verre. Je tentai de rester immobile, mais alors qu'il attachait le sac autour de ma gorge, je me retirai brusquement. Si ça avait fait autant mal en le mettant, je ne voulais pas imaginer ce que ça ferait au moment de le retirer. Un frisson agita mon corps.

— Voilà, dit Poivre-et-Sel d'une voix grinçante. Fini.

Même sans un nez surnaturel, la puanteur métallique de mon sang me fit presque vomir. Ils n'avaient pas fait de trous dans le sac, alors je respirais le même air encore et encore.

— *Bébé, qu'est-ce qui ne va pas ?* se lia Alex avec une si grande angoisse que mon cœur se fissura. *Est-ce qu'ils te font du mal ? Tu souffres.*

Eh bien, évidemment que j'avais mal s'il devait poser la question.

— *Poivre-et-Sel n'essayait pas de me faire mal. Il m'a mis un sac sur la tête pour que je ne voie pas où on se dirige.*

— *Poivre-et-Sel ?* demanda-t-il. *Et merde, tu n'as aucune idée d'où vous allez.*

— *En fait, peut-être que si. Cody a dit un truc à ce sujet.*

Je répétai la description de l'endroit.

— *Ils t'emmènent au bâtiment des artefacts. Ça complique les choses. Je suis dans l'ascenseur pour retourner à l'appartement et tout dire à Griffin.*

— *Ils ont dit que ce serait plus sûr pour moi et plus dur pour quelqu'un de venir me libérer.*

Même si je ne savais pas pourquoi.

— *On peut pénétrer dans le vestibule d'entrée, mais je parie qu'ils nous ont déjà restreint l'accès au bâtiment,* soupira-t-il. *L'édifice est protégé par des gardes et de la magie.*

Super. Ça allait en s'améliorant.

— *Rosemary tente de parvenir jusqu'à toi.*

Elle pouvait aller plus vite en volant qu'Alex en courant, alors peut-être qu'elle pourrait me rattraper à temps. Au moment où j'eus cette lueur d'espoir, la Suburban ralentit et mon cœur s'arrêta.

— *Je pense qu'on est arrivé.*

— *Comment ça ?*

La surprise pulsa sur le lien.

— *C'est de l'autre côté de la ville.*

Je pouvais l'éclairer sur cette question.

— *Ils ont roulé très vite.*

Sa rage me fit presque suffoquer, surtout avec le satané sac sur la tête. Le moteur du véhicule fut éteint, confirmant ce que je pensais.

— J'enlève le sac, prévint Poivre-et-Sel, et il souleva le bas.

Mes coupures avaient dû sécher, car, en levant le tissu, j'eus l'impression qu'il arrachait la peau de mon visage.

Je gémis, incapable de retenir le son, et ma poitrine se souleva alors qu'il ôtait le sac de mon visage.

— *Véronica !*

L'inquiétude remplaça la rage d'Alex.

— *Qu'est-ce qui ne va pas ?*

— *Ils ont retiré le sac. Je suis écorchée à cause de ma chute devant l'immeuble, et le sac s'est collé à ma joue.*

Je ne pouvais pas voir grand-chose au travers de mes larmes, mais la lumière était faible.

— *Je pense qu'on est déjà dans le bâtiment.*

— *Tu es blessée ? C'est pour ça que je ressens sans cesse ta souffrance. Qu'est-ce qu'il s'est passé ?*

— J'ai essayé de m'enfuir et Cody m'a plaquée.

Plus j'y pensais, plus j'avais mal.

— J'ai heurté le sol avec tout son poids sur moi. Ma jambe, mon bras et la moitié de mon visage sont bien abimés.

— Ils vont me le payer, promit-il.

Je ravalai mes larmes. M'attarder sur les choses que je ne pouvais pas changer ne nous mènerait nulle part. Je devais me concentrer sur le présent.

Après quelques secondes, ma vision se dégagea et je regardai autour de moi.

— On est dans un hangar. Il y a beaucoup de boites. Est-ce que ça y ressemble ?

— Il y a un garage pour les livraisons spéciales. Ils ont dû soupçonner que Rosemary ou moi vous poursuivrions, et ils t'ont fait entrer par là. Les bâtards. Je pense que c'est la première fois qu'une personne est livrée.

Poivre-et-Sel ouvrit sa porte et descendit. Il me fit signe de le suivre.

Une partie de moi voulut croiser les bras et refuser de bouger, mais ça ne présagerait rien de bon pour moi. Je devais obtempérer jusqu'à trouver un moyen de me sortir de là, ou jusqu'à ce qu'Alex et les autres me retrouvent.

Il devait y avoir quelque chose que je pouvais faire.

Inspirant profondément, je repoussai la douleur. Cody et le conducteur encadrèrent Poivre-et-Sel pour attendre que je descende.

Je pris mon temps et évaluai le garage. La porte de chargement était déjà fermée. Avançant lentement vers les trois gardes, je touchai gentiment mon visage et me forçai à tressaillir, espérant paraitre faible. Je retirai mes mains et les bouts de mes doigts apparurent couverts de sang. Je grimaçai. Peut-être que ce n'était pas seulement une impression que je donnais. Malgré l'évènement du sac, au moins, ma plaie ne s'était pas rouverte entièrement.

Cody attrapa mon bras et me traina pour que je finisse de sortir.

— Fils ! grogna Poivre-et-Sel. Ne la malmène *pas*.

— Oh, arrête, l'ignora Cody, mais il desserra sa poigne. C'est juste une humaine.

— Ce qu'on est à moitié, dit sèchement son père. Notre humanité nous façonne autant que notre animal, et on doit respecter ces deux parties. Tu oublies ça et tu es au même niveau que les vampires qui perdent leur humanité, et même certains anges.

Sa franchise me surprit. Ça ressemblait à quelque chose que pourrait dire Sterlyn. Si c'était ce qu'il pensait, pourquoi s'opposait-il à son alpha ?

Les trois s'attrapèrent la tête.

Oui ! Griffin utilisait sa volonté d'alpha sur eux.

— Je suis désolé, prononça l'homme mûr d'une voix grinçante.

Il fit ensuite ce pour quoi il avait réprimandé son fils et me traina dans le garage vers une porte intérieure.

De la sueur germa sur sa lèvre comme s'il luttait contre quelque chose.

— Récupérez-la, maintenant ! hurla-t-il en martelant une épaisse porte en bois.

Il s'effondra sur le sol et je me retirai brusquement de sa poigne. Je me retournai pour les découvrir tous les trois sur le sol, grognant de douleur.

Avant qu'ils pussent reprendre leur sang-froid, je cherchai dans la poche du conducteur et saisis les clés de la voiture. Il tenta d'attraper ma main, mais il grogna et empoigna sa tête à nouveau alors que Griffin continuait son agression.

Les clés en main, je pivotai sur mes talons et fonçai vers la porte du garage. Il devait y avoir un bouton pour l'ouvrir.

Je me donnai à fond plus que jamais. Mes jambes et mes bras brûlèrent à cause de mes blessures, mais j'ignorai la piqure. Quand j'atteignis la porte, je fouillai les murs et commençai à appuyer au hasard sur des interrupteurs, mais rien ne fonctionna.

Ils avaient ouvert la porte depuis la Suburban. Peut-être qu'ils avaient une télécommande pour lever la porte du garage. Je courus vers le véhicule. Trois hommes chargèrent la porte sur laquelle avait frappé Poivre-et-Sel.

— Sortez-les d'ici ! ordonna le plus grand. Je vais chercher la fille.

Je n'avais pas de temps à perdre.

CHAPITRE VINGT-TROIS

LE PLUS GRAND avait un physique similaire à celui de la panthère, avec la même peau olive foncé. Je n'avais vraiment pas de chance puisqu'il pouvait sûrement courir aussi vite que lui, mais je devais essayer.

Abandonner n'avait jamais été une option, et ça n'en serait pas une maintenant.

Comme je m'y attendais, chaque pas que je faisais, il en gagnait au moins cinq sur moi. Mais ça n'avait pas d'importance. Mon but était d'atteindre le véhicule et de reculer, en détruisant la porte du garage si je le devais.

Le gars était peut-être rapide, mais il n'était pas invincible. Je pariais pour que la Suburban puisse lui mettre une raclée.

Je me concentrai sur mon avancée sans jeter un coup d'œil par-dessus mon épaule alors que l'adrénaline s'injectait dans mon corps.

Je l'accueillis à bras ouverts.

Ma douleur s'apaisa et ma tête s'éclaircit, la réaction de lutte ou de fuite prenant le dessus. Je bougeai plus vite que jamais, mais je n'allais pas perdre une seconde à tenter de comprendre comment s'était possible.

Quand j'atteignis le pare-chocs, je fis presque un signe de victoire. Peut-être que je sortirais finalement d'ici. Cette éventualité me stimula, et je réalisai pourquoi les dirigeants disaient que l'espoir était dangereux. Il donnait l'impression que les situations impossibles étaient moins intimidantes.

J'empoignai la poignée de la porte du côté conducteur alors que mon attaquant faisait le tour du pare-chocs.

Pouah. J'avais été trop sûre de moi. Alors que ma main tirait violemment la poignée et que la porte s'ouvrait, l'homme m'attrapa par la taille et m'éloigna. Des yeux vert citron ressemblant à ceux d'un chat me fixèrent, confirmant mon hypothèse du jaguar.

— S'il te plait, ne lutte pas contre nous, dit-il gentiment.

Il examina mon visage et fronça les sourcils.

— Il semblerait que tu sois assez blessée. Je te promets que rien ne t'arrivera de plus si tu coopères.

Il ferma la porte et desserra sa prise, me dépassant d'une bonne tête.

Ouais, si j'essayais de m'enfuir, il m'attraperait. C'était pour ça qu'il était serein. J'avais peut-être couru vite pour moi, mais définitivement pas pour lui. Je levai le menton, prenant autant un air de défi que possible.

— Et, si je ne coopère pas ?

— Je devrai t'escorter contre ta volonté, mais je préférerais qu'on n'en vienne pas à ça, soupira-t-il en passant une main dans ses épais cheveux couleur caramel. Tu es une princesse vampire, de plein droit. On ne veut pas contrarier Alex.

Je rigolai bien trop fort, même pour mes oreilles, le son à la limite de la folie.

— Vous pensez qu'il n'est *pas* en colère ?

— C'est juste, mais notre but n'a jamais été de te malmener, souffla-t-il. On n'était pas là pour superviser ta venue jusqu'à ta détention. Tu seras traitée justement et respectueusement, mais tu dois rester ici.

— Mais j'y suis opposée.

Je n'avais rien à perdre. Toute la situation était pourrie.

— Et Alex, Griffin et Sterlyn sont en colère que vous m'ayez arrêtée.

— Ce n'était pas une arrestation, dit-il en levant les mains pour capituler.

Il était défoncé, ou quoi ?

— Des policiers ont débarqué à la porte et m'ont emmenée contre ma volonté.

— Mais ce n'était pas pour te mettre en prison, rectifia-t-il doucement en hochant la tête. C'était pour t'emmener en sécurité, pour toi et pour les autres. C'était censé se passer autrement.

— Vous pensiez qu'il n'y aurait pas de combats en envoyant des policiers et des gardes à notre porte pour me forcer à les suivre ?

Je devais le dire tout haut pour qu'il réalise à quel point c'était stupide.

Il rigola, mais ne sourit pas.

— Je me rends bien compte de l'impression que ça donne, et j'ai prévenu Ezra que ça ne se déroulerait pas bien, mais il s'en fichait.

La méfiance de Kira était confirmée. Elle avait été honnête tout à l'heure, et maintenant nous savions qui était le traitre. C'était déjà un bon point.

— Mais c'est juste l'un des représentants des métamorphes.

Nous le savions tous les deux, mais je voulais observer sa réaction.

— D'autres représentants m'ont également donné l'ordre, alors mes mains sont liées, dit-il en me tendant une main. Peut-on être amicaux, dans l'intérêt de tous, s'il te plait ?

Quand il le présenta de cette manière, ma perspective changea. Bien que combattre la décision du conseil n'eût pas été judicieux, je n'avais pas réalisé à quel point la situation était mauvaise. Peut-être que si Ezra nous l'avait amené de cette manière, au lieu de débarquer et de m'enlever, les choses se seraient mieux déroulées. Ils auraient pu laisser Alex venir avec moi, bon sang. Les choses se seraient mieux passées.

Mais Ezra avait voulu que ça se produise.

Et nous étions tombés dans son piège.

La meilleure chose que je pouvais faire c'était d'être raisonnable.

— Très bien, dis-je en serrant sa main. Mais ne me le faites pas regretter.

— Je suis Roman, répondit-il en me serrant la main. Et ce ne sera pas le cas. On est juste censés te garder ici, en sécurité, jusqu'à la prochaine réunion du conseil.

— Dans deux jours ?

Être retenue quelque part contre ma volonté pendant deux jours semblait déplaisant, mais si ça aidait Alex et les autres, j'accepterais mon sort.

Il resta silencieux et stoïque.

Ouais, je n'aurais pas non plus été ravie de répondre à cette question si j'étais lui, mais il était sympa, alors je serais courtoise.

— Je suis Véronica.

Un gentil sourire apparut sur son visage.

— Je sais. Viens, allons t'installer.

L'envie de sauter dans la voiture me submergea, toutefois, Roman était à un mètre de moi. Je ne réussirais pas avant qu'il me capture. Je devais revenir à mon plan initial : être complaisante jusqu'à voir une autre opportunité. Au moins, le gars paraissait sympa, comme Poivre-et-Sel, et il ne faisait que son travail.

Repoussant le besoin de fuir, je permis à Roman de m'escorter vers la porte. Les deux hommes d'avant et les loups étaient partis. Je n'avais même pas entendu de bagarre.

— Ils vont bien ?

Je ne devrais pas m'en soucier, mais seul Cody avait été un crétin.

— Ils ont dû être conduits dehors. Griffin a utilisé la volonté d'alpha sur eux, expliqua Roman en faisant une moue. On a dû le prévenir qu'ils t'avaient emmenée et a pris cette décision. Il y a six mois, je n'aurais jamais cru dire ça avec son nom dans la même phrase.

C'était une chose étrange à dire.

— Qu'est-ce que vous voulez dire par là ?

Griffin était fort, en particulier avec Sterlyn à ses côtés. Les deux pourraient affronter le monde entier et gagner. OK, c'était peut-être un peu exagéré, mais un pouvoir brut émanait d'eux, et je ne souhaiterais jamais me mesurer à eux.

Je regardai autour de moi vers les étagères de cartons. Je trouvai bizarre que de rares artefacts soient laissés si proches d'une porte donnant sur l'extérieur.

— Avant que la louve argentée apparaisse, il ramait et ne voulait pas diriger, expliqua Roman en ouvrant la porte et me faisant signe de passer. Beaucoup de choses ont changé pendant les deux ans qui ont suivi la mort de son père, et quand il a finalement pris le pouvoir, ça a dérangé de nombreuses personnes alignées aux idées de Dick. La louve argentée empire les choses.

Pourquoi diable me disait-il tout ça ? Je voulus demander, mais je tins ma langue. Je ne souhaitais pas qu'il arrête de parler. À la place, je ferais la fille stupide pour qu'il révèle avec un peu de chance plus d'informations.

— Dick ?

Je passai la porte et arrivai dans un long couloir qui me rappela tous les entrepôts du monde des humains. La luminosité était médiocre, mais je doutai que cela gêne le jaguar. Mes chaussures couinèrent sur le sol à carreaux. Je ne pourrai pas m'enfuir sans les alerter.

— Le bêta de son père. Griffin lui a demandé de gouverner à sa place. Dick a formé des alliances au sein du royaume des métamorphes, et en dehors.

Roman pointa le couloir du doigt en restant derrière moi.

— On va suivre ce couloir jusqu'à ce qu'on doive tourner à droite.

Obéissant, j'avançai lentement, essayant de ne pas faire couiner mes chaussures. Cependant, peu importe ma vitesse, elles trahissaient ma présence. Léger sur ses pieds, Roman ne faisait aucun bruit.

— Je n'ai jamais fait autant de bruit en marchant auparavant.

— Oh, ça, glousssa-t-il chaleureusement. C'est un sort. C'est une façon de coincer les intrus.

— Est-ce que mes chaussures seront ensorcelées pour arrêter de faire autant de bruit ?

Je voulais apprendre tout ce que la magie permettait.

— Non, je suis désolée, dit-il en restant près derrière moi. Mais ça ira dans ta chambre. On a demandé à Erin d'enlever le sort du sol là-bas puisque tu vas y passer la majorité de ton temps.

Je pariai que cette sorcière avait adoré chaque minute qu'elle avait passée à préparer la pièce pour moi. Cette femme était éblouissante, mais sa méchanceté la consumait.

Ne sachant pas quoi dire d'autre et ne voulant pas être indiscrète au point qu'il se taise, je restai silencieuse, couinant sur tout le chemin jusqu'à ma cellule.

Comme il me l'avait dit, je tournai dans un deuxième couloir avec quatre portes sur la droite, et trois sur la gauche.

— Tu as la première porte sur la gauche, m'informa-t-il. Mais est-ce que tu dois d'abord passer aux toilettes ?

— En réalité, oui, j'aimerais me nettoyer un peu, dis-je en regardant mon bras et ma jambe. Me débarbouiller pour éviter l'infection ou autre chose.

— C'est la deuxième porte sur la droite, indiqua-t-il en grattant sa tête.

Souhaitant être seule, je me dépêchai d'aller vers la porte et l'ouvris. Je me tournai pour la fermer, seulement pour trouver Roman appuyé contre le mur en face.

Je supposai devoir être heureuse qu'il n'eût pas demandé d'entrer avec moi. J'allumai la lumière et découvris trois cabinets. Je ne savais pas pourquoi, mais je m'étais attendue qu'il n'y ait qu'un seul cabinet.

Il devait y avoir plus de gens qui travaillaient ici que ce que j'avais cru.

Je me dirigeai vers le lavabo le plus éloigné sur la gauche et regardai dans le miroir, pour le regretter l'instant d'après. Mon visage semblait en plus mauvais état que mes bras et mes jambes. Je pourrais presque dire qu'il avait été passé dans un hachoir à viande. Je ne me sortirais pas de là sans cicatrices. Pas étonnant que le sac ait donné l'impression d'être en papier de verre.

Du sang formait une croute sur ma peau, et si je souriais trop, la blessure s'ouvrirait. Je regrettai d'être venue ici. La douleur brûla mon organisme, dérobant mon souffle. J'avais besoin de réconfort. Comme mes émotions étaient toujours vives, je joignis la seule personne qui me donnait l'impression que le monde tournait rond.

— *T'es là ?*

— *Toujours,* se lia Alex. *Est-ce qu'ils t'ont fait quelque chose ?*

— *Non,* répondis-je en prenant du papier toilette et allumant l'eau chaude. *Je... Je me sens juste si seule.*

Je ne m'étais jamais sentie si brisée auparavant, pas même quand j'étais enfant. Trouver Alex m'avait donné tant de choses, et de réaliser ce que je pouvais perdre me rendait dingue.

— *Hé, on va venir te chercher,* jura-t-il. *On s'affaire à demander une audience d'urgence au conseil. Ils ne peuvent pas enfermer l'une des nôtres comme ça.*

On savait tous les deux que c'était vain.

— *Ils diront qu'ils avaient au moins un tiers du conseil qui était d'accord, et que c'était une urgence au vu de l'attaque des métamorphes.*

— *Mais ils ne peuvent pas prendre cette décision,* continua Alex, dont la positivité me réconforta. *On a décidé à l'assemblée du conseil que tu resterais chez Sterlyn et Griffin jusqu'à ce que ton destin soit déterminé. Ils ne peuvent pas effacer cette décision sans une réunion du conseil au complet.*

Dieu merci. J'espérais que ce fût vrai parce que ça m'inquiétait d'être bloquée ici pendant les deux prochains jours sans lui. Je savonnai mes mains cinglantes.

— Ils ne décideront pas de mon destin plus tôt à cause de ça ?

— Non. Je pense qu'on peut repousser leur décision au vu de l'agitation chez les métamorphes.

Je ne trouvais aucune raison de retarder le sujet.

— Je ne veux pas qu'ils décident pour moi. J'ai fait mon choix.

J'étais contente que nous ne soyons pas ensemble pour cette conversation. Selon sa réaction, ce pourrait être trop dur de voir son visage. Dans tous les cas, ça n'aurait aucune importance.

— *Bébé, tout va bien,* me dit-il en envoyant du réconfort vers moi. *Je ne te forcerais jamais à devenir une vampire. Être humaine est la meilleure façon de s'assurer que ton âme reste pure.*

Peut-être qu'au moment où j'avais appris l'existence de ce monde, j'aurais été d'accord.

Mais plus maintenant.

— Non, le genre de personne que tu veux être, c'est ça qui définit qui tu es.

J'avais besoin qu'il comprenne, et une fois que j'aurais tout posé sur la table, il ne me contredirait pas.

— Tu es un vampire, et tu as préservé ton humanité.

— *Mais c'est une lutte, et crois-moi, des gens m'ont tenté,* déclara-t-il alors que son dégoût m'envahissait. *C'est plus facile depuis que tu es arrivée, mais je ne veux pas que tu vives ça.*

— Même avec la tentation, tu as persévéré.

Il devait se voir à travers mes yeux.

— Même si tu ne m'avais pas, tu serais toujours cette personne. Tu ne serais pas devenu ami avec Sterlyn, Griffin et Rosemary si tu n'étais pas cette personne.

Il s'arrêta pendant une seconde.

— *Qu'est-ce que t'es en train de dire ?*

— *Même l'éternité serait trop courte à tes côtés.*

Mon Dieu, que je semblais ringarde, mais je pensais chacun de ces mots. Je voulais qu'il comprenne que je n'avais aucun doute.

— *Et je souhaite être transformée. Après t'avoir vu te battre aux côtés de nos amis et avoir réalisé qu'il y aura toujours une chance que je ne te vois plus jamais, je sais que je désire être pour toujours à tes côtés... aussi longtemps que tu voudras de moi.*

— *Tu es sûre ?* demanda-t-il avec hésitation.

Un sourire s'élargit sur mon visage jusqu'à ce que j'en eus mal.

— *Oui, et je souhaite que ce soit toi qui me transformes.*

Du bonheur me submergea, et j'aurais préféré attendre pour le lui dire en personne. J'avais eu peur qu'il essaie de m'en dissuader, je ne m'étais pas attendue à ce qu'il aime ce qu'il avait entendu.

— *Tu en es vraiment certaine ?*

Le bonheur se tassa.

— *Je ne veux pas que tu te sentes contrainte.*

— *Ce n'est pas le cas.*

C'était plutôt le contraire.

— *Je suis arrivée à cette décision par moi-même.*

— *Tu ne sais pas à quel point ça me rend heureux. Tu as plus d'importance que tout le reste pour moi, et je souhaite tout faire pour te rendre heureuse. Je t'aime tellement que c'est dur de respirer parfois, et il n'y a rien que je désire plus que de t'avoir à mes côtés pour l'éternité. Tu n'es pas seule et ne le seras jamais, que tu restes humaine ou que tu te transformes.*

Ses mots réchauffèrent mon cœur, et je voulus l'embrasser et sceller notre promesse.

— Et bien sûr que je te transformerai. Je tuerai n'importe qui avant qu'il s'approche à ce point de toi.

La douleur de la solitude s'apaisa, et je nettoyai rapidement mon visage, mon bras et ma jambe. Bien que nous n'ayons rien dit de plus, je pus sentir sa joie flotter entre nous.

Je tapotai doucement les affreuses éraflures pour les sécher. Mon visage était toujours dans le même état, mais il était au moins propre. Je retournai dans le couloir pour découvrir Roman qui se tenait toujours là.

— Ça va mieux ? demanda-t-il en me souriant et m'examinant.

— Nan, mais je suis propre.

Je ne pouvais pas me mettre en colère, car Alex et moi avions déterminé notre futur, d'une certaine manière. Nous n'avions jamais décidé de notre vie commune auparavant.

Il m'escorta jusqu'à ma porte et j'entrai dans une pièce identique au couloir, à part la moquette marron bas de gamme qui remplaçait les carreaux. Un petit bureau avec une chaise en bois se trouvait dans le coin, une horloge suspendue au-dessus. Il y avait une bibliothèque avec quelques livres sur les étagères, et un petit lit de camp avec des draps blancs et une fine couverture beige à proximité. Une aération de taille industrielle au centre du plafond soufflait de l'air frais sur nous, ce qui me fit frissonner. J'étais reconnaissante d'avoir les draps sur le lit de camp que je pourrais utiliser pour m'envelopper.

— Désolé, on a dû convertir un bureau pour te faire une pièce, mais le lit de camp est confortable. Je l'ai utilisé plusieurs fois, dit-il en fronçant les sourcils. Je t'apporterai ton diner dans quelques heures. T'as besoin de quelque chose entre maintenant et tout à l'heure ?

Je secouai la tête, prête à rester seule.

Un livre sur l'étagère, intitulé *Compagne Brisée,* attira mon attention.

— Non, c'est bon. Merci.

— Hurle simplement si tu as besoin de quelque chose, dit-il en hochant la tête.

Il sortit par la porte et j'entendis un clic derrière lui. La réalité me pénétra. J'étais prisonnière ici, mais au moins, il était sympa. La situation aurait pu être pire.

Mes yeux devinrent lourds et je grimpai sur le lit de camp, ignorant le fait que d'autres y avaient dormi. Ce n'était pas différent de rester à l'hôtel. mais au moins, à l'hôtel, vous aviez une salle de bain privée et vous pouviez sortir comme vous le souhaitiez.

Roman avait raison, le lit de camp était plutôt confortable. J'avais dérivé vers le sommeil avant même de l'avoir réalisé.

L'INQUIÉTUDE me submergea et mes yeux s'ouvrirent d'un coup. Je regardai autour de moi, désorientée, jusqu'à ce que les murs beiges et le bureau me reviennent en mémoire. Combien de temps avais-je dormi ? L'horloge indiquait six heures, mais ce pouvait être le soir ou le matin. Aucune nourriture n'avait été laissée à mon intention, alors mon instinct me dit qu'on était le soir.

— *Véronica,* se connecta Alex. *On a un énorme problème. Mon frère est en chemin pour venir te voir.*

CHAPITRE VINGT-QUATRE

MON CORPS se raidit alors que je digérais ses paroles. Pourquoi Matthieu viendrait-il ici, bon sang ? Je ne lui faisais pas confiance, et qu'il me cherche sans Alex me lançait un signal d'alarme.

— *Je... Je ne sais pas quoi faire.*

Je fus submergée par la peur, me serrant la poitrine. Je détestais que ce bâtard ait un tel impact sur moi, mais il ressemblait à de nombreux parents d'accueil avec lesquels j'avais grandi. Manipulateur et égoïste, il adorait donner l'illusion que c'était un saint.

— *On est en chemin,* dit Alex dont la colère augmenta d'un cran. *Tu n'as pas à t'inquiéter.*

Il pouvait sentir ma peur et essayait de me calmer, mais il savait qu'il ne pouvait pas promettre ce genre de chose.

Le souffle de l'air s'arrêta, forçant mon attention à se tourner vers l'aération. Elle était de taille industrielle, et un plan jaillit dans ma tête.

— *J'ai peut-être un moyen de sortir.*

Ça pouvait être dingue, mais je n'avais pas grand-chose à perdre, surtout si Matthieu venait.

L'appréhension d'Alex surgit entre nous.

— *De quoi tu parles ?*

Je devais être confiante.

— *Je vais grimper dans le conduit d'air par la bouche d'aération. Je peux avancer vers l'extérieur et sortir dans l'entrée.*

— *C'est une terrible idée,* se connecta Alex. *Ne bouge pas. Je serai bientôt là.*

Ils ne le laisseraient pas entrer. La fichue porte était fermée et la pièce n'avait pas de fenêtre, alors je ne pouvais pas voir le couloir. Néanmoins, je posai mon oreille sur la porte et retins ma respiration.

Je n'entendis aucun bruit. Roman apporterait bientôt mon diner, alors je devais partir vite. Peut-être qu'ils attendraient l'arrivée du roi vampire pour me servir ma nourriture. C'était en supposant qu'ils savaient que Matthieu était en chemin.

Je déplaçai le bureau sous la bouche de ventilation. Le couvercle était de la même taille qu'un carré de plafonnier, alors je pouvais le décaler sur le côté et passer.

Une fois que j'eus mis le bureau en position, je grimpai dessus et m'accroupis. J'attendis un moment, m'assurant qu'il pouvait supporter mon poids. Quand le bureau resta stable, je me levai et soufflai de soulagement.

Mes doigts atteignirent la ventilation et je me tins sur la pointe des pieds, puis poussai le couvercle vers le haut et sur la gauche. Je me forçai à ne pas bouger trop vite pour ne pas faire plus de bruit que nécessaire. Alors que je glissai la trappe d'aération de l'autre côté du plafonnier, un petit crissement me fit retenir ma respiration. Avec l'audition des métamorphes, ça aurait tout aussi bien pu être une sirène.

Espérant que les métamorphes étaient assez loin pour

ne rien entendre, je tentai de me hisser vers le haut, mais échouai. Mince, je devais faire quelque chose.

Comme si je l'avais appelée, l'ombre apparut à côté de moi.

Je pouffai sans humour.

— Vraiment ? Tu ne pouvais pas venir plus tôt pour que je ne sois pas dans cette situation ?

L'ombre secoua la tête comme si elle n'aimait pas mon attitude.

Cherchez l'erreur !

Mais au moins, elle était là maintenant.

Ses bras se séparèrent de son corps et s'enveloppèrent autour de moi. Du froid me lécha au travers de mon t-shirt, mais je ne bougeai pas puisqu'elle tentait de m'aider. Elle me souleva, m'assistant pour grimper dans la ventilation.

Aussitôt que je fus à l'intérieur, je m'immobilisai, espérant que personne n'eut entendu quoi que ce soit. Si c'était le cas, ils se précipiteraient à tout moment dans la pièce, et si je trainais au-dessus de la salle, je n'aurais aucune chance de m'échapper.

Je me trainai dans le conduit carré et tentai d'éviter que mes coudes cognent le métal, mais c'était inutile. Même ma respiration provoquait des couinements. Mince. Je n'avais pas bien réfléchi à tous les aspects de ma fuite.

Je regardai autour de moi, m'attendant à ce que l'ombre soit de nouveau là pour m'aider, mais j'étais seule. Pour la première fois de ma vie, cette sale chose me manquait.

Je ne pus rien faire à part avancer. Le bruit métallique provenant de mes mouvements me fit mal aux oreilles, et je priai pour qu'il ne soit pas si fort que ce que je craignais.

Bien trop loin pour m'arrêter, je me trainai sur le métal pendant que des larmes s'accumulaient dans mes yeux à cause de la douleur. J'avais prévu de remettre le couvercle de la ventilation en place, mais ils seraient capables de sentir ce que j'avais fait, et le bureau trahissait ma localisation.

Désespérée, je tentai de lutter contre la douleur et le stress, mais apparemment, je ne m'en sortais pas très bien.

— *Est-ce que Matthieu est là ?* se connecta Alex, de la colère m'enrobant. *On est à cinq minutes. Je vais tuer ce bâtard.*

— *Non, il n'est pas arrivé.*

Je ne pouvais pas laisser Alex venir ici, prêt à déclarer la guerre, quand mon agitation intérieure était due à mon plan stupide. J'essayai de me déplacer lentement, mais cela n'étouffait pas le bruit. Ce n'était pas comme ça que ça se déroulait dans les films. Les gens pouvaient sortir par là sans alerter quiconque de leur présence.

— *Alors qu'est-ce...?*

Il s'interrompit. Puis, sa colère fut remplacée par un plaisir réticent.

— *Pour l'amour de Dieu, s'il te plait dis-moi que tu n'es pas allée dans la ventilation.*

Ouais, ce n'avait pas été mon meilleur plan.

— *J'étais désespérée.*

Au lieu d'avoir une réponse, tout ce que je ressentis ce fut de la peur, de la fierté et de l'incrédulité.

C'était bien mérité. Enfin, pour la peur et l'incrédulité en tout cas. Je continuai d'avancer dans la ventilation, voulant au moins parvenir jusqu'à une autre pièce. Ça devrait me faire gagner quelques minutes supplémentaires. Mon cœur tambourina alors que j'attendais d'entendre des pas, des cris ou des gens parler. Ils seraient sûrement là dans quelques secondes.

J'atteignis l'aération de la salle suivante et pensai que je ferais mieux d'arrêter les frais tant que je pouvais. Quelque chose me *tira* brusquement dans le ventre, mais j'ignorai la sensation, enfonçant mes doigts par les fentes de la bouche d'aération. Je tirai alors vers le haut. Le métal grinça, mais se souleva, et je le décalai.

— Vous avez entendu ? dit Roman, tout près. Allons voir la fille.

Avant que je pusse trop réfléchir, je glissai par le trou et tombai sur mes pieds. J'atterris durement sur le sol d'une pièce très mal éclairée. La seule lumière filtrait par les fissures autour de la porte qui menait vers le couloir.

Des pas résonnèrent dans ma direction, et la terreur déferla en moi. Peut-être que j'aurais dû rester là-bas, mais je ne voulais pas attendre que Matthieu décide de mon destin tout seul. En tant qu'enfant placé, j'avais souvent vu les gardiens demander pardon plutôt que la permission. Je ne serais pas surprise qu'il vienne ici en prévoyant de me transformer lui-même.

Mon instinct me disait que c'était son plan, alors je devais gagner du temps jusqu'à ce qu'Alex et les autres arrivent.

— *S'il te plait, dis-moi que t'es là.*

— *On arrive. Si tu entends la voix de Matthieu, sache que je suis juste derrière lui.*

Ouais, ça ne me réconfortait pas vraiment, vu qu'ils laisseraient Matthieu entrer, et pas Alex.

Quelque chose effleura ma main. Je ne pus rien discerner au début. Puis, des yeux verts à la faible brillance se matérialisèrent devant moi, et l'ombre prit forme. Je reculai vivement par instinct, mais la poigne de l'ombre se resserra et je me détendis.

Les hommes étaient juste devant ma chambre et j'entendis la porte s'ouvrir. Je voulais rester silencieuse, mais l'ombre me traina dans la pièce.

Pourquoi cette chose continuait-elle d'apparaitre ? Que

voulait-elle ? Chaque fois que j'oubliais de m'en inquiéter, l'ombre montrait son sale visage. Enfin, d'accord. Pas son visage, mais sa présence.

— Distrayez le roi vampire pendant que je la cherche, ordonna Roman. Elle n'a pas pu aller bien loin.

— T'es sûr ? demanda un homme.

— Allez-y ! grogna Roman.

Mes pieds percutèrent quelque chose de dur, provoquant un bruyant fracas. Je serrai les dents pour m'empêcher de hurler, mais la douleur fut si intense que je tombai au sol.

Les hommes se turent.

— Elle est dans la collection des artefacts cachés, dit Roman, sous le choc.

Alors que les hommes arrivaient devant la porte derrière laquelle j'étais cachée, la main froide attrapa mon poignet et le guida vers le haut pour extraire une boite de l'étagère au-dessus de moi. Je tentai de libérer mon poignet, mais l'*attraction* que j'avais ressentie dans la ventilation prit le dessus. Comme si mon corps avait sa propre volonté, ma main trouva les bords de la boite, l'ouvrit et alla à l'intérieur.

Au début, je ne sentis rien. Puis, ma main frôla quelque chose de tranchant qui transperça ma peau. Une clé se glissa dans le verrou de la porte.

Je retirai brusquement ma main, mais mon sang chauffa à l'intérieur de moi. Je chancelai en arrière et tombai sur les fesses. De la chaleur se répandit dans mon corps.

La porte s'ouvrit d'un coup, laissant la lumière inonder la pièce, et Roman entra. Ses yeux se rétrécirent quand ils se tournèrent dans ma direction.

— Qu'est-ce que tu fais ? demanda-t-il. La salle est sécurisée. Comment t'es rentrée ?

Alors que j'ouvrais la bouche pour dire quelque chose...

n'importe quoi... mon sang commença à bouillonner. Je gémis et tirai mes cheveux, saisissant les racines. Je voulais me concentrer sur une autre sensation, mais ça n'avait pas d'importance. Je ne pouvais pas sentir la douleur de mon crâne.

Roman s'agenouilla près de moi, son visage marqué par l'inquiétude.

— Véronica, qu'est-ce qui ne va pas ?

Je voulus lui répondre, mais je ne pus pas. L'agonie me transperça. Mon sang brûlait tellement que ma peau me donnait l'impression de fondre.

— *Alex, j'ai besoin de toi.*

Si j'étais en train de mourir, je souhaitais être avec lui encore une fois. Je pouvais mourir en regardant l'homme que j'aimais.

— Quelque chose ne va pas, dit distinctement Alex comme s'il était juste à côté de moi.

Tournant ma tête, je m'attendis à le voir à la porte, mais il n'était pas là. Est-ce que je l'imaginais ?

Des larmes brouillèrent ma vision et je perdis en vitalité.

— Arrête d'être dramatique, se moqua Matthieu. Tu ne peux pas la voir. Je suis le seul autorisé à entrer.

— On doit te ramener à ta chambre avant qu'il revienne, dit Roman en touchant mon bras.

Un cri remonta mon corps, mais je ne savais pas si j'avais hurlé intérieurement ou non. Je voulus me balancer, mais chaque mouvement me donnait l'impression de déchirer ma peau.

— Pas moyen que je n'entre pas ! grogna Alex, et des échos de bagarre s'ensuivirent.

Roman jeta un œil autour de lui, essayant de deviner ce qui n'allait pas avec moi.

— Véronica, qu'est-ce qui s'est passé ?

J'inspirai profondément, prête à tout expliquer, mais je ne pus prononcer qu'un mot.

— *Alex.*

Le métamorphe baissa sa tête et gratta l'arrière de son cou.

— Mince. Je ne peux pas.

— Compren... commençai-je, mais ma voix se fissura. Dra.

Mon cœur s'emballa, et chaque compression donnait l'impression que de la gnôle me traversait. C'était ça. Je mourrai. L'ombre avait finalement réussi. Mais pourquoi avait-elle attendu si longtemps, bon sang ?

— Ton cœur va trop vite. C'est comme s'il allait exploser ! s'exclama Roman en se levant et serrant le poing. Tiens bon. Je vais le chercher.

Je ne pus pas en croire mes oreilles, mais je n'étais pas sûre d'avoir assez de temps.

Le jaguar sortit de la pièce en courant et je l'entendis aller dehors.

— Alex, viens ici. Quelque chose ne va pas avec elle.

— Je suis le roi. Il n'est pas autorisé à entrer là-bas, aboya Matthieu.

Encore un autre combat de coqs. J'allais mourir seule dans cette pièce.

Comme si l'ombre avait entendu mes pensées, elle apparut, planant au-dessus de moi.

Méfiez-vous de ce que vous souhaitez. Je préférerais mourir seule qu'en compagnie de cette chose. Elle m'avait tuée.

— On s'occupe de lui, dit Sterlyn. Vas-y !

— Si vous n'arrêtez pas, vous paierez tous pour ça, menaça Matthieu. Toi aussi, Roman.

Je détestais causer à nouveau toute cette agitation, mais j'avais besoin d'Alex.

Ma vision s'obscurcit alors qu'Alex arrivait, sa silhouette brouillée, dans l'embrasure de la porte. Sa main froide attrapa la mienne.

— Véronica, non, supplia-t-il. Ne me quitte pas. Qu'est-ce qui ne va pas ? J'ai besoin de savoir pour trouver quoi faire.

Il n'y avait aucun moyen de régler ça.

— *C'est l'ombre qui a fait ça,* crus-je lui dire.

— *Est-ce que tu pensais ce que tu m'as dit plus tôt ?* se connecta Alex, mais je ne pus lui répondre.

Entre ma peau brûlante et ma vision qui s'affaiblissait, je sombrai dans les ténèbres.

Quelque chose de tranchant transperça mon cou et mon sang bouillonna encore plus. La dernière chose que j'entendis fut le chuchotement d'Alex.

— J'espère que c'était le cas parce que je t'aime trop pour te perdre.

Je ressentais la même chose, mais je craignais qu'il soit trop tard. Planant derrière Alex, les épaules de l'ombre s'agitèrent de rire… et mon cœur s'arrêta.

À PROPOS DE L'AUTEUR

Auteure actuelle de Bestsellers aux États-Unis

La lecture a toujours été l'un de mes passe-temps préférés, même très jeune. Quand j'étais petite, mes parents me lisaient des histoires encore et encore. Je les entendais si souvent que j'en avais mémorisé les livres et pouvais réciter l'histoire mot à mot.

Mes genres favoris sont le fantastique, le paranormal et la romance contemporaine. Alors, bien évidemment, c'est ce que j'ai tendance à écrire.

J'ai un mari, deux jeunes filles, et un mini Berger Australien. J'ai vécu dans le Tennessee la majorité de ma vie et j'adore cet état.

Je suis complètement accro à la caféine et j'adore boire du café et des lattés.

Je suis également contente que vous vous soyez arrêtés sur ma page ! S'il vous plaît, n'hésitez pas à me contacter !

Email – authorjenlgrey@gmail.com

www.jenlgrey.com

DU MÊME AUTEUR

Shadow City: Louve Argentée

Compagne brisée

Obscurité croissante

Lune argentée

Shadow City : Vampire Royale

Compagne Maudite

Morsure obscure

Héritage Démoniaque

Destin de loup

Au clair de lune

L'Élue des loups

Un destin maudit

Printed in Poland
by Amazon Fulfillment
Poland Sp. z o.o., Wrocław

50302521R00169